艱苦奮鬥的歲月（1936-1948）

——張元濟致王雲五的信札

臺灣商務印書館

目次

前言

王雲五先生（一八八八—一九七九）於一九二一（民國一〇年）九月十六日（陰曆中秋）因胡適先生之推介，始入商務印書館編譯所，兩個月後正式受聘為編譯所所長，一九三〇年接任總經理，至一九四六年辭去總經理，專心從政。

從一九二一年至一九四九年，帶領商務印書館積極發展的兩位創館元老，王雲五先生與張元濟先生（一八六七—一九五九），過從往來，私交甚篤，尤其是在抗戰期間，張元濟先生留守在上海，王雲五先生一度將總管理處遷到香港，香港淪陷後，又遷到重慶，抗戰勝利後再遷回上海。在此期間，兩人書信往還，討論商務印書館經營發展的大計。

張元濟致王雲五的信札，保存在王雲五圖書館基金會，並於二〇〇七年慶祝商務印書館一一〇周年、台灣商務印書館創業六十周年時，首次出版，作為館慶的賀禮。由於印量有限，早已發送完畢，無法適應社會上一再來函索閱的需求。

王雲五致張元濟的信札，經張元濟先生之孫張人鳳先生搜尋、影印提供一二件一八

頁，包括手跡七件、他人手跡、但由雲翁親筆簽名三件、打字稿由雲翁簽名者一件。（另有一封電報通知菊翁令嫒搭機抵達）

張人鳳先生曾經編輯出版《張元濟年譜》，對菊翁信函深有研究。此次並對《張元濟致王雲五信札》親自校閱訂正，使得當年菊翁與雲老書信往來所保存的商務印書館史料，更具價值，本館僅表示感謝之意。對於張人鳳先生所提「亦盼早日獲睹貴館出版先祖父致雲翁之書信集」，本館亦有同感，因此，今年本館決定正式出版《艱苦奮鬥的歲月—張元濟致王雲五信札》，並增列雲老致菊翁之信札，以紀念八月十四日王雲五先生逝世三十周年、張元濟先生逝世五十周年。

王雲五致張元濟信札

㈠函寄譯稿

菊生先生大鑒：承　示伍昭扆君四月廿五日原函敬悉一切。所有譯稿兩種，頃已函請逕寄敝處矣。五君原函奉繳。即送　台安

王雲五（簽字）十六年五月五日

（編註：本函係他人代筆，雲老簽名。昭扆係伍光建之別號，光緒年間曾任上海交通大學前身商部高等實業學堂教育長，並為商務印書館翻譯多種漢譯世界名著）

㈡小說月報內容不妥事

菊生先生：承　示蔣顧兩君函述「小說月報」號外中國文學研究事，細閱民歌研究底片面一篇，確有描寫過分之處。此項刊物以非普通雜誌及單行書籍，由該社陸續發排，出版前，弟未及寓目，致令發行，疏忽之咎，實不能辭。好在發行未久，售出不多，茲已通知發行所及各分館，將該書退還，俾刪去該篇，重行裝訂，並通知該社主任，嗣後對於此等記載，格外慎重。後擬添派人員，對於一切出版物，於其出版以前，先行負責閱看，以昭慎重。附呈擬復蔣顧二君函稿，祈斧正繕發為荷。敬頌　日祉

王雲五　十六年十一月八日

（編註：本函係以商務印書館自製華文打字機打字。）

小說月報係商務印書館於一九一〇年七月創刊，一九二一年一月起全面革新，由沈雁冰（茅盾）主編。一九二七年六月的「中國文學研究」專號，係由鄭振鐸主編，其中初版再版均刪除的四篇文章是：〈民歌研究底片面〉（汪馥泉）、〈宋人詞話〉（西諦）、〈中國文學內性慾之描寫〉（沈雁冰）、〈日本最近發現之中國小說〉（西諦）。小說月報於一九三二年一二八戰火中被毀停刊。（以上請參考：謝其章，〈二十年代文壇第一刊——《小說月報》，光明日報）

㈢詞源書名宜註冊

菊翁大鑒：　關於劉澂明君託館印件事，茲將印刷所來函及估價單各一件附呈。鄙意館中能力最薄者，莫如排字方面，現雖設法擴充，一時未易收效。故對於劉君委件，似宜婉卻。如何仍候　核奪

關於詞源續編訴訟事，鄙意拒絕調解，一面趕將詞源名字作為商標註冊，否則訴訟結果恐不可靠。蓋詞源二字苟未經商標註冊，恐不能拒絕他人用詞源補編或續編等名稱另行出版。此為李祖虞君之意見，合併陳明　敬頌　大安

弟王雲五頓首　二十年（一月二十三日菊翁收到）

㈣接待訪美事宜

潘光迥君頃接服務於Seattle（西雅圖）鐵路之美國友人來函謂：世兄抵美時，定當妥為招待等語。謹呈　閱。閱畢祈擲還。此上

菊生先生

雲五　二十年九月十五日

㈤敬奉薄酬事

菊生先生道席：敬啟者，近年公司印行百衲本二十四史、四部叢刊正續各編，全賴我公一手主持，勞苦功高，遠非公司在職同人所可及，而純任義務，不下十年，尤為全體同仁所敬佩不已者。一二八以後，編審部同人較少，所有印行古書事宜，自編校以至廣告，在在費　神。雲五等每一念及，至覺不安，屢擬酌奉薄酬，藉表微意，終以我　公撝謙逾恒，遲遲不敢啟齒。現在公司局面漸復舊觀，而編輯事宜須請教於　公者，復有加無已。雲五等為求良心稍安起見，僅從本年起，年奉薄酬四千元，每半年致送半數。茲先附

呈二十四年上半年酬敬貳千元支票壹紙，務懇　鑒諒雲五等誠意，俯允接受，不勝欣幸。公司係營業機關，盡力者原無不受酬之理，況我　公擔任義務多年，而此次所奉薄酬，尚不足以報我　公為公司服勞於萬一，雲五等熟籌再四，竊認為我　公對於此項請求，實宜俯順群情，不當予以拒絕也。耑肅敬頌　著安諸維　垂照

李宣龔
王雲五　謹啟二十四年六月十八日
夏　鵬

（編註：本函係他人代筆，三人簽署）

㈥再請接受薄酬

菊生先生道席：奉讀十八日　覆書並退回支票一紙，區區微忱不蒙鑒納，仰承　謙德，本不敢再為啟齒。然思維再四，公司為營業機關，我　公純盡義務，不受報酬，在公司有失公道，在雲五等良心上實屬難安。除由雲五等趨前面陳外，茲謹再開呈支票一紙，務懇俯鑒悃誠，勿再麾卻，無任感幸。敬頌　撰安

李宣龔
王雲五　謹啟二十四年六月二十一日
夏　鵬

（編註：本函亦為他人代筆，菊翁在信末簽批「原票即時塗銷退回」。）

㈦股東會報告事項

菊翁大鑒：伯嘉返滬，一切已囑面陳。茲有應請報告並提出董事會討論者數事。

（一）八年抗戰，公司元氣大傷，復興艱鉅，弟不敢卸責，亦不忍卸責，願為公司續留一年，以策復興。惟應付非常，不能不有專責專權，此應請報告者一也。（二）公司復興基礎固賴滬港設備之保全與利用，而其樞紐則在首都。除分別派人勘查滬港真相以茲策劃外，弟目前不得不暫留陪都，俾與政府聯繫，期有助於公司之復興，此應請報告者二也。（三）公司八年未發股息，各股東雖平時多有倚股息為收入者，而在太平洋戰事發生後，不為一時小利而同流合污，實堪敬佩。茲戰事雖已獲勝利之結束，惟一時尚難召開股東會。弟擬提請董事會決議一次借發股息五百萬元。俟弟返滬再行召集股東會提請追認，此應請提出討論者一也。（四）鮑慶林兄去世後，聞董事會為應付非常，推舉公司襄理韋傳卿君暫代本公司經理，現在李經理伯嘉業已回滬主持，韋君暫代經理已無其必要，且就當前局勢觀察，為公為私，韋君亦以交卸其所代理之職為宜，此應請提出討論者二也。即祈查照提出，並於召開董事會時，由李董事伯嘉代表弟出席。耑肅敬頌　道安

翰翁拔翁及董監諸公祈為致意

弟王雲五拜啟三十四年八月二十九日　（菊翁旁註於九月九日到，伯嘉帶來）

（編註：請參閱一九四五年九月十六日張元濟致王雲五函）

(八)韋君出國手續

菊翁道鑒：弟近來特忙，往往二三星期始來滬一次，而來去匆匆，久未走候起居。頃

奉三月卅日手書敬頌悉。承詢兩事，分復如左：

㈠韋君出國事，查規定受聘出國，一須有駐在地之我國使領館證明，二須有實在薪給足資生活。今韋君附來兩函，對此兩條件均未具備，格於定例，未便照准，原函兩件奉繳（以下缺文、及年月日）

（編註：王雲五先生於三十五年五月上旬辭去商務印書館總經理，並推薦教育部次長朱經農接任。五月二十四日王雲五先生辭國民參政會參政員，就任經濟部長，至三十六年三月一日辭經濟部長，此函以經濟部部長室用箋書寫，推測應在三十五年五月二十四日之後的幾個月內。）

㈨邀請朱經農主持館務

菊翁道鑒：頃奉十一月二十七日手書敬悉。七聯解散，下屆印數從嚴。弟經迭向經農、伯嘉二君主張與尊見正同。經農現患腸出血，需靜養旬日，愈後當勸其攜眷速來滬主持館務。大函日內當交去，令視謝君為其遠親稱慶。承囑請費範翁為弟撰文，謹遵命，即煩就近拜託為感。並頌　時祺

弟王雲五　拜啟（三十五年）十二月一日

（編註：請參閱一九四六年十一月二十七日張元濟致王雲五函）

（七聯，係一九四三年商務、中華、世界、大東、開明、中正、文通七家書局，於重慶成立國訂本中小學、教科書七家聯合供應處，簡稱七聯。在上海則由商務、中華、世界、大東、開明五家書店，發起組織中國聯合出版公司，簡稱五聯。請參閱《張元濟年譜》第四九七頁。）

(十)朱經農請辭總經理事

菊翁大鑒：敬啟者，昨晚力勸，經農已允對公司職務暫不請辭，光華職務亦暫保留至暑假後從長考慮，並定為責任計，彼時當於二者中抉擇後決定。本擬行前電話陳明，因有戚友來談時宜，匆匆啟行，遂爾忘卻。謹此書達，敬祈　鑒康並頌　晨福

弟王雲五（三十七年）五月十一日

（編註：六月三十日張元濟晤李拔可，商議朱經農辭職後總經理人選事。七月一日張元濟致函楊端六，擬邀楊來滬主持商務印書館。十一月十日朱經農擔任首席代表，將出國參加聯合國教科文組織第三屆大會，擬請長假，張元濟認為此時請假，不能不易人。朱經農即於次日提出辭職，十一月十二日董事會議議決照准。請參閱《張元濟年譜》第五三七—五三八頁）

(十一)從政心境

菊翁道鑒：十一日手示，以日來奇忙，稽復為罪。國事艱危，尚非絕望，惟賞罰不明，政令無由貫徹最可慮。弟抱不幹之精神而幹，困難毀譽皆不計，但求吾心所安。到任後，因準備隨時可走，尤不願更動人員，故部內外均無缺額，各方厚愛，以公與弟相知之雅，時來相託，累　公應付，益覺不安。琴南先生四女瑩，擬由弟備函介紹，謹從命簽奉乞轉。匆匆，敬頌日福

弟雲五叩三十七年六月二十四日

（編註：請參閱一九四六年六月十一日張元濟致王雲五函）

（三十七年五月三十一日王雲五先生受命為財政部長，六月十三日多次請辭未獲准，遂致力金融改革，至十一月十日請辭獲准。）

序言

一九七九年（民國六十八年）八月十四日，先父　王雲五先生不幸在台北仙逝，迄今已有二十七年。回想當年，學哲是在八月四日美國加州接得二舅父徐應文先生來電話，謂父親復病重入醫院，假如我能走得開，最好要我立刻回台北。我當時是在美國經營人壽保險，可以隨時返台。我當即購買機票飛回台北。大概是在八月七日飛抵台北。到達台北時約在下午六時，家中的司機在機場接我，我即趕到榮總醫院探訪。到達時已是下午七時，父親坐在病床上等我。相談了兩小時，父親囑我略為整理他的睡室與睡室內的書桌，父親年歲已過九十高齡，體力稍差，無法整理他的書桌，旁人又不敢動他的物件。因此他的睡房是相當零亂，桌上也堆滿了信件、紙張及書籍。

我到達台北家中，即住在家中二樓加蓋的房間，這是父親為了方便兒孫們回台時居住所加建。次日早上約四時多，我即下床到一樓父親的睡房開始替他整理。早上九時多，我即到榮總奉陪父親。下午六時，再回家吃晚飯，飯後又回到他睡室整理。今後數日我都是按此，在住家與榮總醫院兩地點間來回。直到八月十四日清晨六時左右，我正在樓下客廳餐桌上食用早餐。忽然醫院有電話來，謂父親已不行了，叫我趕快到榮總來。當時正在下大雨，我與母親立即乘車趕到醫院。

進入父親的病房，看到兩位醫師及數位護士，正在用刺激心臟跳動的電棒刺激父親的心臟，希望能把父親的心臟刺激恢復跳動。那時候，父親的胸腿部已貼有電線接到心電圖，當電棒刺激心臟時，可以見到心電圖上的線跳動一下，可是一秒鐘後，又變成一條直線。如此處理之下，醫師在父親的心臟刺激了七八次。最後醫師對母親說，老先生已仙逝了。

那時候天上的雨，還是下個不停，好像老天也為了父親的仙逝痛哭。

當時我們兄弟數人在台北者，有大哥學理、二哥學武與我共三人。其餘的兄弟，還有學農兄在香港、學政兄在美西、學善弟在美東。我們回家後，即用長途電話向他們報告噩訊。兩三日後，兄弟們均已到達，參加父親的喪禮。我在喪事辦完後，亦把回美日期擱延，以便收拾父親的遺物。

我家是住在台北市新生南路三段十九巷八號。父親在數年前即在對面三號一樓，購買了兩戶，創立了「雲五圖書館」。我把父親的遺物分類整理，放置在一個大紙箱內。總共有四十餘大箱，暫時存放在圖書館的一間空室內。

我在收拾父親遺物時，發現在父親床下有一具很陳舊的皮箱，內藏有許多父親由大陸帶出來的信件。內有張元濟先生給他的信札一百三十二封之多。這些信札是在一九三七年至一九四七年十年期間內。八一三日本侵華後，我家由北四川路搬到當時的公共租借衛海威路六八八號。後因上海的時局不穩定，父親把商務印書館的總管理處及編譯所搬到香港，同時也把家人由上海搬到香港。當時公司在香港北角有所很大的廠房，並在香港最繁榮的皇后大道中有一所相當大的書店。我家最初是在香港跑馬地的崇正會館租了一層樓，後又搬到離北角工廠很近的堡壘街租了一所房子居住。一九三七年，我衹有十五歲，還在高中一年。一九四七年，我已廿五歲，並在華西大學及東吳法學院畢業。我已成婚並做了一個孩兒的爸爸。

一九七九年八月父親在台北仙逝時，我在台北留停了約四十天，整理父親的遺物，整理完畢後即返回美國加州。同時，也把張先生的一百三十二封信札帶回加州整理。張元濟先生的墨寶當時是非常有名的，他也曾在日本侵華戰爭時期，生活艱苦，賣字謀生。所以，張元濟先生的墨寶在今日我國是非常有價值的。

大約是在十年前，我曾到上海訪問張先生的公子張樹年先生。提及，我手上有百餘封張先生致父親的信札。當時，因為沒有今日的影印機或複印機，無法存底。我猜想，張樹年先生或許也有許多父親致張元濟先生的信札。我曾建議，與張樹年先生合作，把他們兩位來往之信札編印為一書。張元濟先生與先父均曾在商務印書館服務多年，擔任公司領導人員，使商務成為我中華民族推廣文化，普及教育的重鎮，且一度成為全世界三所最大出版公司之一。我以為，這本信札是有很大的價值。可是，我等待了數年，毫無訊息。

一九三七年以前，張元濟先生與父親都是在上海的商務印書館服務，經常會晤，沒有通信之需要。在當時，張元濟先生是商務印書館董事會之主席，父親則是公司的總經理。一九三七年之後，上海的局勢日趨惡劣。董事會為保障公司之安全，通過把總管理處與編譯所搬遷至香港。一九四〇年，太平洋戰爭爆發，又由香港搬遷至陪都重慶，而張元濟先生及大部份董事仍留在上海，兩人之間因此常有信札往來。在這一百三十二封信札中，大多數都是為了公司的公事，除少數是張元濟先生因私事請父親協助。但是，在一九四五年抗日戰爭結束後，張先生個人的政見與父親之政見有差異，有四封信件學哲仍以為目前還不便發表，暫時將這四封信札刪除。

這本《艱苦奮鬥的歲月—張元濟致王雲五的信札》是適逢商務印書館創立一百一十週年出版，由一八九七年起至二〇〇七年商務印書館橫渡三個世紀，且經歷多次戰火的毀破，仍能堅立為我中華民族出版界的重鎮，實有特殊之意義與價值。

王學哲於台北

商務印書館創立一百一十周年的感想

商務印書館是在一八九七年（清光緒二十三年）在上海創立，先設印刷所於上海寶山路。以印刷為主。成立兩年之後，張元濟先生入館，主持編譯之任務。商務印書館始一改面目，由以印刷業為主，進而為出版書業，成為我國歷史最長久之大出版公司。

先父　王雲五先生是在一九二一年（民國十年）受聘為該館編譯所長。當年公司創立僅有二十四年，已成為我國出版界之首腦，每年出版書籍之種類占全國出版百分之五十以上。在全國各大城市均設有分館，並設有大型之印刷廠數間，員工約有六千餘人，成為全世界三大出版家之一。

我是在一九二二年五月在上海出生。父親進入商務印書館祇有數月，可以說是我是生於「商務」。後來在一九四四年，我畢業於成都華西大學，即到重慶白象街商務印書館編輯部擔任助理編輯。主編當時的《學生雜誌》。晚間則在重慶開課之東吳大學修讀法律。

我在上海十一、十二歲時，父親正在主編「中正學術基金會」主辦的《中山大辭典》。原計劃出版後，內容及頁數均超過當時的《大英百科全書》。我在週末及假期中，也在幫助父親做些剪貼的工作，學得一些編輯字典的技能。大學四年級時，曾請教於父親，擬編輯一部漢英詞典，以「四角號碼」排列。命名為《現代漢英詞典》，主要目的是想協助國人學習英文，外國人也可以藉此學習中文。一九四六年，即將此詞典編成，並由父親親自校正，由商務印書館出版。至一九四八年，已重版五次，流行尚廣。

一九五一年，該詞典曾增訂一次，就三四年來最新流行之詞語，盡量蒐集，得一千餘詞，列為本詞典之附錄，由台灣華國出版社發行。一九六九年，已重版五次。

我原籍是廣東中山。二〇〇三年，我承廣東中山市市政府之邀請，參加了第四屆世界中山同鄉懇親大會及國父孫中山先生一百三十六歲誕辰。大會中，有一女記者來訪問我，我是否是多年前在重慶商務印書館出版《現代漢英詞典》之編者。我問她如何知道的？她說，是由電腦中看到一檔案，謂毛澤東常使用這本王雲五校訂、王學哲編輯、商務印書館出版的《現代漢英詞典》。我問她有無確實證據。次日，她帶來一篇由電腦上印出的文章給我。這文章名叫〈毛澤東學英語〉，作者為林克，摘自中央文獻出版社二〇〇一年五月出版之《老一代革命家的讀書生活》（于俊道、張鵬編）。

該文作者林克是在一九五四年秋到毛澤東辦公室擔任他的國際問題秘書，前後二十年。除了秘書工作外，大部份時間幫助他學習英語，茲擇要該文如下：

『毛澤東歷來十分重視中國語言在外國語言的學習，並主張把學習本國語言和學習外國語言結合起來。

『在七〇年代，他還提倡六十歲以下的「同志」要學習英語。

『一九五四年，我到他身邊工作時，他那時熟悉的單詞還不很多。他的湖南口音很重，有些英語單詞發音不準，他就讓我領讀。有時，他自己再練習幾遍，請我聽他的發音是否合乎標準。他身邊經常放著兩本字典，一部英漢字典、一部漢英字典，備他經常查閱。《現代漢英詞典》就是其中之一。』

一九四六年，父親離開商務印書館，出任「經濟部長」並兼任「中紡公司」董事長，囑我擔任該董事會的秘書。因此，我也離開了「商務」。一九四七年六月，我畢業於東吳大學之法學院，當年該校已遷回上海。同年八月，我赴美國到華盛頓特區（Washington D.C.）的華盛頓喬治大學（George Washington University）進修「國際私法」。希望學成後，回到上海擔任律師的職務。怎知一九五〇年畢業後，中國大陸的政局大有改變。我選擇了留居在美國工作。當時美國的律師都要具有美國公民的身份。我沒有獲得該身份，也無法考取律師執照，所有的法律事務所更不願意雇用無美籍身份的人士。為了解決生活問題，我進入「紐約人壽保險公司」（New York Life Insurance）擔任推銷人員。一九五〇年代，華人在美國保險公司甚少，微乎其微，我可能是「紐約人壽保險公司」之第二名華人。我在美國經營人壽保險，由一九五〇年起，直至一九九七年退休，前後有四十七年之久。

一九七九年，父親不幸在台北仙逝。他當時是擔任台灣商務印書館董事長，擁有少數股份，但已將那些股份贈予「財團法人雲五圖書館基金會」，我是代表該基金會出席股東會，被選為該公司七名董事之一。從此以後，我每年都要返回台北出席並奉陪當年尚生存的母親，她那時候也有九十多歲了。

二〇〇二年，我承台灣商務印書館股東的愛護與支持，被推選為董事長，怎想到我是在一九四六年離開「商務」，時隔五十六年，我又回到「商務」工作。我接任以來，仍依照父親主持「商務」時之原則，以出版有價值、及相當水準的書籍，推廣我中華文化、與普及教育的任務。我亦建議「商務」雖已有一百一十年的歷史，但「商務」必須年輕化、及現代化，我們不能採取一名一百一十歲老翁的態度，我們要像一九二一年父親進館時，「商務」是個二十四歲，年輕力壯，富有精神的青年，繼續為我中華民族，推廣文化，普及教育來努力。

王學哲二〇〇七年於台北時年八十有五

信札年表

信札年表

■上方欄為信件年、月、日；下方欄為事項大要。從一九三六年十二月至一九四八年六月為止，依年月日順序列載。

■本文所記載之事項中所省略，或有保留的，僅留信件年月日而不刊載。其他，全數刊載，並附以原信發表。

一九三六年

十二月五日　有關文化史叢書事，並謂患有小病，不克多述

一九三七年

十一月十五日　香港缽典乍街房屋。匯豐押款。港廠工作力量大增。主計部擬錄帳冊一份寄港。雜誌停辦。戰區內不能工作人員

十一月十六日　關於媳婦及孫女在廬山逃難

十一月十八日　存紙事。洽商主顧之事

十一月三十日　蔡隺廎（蔡元培）到港請父親代覓安居之處（學哲當年十五歲在香港南方中學供讀，家住跑馬地崇正會館，蔡先生來港後暫住我家，父親囑我

每日　奉陪蔡先生在住所附近散步）
十二月十五日　公司工人挑撥勞資兩方感情。節省公司開支等事
十二月十七日　公司減少開支及待遇事
十二月二十日　公司人事及待遇。總館遷長沙。「東方雜誌」最好注重學術，不談政治

一九三八年

一月七日　父親請張先生往香港，但因感觸過多，身體頗為變動，不便成行，又公司節省開銷事
一月十三日　中華書局勞資成立諒解。又公司人事問題
一月十九日　有關北平接受印事件
二月九日　公司去年不能結帳，三月底至遲應通告股東，應如何辦
二月十四日　公司書籍被炸，建議預先規定同人萬一遇難處理辦法，並表示對大局前途悲觀
二月十七日　收到父親二月十日信共十一頁
三月二日　私人事。及公司辦理函授事
三月十四日　私人事。重設南洋分館。辭源重編。總管與分館間之事
三月十五日　溫州紙廠。京華書局。函授。保定分館。互助會。及私人事

三月二十二日　互助會造謠事

三月二十五日　有關股息事

三月三十一日　溫州紙廠，董事會及股東會事

四月一日　接父親三月廿二日信共十五頁，補覆有關增補辭源。通告股東稿。法幣日趨降落等事

四月四日　與上信合寄，談及股息與別設一級薪水事

四月十六日　有關股東擬借息事

五月十二日　建議薪水升降可否用營養增加減未決定。李拔可先生擬辭及其他人事問題

五月二十五日　收到父親所擬記功給獎暫行辦法，為公司為同人，面面顧到，至為欽佩。又私事

五月二十五日　建議不出賣港廠對面之地。兒子張樹年有病，擬同來香港小住

五月三十日　支薪用國幣、港幣或本地幣，同人出外交通費用規則宜早日決定

六月十四日　有關抄校本元曲事

七月五日　讀有關抄本元曲事。及董事會通過墊息及提高薪折

八月八日　疏散存貨，處理分支館等事。函授擴大招生。收到父親所擬「節約委員會名單及章程」

八月二十二日　得悉父親在港提倡同人節約之舉，以身作則。港處今歲開支可望平衡。

十月十日　張先生內侄譯有一書送公司審查請勿因其介紹，稍有遷就。擬編「通用名詞習語淺釋」

十一月三日　談及「同人節約方案」及某職員辭職。擬請挽留公司資本恢復五百萬元贊成各項規畫（缺原件）

十一月二十九日　印刷元明雜劇事。親友謀職事

十二月三日　工人「扶助會」又糾纏事

十二月四日　收到電文

十二月五日　關於董事會幾及半年未舉行。年終董監事車馬費擬停送

十二月十六日　夏筱芳先生辭職事。如何回覆鄭振鐸有關影印元明雜劇事。擬請父親發一通告禁止同人在辦公室抽煙

一九三九年

一月三日　互助會糾葛事。工部局邢女士有英文信到，擬請父親用英文配漢文答覆。又影印元曲事

一月二十三日　擬開董事會報告營業情狀。工人到滬處會客室胡鬧。接到父親回工部局邢女士回信，義正詞嚴，至為欽佩

一月二十四日　收到港處寄回元曲契約。工部局邢女士得覆，頗為滿意

二月三日　李拔可先生，蔡公椿先生及董事會事。又開股東會時父親在港未能出席，思之不禁徬徨無計

三月二十日　董事會緩開。同人薪折升降事

四月十日　函稱患腸胃病不能赴港。董事會通過來稿提出各案。又聞父親因時局艱難，同人不能諒解，至多感觸，甚表馳念

五月四日　公司接得承印「建設公債」。工潮已平。奉天及西南各省生活高，可否酌與臨時津貼。取得半部元明雜劇

六月八日　建議出版及函授應注重農科如耕牧、林業、小工業次之

六月二十九日　港廠購地。及家庭私事

七月十日　該年營業約五百萬元。幣價日落，建議數點開源節流之辦法。又私事

八月十五日　內地停止匯款。史久芸先生帶來父親三十頁長之計劃書，於公司全局指示周密，至為欽佩

八月十五日　與上信同日寄出，因女兒生產，請代購奶粉設法運重慶

八月二十二日　公司怠工。謂父親在八一三發生以來，公司未裁一人，中華書局已裁二千餘人，但同人仍不滿意

八月二十二日　同日又加數言，謂丁斐章先生將赴港

九月七日　公司第二次怠工。父親定有平糴辦法，因郵遞延擱，廠方迫不及待

九月九日　公司第二次怠工後處理辦法

九月十一日　此信以董長會主席庶名，謂工會印發告股東及社會人士書詆毀父親個人名譽，董事會仍全體信任父親

九月十二日　本日董事會有公函致父親表示信任。又私事

九月十六日　提擬以法律起訴保護父親之名譽。同人對平羅辦法仍多有辯論

九月十六日　抄致鮑慶林先生信，有關高級職員濫支船費

九月十六日　有關平羅代價券擬改發現金

九月十九日　平羅代價券改發現錢事

九月二十二日　詳述公司董事及高級職員之事。發平羅代價券時之糾紛，擬請父親返滬處理

十月九日　李拔可先生堅辭，擬由鮑慶林先生暫代。謠傳港廠工人發生糾紛

十月十四日　公司高級職員薪金與津貼。港廠糾紛解決。收到節省紙張及減少印數之計劃。公司甚難維持八一三以前之局面

十一月四日　縮印衲史及影印楊氏水經注事

十一月八日　在董事會中傳閱父親駁覆同人之信。抽取校閱元明劇本，目力日差

十一月十二日　出版馬相伯先生年譜

十一月十二日　同日補述縮印衲史，業經估價。又有關涵芬樓汲古閣毛氏精抄辛稼軒詞事

十一月二十五日　父親九月十七日辯駁同人會之信在董事會傳觀。李拔可先生打銷辭意。同人會擬正式成立，得復電願出版馬相伯年譜

十二月五日　與馬相伯年譜著作人商妥，購入舊抄辛軒詞丁集，決定即日付印

十二月十五日　郵船減少，郵遞稽延。談及公司事四點：毛氏精抄稼軒詞，縮印衲史，自印輔幣，家事教科書

一九四〇年

一月二十一日　在港舉行之廣東文物展覽會中，願將家藏澹歸和尚所書立軸一幅陳列。同人會又起糾紛。港館地位擁擠，建議開支館。校訂元明雜劇事

二月十九日　得悉勞工代表折衝經過，及各分館臨時加薪辦法。

二月二十七日　請查究編行堂全集，有無印行之價值。又內侄許君著有「桐油之化學與工業」，有無出版之價值

三月六日　關於蔡元培先生身後之建議

三月十一日　本月五日父親電知蔡元培先生逝世。又關於公司借息。及重印太平御覽事

三月十一日　蔡元培先生原在上海所租之房屋事

三月二十一日　關於蔡元培先生在上海住屋是否續租，並勸蔡夫人挈子女回滬

三月二十一日　提出九點有關公司事，如印刷水經注，名媛文苑、行堂集、辛稼軒詞及

三月二十二日　張先生所編「中華民族的人格」等

三月二十八日　有關蔡元培先生住宅。收到父親來信建議建立蔡元培子女教養基金

四月二日　聞父親將於二十五日赴渝。又提及公司事六點。蔡夫人租屋事

四月十八日　公司事四則。元明雜劇已與教育部定約，並在校對。希望父親在渝能多拉代印工作

六月七日　知父親由渝返港。股東借息。董事會決定為三厘，正如父親所建議。公司財政困難，不能面商，昨夕竟不能成睡

六月十四日　聞職員楊君存款忽然加增，可能有舞弊情形，請父親密查

六月二十九日　談及公司事四點：股東借息，鮑慶林先生辭職，同人會要求，董事會決議案

七月四日　水經注疏校閱事

七月十日　收到廣東叢書契約及書單

七月十日　鮑慶林先生來訪，回任協理之職，五日開董事會通過。補助同人子女教育費，因時局嚴重，不便提出討論

八月十日　鮑慶林回任協理

欣聞公司又領到外匯。對若干董事之評價。欣聞李伯嘉先生將代表父親來滬報告公司損失及核算

八月二十八日　關於楊氏水經注疏校閱之困難，目力大遜，精神不濟，恐未能相助

九月二十日　欣聞公司增印郵票。明雜劇排印事。又私事

九月二十五日　在董事會報告公司損失情形，但負債較戰前減少二百萬元，對父親甚為贊許。又私人事

十月三日　父親擬恢復新加坡分館，請董事會通過。上海大雨致全市泛濫，董事會因之改期

十月三日　建議黃仲明辭父儀公會主席

十月十二日　董事會通過復設新加坡分館。上海租界形勢甚嚴重。及私事

一九四二年

六月二十七日　請予姪孫女協助並介紹工作

七月八日　知父親家人安抵陪都。又聞蔡元培夫人在港生活非常艱苦

十一月十八日　與李拔可先生聯名致函父親，聞內地物價日高，請自加支戰時津貼一千元

一九四三年

三月二十三日　謂滬處山窮水盡無法維持，請父親速設法救濟

一九四五年

九月十六日　抗戰光復後，李伯嘉返滬。父親不能赴滬之原由（缺原件）

十月十八日　聞國民大會展期舉行，建議重選代表，必須平等待遇收復區

十月二十七日　（不宜發表）

十月二十七日　自日寇侵華以來，生活大受窘迫，曾在滬賣字謀生，現擬推展至內地請父親幫助

十二月十三日　（不宜發表）

十二月二十三日　欣聞父親已邀集友人幫助「賣字」之事。內戰再接再厲。杭州分館。及私事

一九四六年

一月十七日　（不宜發表）

一月二十三日　杭館俞鏡清調滬事

二月一日　（不宜發表）

三月二十八日　關於公司股息事。又請父親協助丁斐章之女公子及其婿赴美留學

四月三日　關於李拔可先生女兒在荷蘭逝世，請保守祕密

六月四日	仍徵求父親有關公司同人薪金待遇之辦法。並謂父親之「愛公司，至深且遠，非可以言語稱謝也」
六月八日	李拔可先生年高體病，建議請楊端六先生繼任，並請父親去一信「勸駕」
六月十六日	有關兒子張樹年先生事
七月三日	上海時疫醫院擬再向紡建公司募款
七月十九日	有關李拔可先生女婿事。又對當時物價統制之意見
七月十九日	香港舊工人來館滋擾。並謂父親一去「公司將亡，奈何奈何」
八月四日	介紹友人樹勳君擬參與對日貿易考察團，附楊君履歷。又紡建公司對於募捐尚未有回信，請代吹噓
八月十日	公司即將開董事會，又更改章程
八月十九日	公司已定八月廿四日開董事會，詢問父親何日由京返滬
八月二十日	昨日由孫逵方帶上一信，今將再郵寄
九月一日	八月廿六日曾到我家造訪，父親不在，交學哲致朱經農先生一信，請父親轉
九月九日	有覆朱經農先生一信，請父親帶回南京轉交，並請將公司之內情及應改革之事告之
九月十五日	朱經農先生到館，李拔可先生辭經理職，擬請李伯嘉先生繼任

九月二十四日　報告董事會通過各事。閘北總廠一部為日軍開設碾米廠，現已收回，但仍存有機件不少，請父親幫忙解決

十月十六日　介紹舊同人之子陶公衛君出任駐美商務參贊

十月十八日　聽聞父親將於張先生生日送上酒席，因時勢關係，不敢領受

十月二十八日　收到父親贈送生日錦屏

十一月十九日　本月十六日曾有一函請李伯嘉先生帶上南京。韋傅卿先生去港，甚為可憐，屬代請父親援助

十一月二十七日　兩日前與父親相晤，建議公司早日退出七聯。又有親人為雙親稱慶，請父親贈墨寶

十二月十一日　據云二百餘已解雇之工人，又來糾纏，經社會局調解每人或給予二三十萬元。公司存銀甚少，恐有不能付薪水之一日，並建議開源節流之辦法

一九四七年

一月十六日　有關移調李拔可先生外孫回國之事

三月三十日　請父親幫助鄰居之子赴美留學。又舊同人之子謀職

五月三日　有關公司事，提及曾與學哲通電話，知悉父親短時不能返滬。物價大漲，擬同人特支津貼，重要職員薪水宜稍從寬

五月十四日　公司薪水即須增加百分之八十，全公司月須發薪金十二億元

一九四八年

四月二十九日　有親戚在上海設有磚瓦廠，請父親幫助事

六月十一日　有關國事，希望父親能徹底改革。又請救濟林琴南家人

一九三六年十二月五日

■有關文化史叢書事
■並謂患有小病，不克多述

岫廬先生大鑒奉
手教，展誦不勝慚悚，弟對於公公方（司）愧未能盡其心力，乃我
兄如此推挹，實覺汗顏，承
賜文化史叢書四種捧讀面葉，業已出版，無可挽回，祇可赧顏忍受而已，謹留一部，以誌
嘉惠，繳還一部，伏乞
收回。賤體適有小恙，不克多述，容再詣
謝，覆頌
台安

弟張元濟頓首　十二月五日

一九三七年十一月十五日

■香港缽典乍街房屋
■匯豐押款
■港廠工作力量大增
■主計部擬錄帳冊一份寄港
■雜誌停辦
■戰區內不能工作人員

岫廬先生閣下，本月十二日得覆電後，即覆一詳函寄漢館許季芸君轉長沙，昨閱來電知　兄即日赴漢，想前函必在漢口呈閱矣，昨得本月一日自香港發來大函，展誦祗悉，謹奉覆如左：

一、缽典乍街之屋售去，鄙意甚贊成，如萬一售不去，現在港地屋少人多，可否加租，祈　酌

二、匯豐押款，承　示商妥即電示，開董事會通過簽字，惟迄今尚未來電，想有變動，未知何因，甚以為念。

三、港廠工作力量，自　兄整理後，每日可由十萬冊，增至二十萬冊，不勝欽佩，昨約（李）拔可、（李）伯嘉、（鮑）慶林、（夏）筱芳、（史）久芸、（黃）仲明諸君商議館事，據筱芳、伯嘉二君談及現在上海出口運輸方面，除南通一路外，幾於全斷，即南通一路亦十分擁擠，近來由港廠運進之貨，全然未動，所有明年一月以前印成小學書一千八百萬冊，深

恐無法運輸，反致呆擱成本，伯嘉當有詳函寄達　左右，請減印數，再昨日弟與公司重要諸君所談各節，奉達如左：

一、總管理處秘書處、主計部擬非至迫不得已時，不遷移，編審部凡關涉理科及整理叢書集成，萬有文庫者亦不動，主計部重要帳冊擬抄錄一分寄港，以防萬一之用。

二、雜誌決行停辦，門售者均已撤除不售，其他有關之書籍亦然。

三、戰區內不能工作之員工，現尚有四百餘人，契約展期三個月，本月底即行屆滿，弟意當此時節，寧可耗費若干，免起糾紛，昨日討論此原則，大家均以為然，先請久芸兄將所有關係事項逐層籌劃商妥後，再行宣布，日內工友如來問及，先告以公司總有辦法，以安其心。

四、仲明所商印件，前途來電從緩。

再敝寓甚安，前戰線西移時，槍砲之聲頗為震動，近已內移，寂然矣。賤體亦無恙，承注甚感，手覆即頌

台安

弟張元濟頓首　十一月十五日

一九三七年十一月十六日

■關於媳婦及孫女在廬山逃難

岫廬先生閣下，前昨疊寄兩函，均託季芸轉　呈，計荷垂詧，前途益形黯淡，小媳挈孫女旅居廬山以後，變化不知如何，彼此隔絕甚覺不妥，南通路甚危險，萬一到鎮江後，該輪中阻，進退兩難，浙贛路已不可行，即能到杭紹，而寧波海道亦已被阻，祇有到漢口乘飛機赴港，由港乘外國郵船返滬，如此可望到達。所有由漢飛港旅費不敷，祈　屬漢館代墊，由港返滬二等川資，亦請函託港館代付，並懇照料，登舟所有用款轉滬照繳，瑣瑣奉瀆，無任感悚，專此敬請

台安

弟張元濟頓首　十一月十六日

一九三七年十一月十八日

■存紙事
■洽商主顧之事

岫翁閣下本月十二日十五日十六日疊上三函均附季芸信中託其轉呈，計荷　詧及，仲明來說之印件忽云從緩，弟深恐有人專利，宜設法阻止。我處無紙，弟意先將紙張買存（有五百數十令），據李黃二君云，總有用處，同時並將管見轉致在事諸人采用，聞主顧不久將有漢湘之行，我兄或能與之一商也，十六日信言小媳將取道漢口飛港回滬，聞新華銀行王志莘兄亦到漢或同取此道，乞　派人往詢，能同行最妙，統祈推愛照拂，專此即頌
旅安

弟張元濟頓首　十一月十八日

一九三七年十一月三十日

■蔡隺廎（蔡元培）到港請父親代覓安居之處

再蔡隺廎兄前日乘外國郵船赴港，云到後當奉訪，並乞　代覓一稍可安居之處，計此信到時必已見面矣，再上
岫廬先生史席

弟張元濟頓首　十一月三十日

一九三七年十二月十五日

■公司工人挑撥勞資兩方感情

岫廬先生大鑒，本月十日肅上長函，由公司附呈，同日接到我兄及蔡公椿君急電，午後開董事會通過議案，即由公司電覆數言，計荷　詧及，所示方案疊約同人

■ 節省公司開支等事

討論，琢如兄均經在座，公司當有覆函，有未明者，琢兄今日返港，可以補充陳述，邇日屢有未能工作之在外同人，甚為煽動，先有自稱互助會籌備會之告同人書，昨日又有翻印之在職同人公啟，此等印件公司想均寄呈　台閱，弟昨晚接到在後一件，幾於不能安眠，如此挑撥勞資兩方感情，前途實為危險，今晨起後，即代公司擬一通告，送與拔翁閱看，並約久芸兄在座商改妥帖，能否發表，聞尚須候諸位當局到齊，看過再定。

亦屬抄呈　台覽，再近日弟為公司籌擬節省方法，先請停止熱汽管煤爐，嗣後調查公司現有電話分機，（前月額外電話費共付價三百餘元，以前尚不止此）擬將五十六具減為二十六具，同時並擬將同人家中電話，除留　尊府，李夏二君暨兩廠長、棧房主管、王康生六處，其餘尚有十三處擬請一律停止，嗣後又採用主計條議，停止津貼同人包車及臨時雇用汽車，上書當軸，不意同人大加反對，甚至有不堪入耳之言，致拔翁十分為難，弟於公司、於同人、於拔翁實深愧對，抱憾無極，我　公來信屬將所用汽車停止，改為津貼，平均計算每月三百餘元，戔戔之數，本無不應遵辦之理，惟昨見自稱在職同人公啟，其中就事實論一條，語語挑撥，又弟有致李夏二君之信，主張裁節同人包車，停止臨時汽車（茲將該信印底附呈台閱）對於我　公絕不發表意見，殊非以誠意待朋友之道，鄙意我　公在滬之車，遵即停止，在港或臨時雇車，或將滬用之車運港，或在港買一「第二手車」，雇人開駛，一切仍支公帳，則蔡李二君在港遇有公事亦可借用，未知　尊見以為何如，我　公事事先公後私，且以有二十年之交情，故敢貢此愚誠，素承　摯愛，必能諒其無他也，弟近日目力甚差，並患小便頻數，醫云膀胱發炎，尚堪支柱，餘事續布，祇頌

旅安

弟張元濟頓首　十二月十五日十點半鐘

一九三七年十二月十七日

■公司減少開支及待遇事

岫廬先生大鑒，十五日徐琢如兄返港，託帶一函，計期今日可到，當蒙督及，八一三以後議定減折支薪，分館高於總館一折，香港又高一折，詎知蔡公椿兄每月所得總數多於我　兄所受實薪，冠履倒置，無此辦法，人事科既不來告，弟亦疏忽未嘗慮及，故望日一函尚有妄陳之意見，發覺之後，不勝惶悚，當於今日午後發上急電，文曰「刪函琢到，想達，昨知台從實薪少於公椿所得總數，疏忽慚悚，管見函陳濟」過出無心，想蒙　鑒宥，今私擬一辦法如下，總館支薪四百元以上者四折，比例推計，則在港應得六折，但總管理處現遷長沙，折扣又有不同，鄙見對於我　兄地位，不宜與尋常調用人員相提並論，擬於在滬折實薪水之外，致送公費，弟於我　兄無話不可說，應需若干，即求　指示，由弟發表，至於在港需用汽車，前函所陳或有未協，亦祈核示，又有陳者，時局嚴重，公司前途實難預料，弟意惟有竭力節流，前日附呈致李、夏二君公函留底，計荷垂督，目前究可辦理否，如　尊意以為可行，即請我兄折衷決定，（弟之原擬不免過刻）或指示大概，屬由李夏二君酌辦，此外尚有數事，一、拔可宣布伊所用汽車以今年為止，不再納捐，車夫遣散，弟曾勸不必過於矯情，或與慶林合用一車，聞曾與慶說，慶如有改動，最好於廿七年一月一日施行，節省之事，人人均覺不便，能多捱一天是一天，能藏過一件是一件，弟於公司各事，近甚隔膜，邇來記性更壞，諸事多想不起來，雖欲稍盡棉薄，以分我　兄之勞，而力已不逮，甚自愧也，又拔翁屢言，現在總處已遷，總公司圖章亦已寄港，不能再代行總經理職務，未知何意，應否由我　兄重加委託，或即行終止，伏候卓裁，專此敬頌

台安

弟張元濟頓首　十二月十七日燈下

一九三七年十二月二十日

■ 公司人事及待遇
■ 總館遷長沙
■ 「東方雜誌」最好注重學術，不談政治

岫廬先生閣下本月十日十五日十七日疊寄三函，十七日又去一急電想均達覽，最後一信係由怡和太古郵遞，計期恐尚到在此信之後也，停工之三四百人，是一困難問題，明年一月底解雇斷做不到，旬日以來，滋擾情形，公司當有詳報，輔卿琢如當能詳達，最後發見在職同人啟，公司擬置之不問，弟以為事事縮頭，必致愈鬧愈甚，故擬公告一稿，通夕幾不能寐，次晨送至拔翁府上，約久芸商酌，由拔翁帶至總處，轉交諸位當局閱看，候至十點半鐘，弟索商定之稿，欲附入致我　兄函中，云尚有兩位未到，其後幸能附呈，其後經大眾修改，語語模稜，弟意不如索性將解雇一層撇去，使人心稍得安定，此已印成通告，與前稿多不相同，公司想已寄呈，分館待遇，同人福利，昨晤久芸，知已開單呈　閱，並未將弟意見詳細開呈，已屬補達，又調劑同人職務之事無人負責，恐亦無法辦理，事閒之部未必肯將本部事少之人一一開出，其須調人幫忙之部，亦未敢說本處有多少積壓之事未做，須人幫助，一經說出，被調之人及其所屬之部必反怪其不許同人稍閒，且責其平日何以不將諸事辦了，致此時勞動別部同人，史久芸云最好舉辦一新事件，鄙意此時如何能覓新事件，只有在舊事件中設法清理，但使肯仔細搜尋，不怕無事，弟現尚思稍為在事諸君分勞，特恐於館事已形隔膜，致所見多屬不能適用，此則甚恐無以仰副期望耳，拔翁昨來，談及東方雜誌，以後最好注重學術，不談時事，又教育雜誌亦宜采輯歐洲戰時如何維持或戰後之如何復興教育，亦不必及於如何抗戰云云，弟意亦以為然，渠將面與李聖五及黃君討論，茲特附陳，敬祈　台核，又小婿已挈小女等赴武昌，但該處恐亦不能久留，或須有第二次之逃難，萬一緊急，手中無錢，如何得了，擬請函達漢分館，遇有迫不得已之時，撥給五百元，備作逃生

之用，由小女出具收據，由弟歸還，倘蒙
俯允，不勝感禱之至，專此敬請
台安

弟張元濟頓首　十二月廿日

一九三八年一月七日

■父親請張先生往香港，但因感觸過多，身體頗為變動，不便成行

■又公司節省開銷事

岫廬先生有道，十二月廿六日肅上一函，託雀廎夫人帶呈，計荷　垂詧，所以託蔡太太者，以公司中人揚言，信須檢查，不宜封口，防其藉詞任意拆閱，反有不便也，越二日蔡君公椿來，出示十一月廿四日　手教，捧誦謹悉。公椿並傳述雅意，招弟至香港一行，本應遵辦，此比彼此，函牘往還，有所商榷，可以格外詳盡，亟願遵辦，無如數月以來，感觸過甚，身體頗有變動，深恐到港以後，或隨鳳凰飛去，則有累於我　公者不淺，故終不敢成行，區區下情，已請公椿代陳，務祈　鑒宥，十二月廿四日　大函，弟閱讀後，即先後轉胥拔可、筱芳、慶林、伯嘉、久芸、仲明諸君，自當遵行，一切均由公椿與諸君接洽，即由公椿面達，茲不贅陳，弟所最憂者，為此間工潮、公司人事，經委任久芸專辦，久芸固能負責，亦無搪塞延宕之習氣，但為地位所限，而平日於外界亦少接觸，（不能與西人談話，與捕房亦無往來）遇有緊要之事，即以電報向　尊處請示，而事變不窮，稍縱即逝，弟苟可相助，為理無不勉竭微力，但精力衰邁，迥非昔比，內部現多隔閡，外界更少周旋，形格勢禁，亦唯有徒喚奈何而已，本月底，續約屆滿者，聞人數不少，弟略有管見，已與史蔡二君晤談數次，公椿當能面罄，茲不贅陳，至於調劑在職人員，如進貨科、推廣科，可謂等於無事，此必須通盤籌劃，若枝枝節節而為之，非獨無效，且反混淆，鄙見非由最高級之指揮，終歸無補，惟有請我　公遙領耳。

來示主張「原始的」節減負擔辦法，

弟極端贊成，聞進貨關鍵根於生產、營業二部，此後以拔翁任第一組，能否把持得定，仍望我　公時刻提撕，又節省開支，本為消極，然處此非常時期，收入銳減，亦不能不認為重大任務，弟於去年十月廿六日，補充我　公意見，曾致一公函於在事諸君，言之諄諄，今已兩個半月，未見有何舉動，即如棋盤街煮水煤汽，去歲統計，歲須費千五百餘元，各廠向係購用熱水，以人數比例，至少可省三分之二（附呈一表）又茶葉歲費千斤，均係零碎購買，各廠尚不在內，弟以為每年可投標一次，必可節省若干，此不過就一二端言之，總之此雖小事，然非有最高級之指揮，庶務股怕得罪同儕，決不敢辦，弟偶所有見，仍當貢獻當局，但必為大眾所不領，且所不及知者甚多，亦無可如何之事也，來示一方維持本有營業，他方張羅特種營業，前兩月有大宗印刷屬為估價、交貨期限甚迫，本館無紙，幸某洋行有存貨五百餘令，遂與約定，始敢估價，與乙方會商，嗣無成議，紙亦未買，然安知後不再來，應否預購此項紙張若干，以免臨時措手不及，致被他家獨攬，又有若干省地圖，以後恐有需要，聞積存地圖紙甚多，目下能否印製，統乞裁酌，又副箋所示，自當遵行，得信次日，即由弟備具正式公函，致祕書處，並附去　大函一紙，屬其照辦，得覆已轉知港館，按月賚呈，合併陳明，外附管見，節略一紙，又錄去年十月廿六日致在事諸君公信稿一分，均託公椿帶呈，並祈　鑒詧，前託遇緊要時期，請漢館撥借五百元與小婿孫逵方，已蒙轉達，感謝不盡，手覆敬頌

台安

弟張元濟頓首　元月七日

一九三八年一月十三日

■中華書局勞資成立諒解
■又公司人事問題

岫廬先生有道前日（本月十一日）寄上一函，託公司交外國郵船遞寄，不知不致遲誤否，公椿、筱芳諸君想均晤及，此間一切情狀，更可瞭然，今日報稱中華勞資雙方經工部局派員調處，成立諒解，公司當有詳報，弟不贅述，究不知其實情如何，想　兄晤及陸君（指陸費逵）必能探詢明白也，覆筱芳信論公司存紙及掉換轉售各節，筱芳行時未知本科事件，委託何人，守仁又南行，梅生病體未必能勝此勞苦也，伯恆來信堅辭協理，弟已覆信勸其勿堅却，其信中尚有所商榷，又論及分館薪水減折，今附上，弟因中華通告對於分局辦法有所區別，前曾請公椿面陳，想已在藎籌中矣，專布祇頌

台安

弟張元濟頓首　元月月十三日

孫婿逵方又將遷渝外　信一件乞附

轉遞

一九三八年一月十九日

■有關北平接受印事件

岫翁大鑒，李伯嘉兄南行託帶一函計荷　垂詧，伯恆意擬將平廠定一辦法，或盤接與他人換一牌號，以便接受當地印件，鄙見大有考慮之價值，否則有印件而不便接受，非特該廠不能自養，且恐招致外來干涉，請藎籌及之，稍遲當再詳述管見，外周君託轉蔡隺兄信並西藥壹包，又弟致許季芸信祈　分別飭交，瑣瀆感悚，敬頌

文福

弟張元濟頓首　元月十九日

一九三八年二月九日

■公司去年不能結帳，三月底至遲應通告股東，應如何辦

岫廬先生閣下本月四日覆上一函，內附致公椿、伯嘉兩信想先遞到，同日接覆電為伯恆事，七日又得本月二日　手書展誦悉，致潘光迥兄電信蒙航空轉漢館探投甚感，版權頁辦法去電，當日弟適在公司代擬，不知乃用賤名發出，以為公司必有詳函，故弟以後去信從未道及，昨詢拔翁知電後續有詳函，當可接洽矣，前月廿六日信查係候一月三十日郵船發遞，何以本月四日尚未遞到，詫異之至，賤體託　庇無恙，閤寓亦安吉，可祈　勿念。茲有寄漢館許君信祈轉寄，能附航空尤感，公司去年不能結帳，三月底至遲應通告股東，應如何辦法，乞便中酌示，即頌

台安

弟張元濟頓首　二月九日

一九三八年二月十四日

■公司書籍被炸，建議預先規定同人萬一遇難處理辦法，並表示對大局前途悲觀

岫廬吾兄閣下本月九日肅上寸函，計當達覽，前昨兩日拔翁出示本月四日七日兩次　手書，並抄示與伯恆往來信稿均謹誦悉，前日廿六日所上一函，即去電所謂宥函，計必達到，吾　兄覆伯恆信，正與弟函電意見相合，無任佩慰，版權頁改定登載式樣，至為妥協，拔翁見告某日運漢口之書，在銀盞坳被炸毀九十箱，尚有一百餘箱未經查明，拔翁又言重慶催書甚急，此被燬之書必有為該館所需者，聞之尤深焦灼，再大局前途弟極悲觀，本公司分支館遍於全國，以後同人難免不有意外之遭逢，前告久芸函告　尊處，應預籌一種辦法，引及大東書局各安天命之契約，不過舉一成例，表明並非本館作倆，弟意亦非欲調用同人，各令具結，本館調用同

人早已陸續成行，即全仿照大東亦豈能半路辦起，弟見近人貪得無厭，同人萬一有被難者，公司應該如何待遇，若臨時斟酌必有無數糾紛，不如早為規定，還乞再加考慮為幸，敬頌

台安

弟張元濟頓首　二月十四日

聞慶林因病只到半日拔翁支持不易也

一九三八年二月十七日

■收到父親二月十日信共十一頁

岫廬先生閣下本月九日十四日各上一函，計先遞到，續接本月十日所發　大函計共十一頁，謹誦悉，並送與拔翁久芸兄閱看矣，點書事有丁君回館照料，稍為放心，一切自當如　尊示辦理，前日公司收信云郵班甚急，故不能即覆，京華印書局事，　來示未曾提及，故請拔翁先覆數言，請　為考慮，頃查前月廿六日去信第七條，即述此事，該函知荷　詧及，想已在藎籌中，鄙見此事極有關係，難免將來不別生枝節，務祈早日決定，昨見報載郵局檢查之事，即須實行，不知尊處亦有所聞否，近日天氣仍寒，賤體尚健，承屬勿省煤電，極感　盛意，但弟既請公司勿用熱汽管及煤爐，亟當自踐斯言，且近來亦實有不支之勢，前請我　兄函達漢館，小婿孫逵方第二次移眷避難，請漢館撥給五百元，原有抵當，不意渠丁母憂，先託人來借去五百元，不能不即付，今又在漢館支取，前日轉帳單已到，弟已無款可撥，即請　拔翁展緩一兩月合併聲明，伏祈鑒諒，手此敬頌

台安

弟張元濟頓首　二月十七日

一九三八年三月二日

■私人事
■及公司辦理函授事

岫廬先生有道前月廿八日肅上寸函，計先邀到，午後即得廿五日掛號賜書，展誦敬悉，附下劃條五百元仰荷盛情，不勝感謝。弟對於公司從不曾稍有宕欠，此次實出於無奈，今蒙　賙濟，當即將小女在漢借用之款，先行清還，更覺心安，愈感良朋之相知深也，承　示以後每月接濟我二百元，此則弟當心領，目前家用尚可支持，千萬不必　惠寄，非獨不求發棠，即此次惠借名世之數或可即行籌還也，拔翁今晨枉顧，傳達　雅意，情詞懇摯，至深感蒙，惟弟對於公司不敢有所陳請，此公私之界限極宜分明，此為弟之素志，久邀明察，業向拔翁瀝陳，謹再上言，務祈鑒許，再京華書局之事，知在藎籌之中，近鑒於保館之事，愈益危懼，如將有所變更，無論為名為實，均當報告於董事會，本月下旬為通告股東事，須開董事會，最好於同時陳述，省得另起爐灶，至溫州紙廠事前函所陳管見，是否可行，亦祈　裁示，又昨晚聽無線電粵語報告，某團體擬辦函授兼有數理化科目云云，至經辦者為何人，在何地址則未曾聽得，續有所聞再行　奉告，此事應先著祖鞭，前閱　致拔翁信我兄亦已籌及矣，手覆布謝，順頌

台安

弟張元濟頓首　三月二日

一九三八年三月十四日

■私人事
■重設南洋分館

岫廬先生有道本月二日覆上寸函瀝陳謝悃，計荷　詧及，承示每月接濟用度二百元，　盛意至為銘感，惟目前尚不需用，前函業經陳明，千萬不必寄下，即寄

下弟亦當奉繳，即前惠借名世之數，日內可得一款，亦當先行奉還也，本月八日拔翁交到本月二日手書，展誦祗悉，平廠易幟，及重設南洋分館事，剴切指陳，無任欽佩，至缽典乍街市屋弟極贊同　尊旨，嗣拔翁檢得前三年董事會曾經議決出售，其售價尚略低於此次所得之價，拔翁業經電覆，想邀鑒及，再前上一函，述及溫州紙廠，弟重提往事，非敢多瀆，實因時局愈趨愈下，該廠目前成立，想甚渺茫，故敢再陳管見，前日小芳兄來談亦有此意，未知　卓見以為何如？再辭源出版以後，弟隨時將遺漏辭句思憶所及，即行錄入，記曾送公司抄存，備續編之用，近日檢得此書取與續編對勘，采用者固多，而棄去者亦不少，隨手翻閱已見數十條，今錄出一紙呈　閱，其中有習用之辭句，似尚有可采之價值，未知主持續編諸君，何故刪去，約計弟所補註各條有三千之數，現在整理增補，或有可備參酌之處，已將原書送交拔翁請其轉送傅劉二君，甚望其勿視如草芥也，主持續編諸君即不見弟稿，憑空思索，有許多習用之句，苟一閉目即可獲得，不知何以掛漏，至此甚矣，真能實心任事者之少也。竊再有瀆者，近聞拔翁屢屢言　尊處致各分館之信，往往責斥分館不應將事務專告滬處，語氣甚為嚴重，拔翁自明決無向各分館攬權之意，即有分館函商之事，亦從不專斷，均經轉請　尊處核辦，弟當向拔翁解釋，我　兄亦決無疑彼之意，必係起稿諸人下筆不慎所致，萬勿芥蒂，拔翁亦已豁然，即以分館言之，弟亦諒其別無他意，或因習慣總館久在上海，提筆便寫，忘卻目前情勢變遷，偶爾錯誤，情亦可原，我　兄與拔翁通信，請不必提及此事，惟乞轉屬具稿諸君，覆分館信時，即有指示語氣，務從和婉，凡事祇求有效，並不專在語言之嚴厲，想我兄亦以為然也，從前弟在公司時仙華、伯恆嘗因分莊科去信，字句屢起衝突，此事由來亦已甚久，後起之輩或不免又蹈前轍耳。

弟張元濟頓首　三月十四日

一九三八年三月十五日

■溫州紙廠
■京華書局
■函授
■保定分館
■互助會
■及私人事

岫廬先生大鑒昨日肅上一函正在封發，續奉本月十日手書展誦謹悉，因郵船收信期限甚迫，未及詳覆，先將前函封付公司交郵，該船先一日開行，此函到日，前信必當達　覽矣，茲將奉達各節分述如左：

一、溫州紙廠事——尊意既有為難，弟自當撤回前議，但仔細想來，經多年考察，始擇定溫州地點，可見擇地之難，如欲移往內地，原料尚易，而運輸實大困難，桂省主席請移彼省，若輩祇知鋪排自己門面，而當地有何銷路，交通是何情狀，全不思及，抑何可笑，且不獨移至內地，交通通為難，即仍在原地，而稅率亦是一重要問題，附來周君貽春之信，亦已閱過，吳周二人亦祇知撐持該部門面，並不計及時局與事勢之如何變遷，即如周君之信仍主張預計機件，萬一兩年以後廠地不能決定，是否將機器存在貨棧，聽其銹壞，可謂笑話，彼輩做官過久，腦筋已經麻木，且股本於己無關，遂亦不關痛癢，故發此隔膜之言，　尊意俟開股東臨時會議，再定進止，所見甚是，鄙見如過幾時，時局不見好轉，當再提議。

二、京華事自應依　尊意辦理，再伯恆辭職事弟與拔翁聯電，乞再挽留，嗣拔翁專函詳述，弟漏列名，合再陳明。

三、函授事，經我　公督促，進行甚速，聞之欣慰。

四、保定分館事，伯恆未經報告　尊處，致未接洽，滬處亦未將平館信照轉，弟亦甚異，經將尊函送與拔翁閱看，弟午後到館，拔翁出示伯恆二月十九日及二月廿五日兩次來信，謂信末均有除函達駐港辦事處外之語，伯恆因未疏忽滬處，因來信既有此語，故未照轉，亦非有意捺擱，弟取閱伯恆原信，確係如此云云，當告拔翁，現在辦事機關，彼此睽隔，南北音書尤多阻滯，我　公於該事本來全不知悉，一時自不免焦急，滬處可將原委說明，亦未有何錯誤，經弟解說，拔翁意亦釋然，昨日去信箋未適談及致各分館信，請屬具稿諸君，詞氣務從和婉，弟深知我　兄豁達大度，待人從無成見，而仍為此嘵嘵之言，彌自愧悚，然知我　兄必不責其多言也。

五、互助會又印出第三期「互會」，弟閱之甚為憤懣，知該件已由久芸寄呈，未知我　兄作何感想，弟於個中所述各節先當反求諸己，故請久芸查究，茲將久芸覆信附呈，是否置諸不理，抑將該會施以警戒，敬乞　卓裁。

六、通告股東稿甚為妥協，拔翁及筱慶二兄均閱過無異議，弟擬將「或經本會贊許」六字刪去上句，「或」字改為「叠」字，未知尊意以為何如，擬即定期召集董事會，已屬彙集報告各件，即日開會。

七、承借五百元，今日已送與會計處，收入我　兄存款帳上，收據附呈，謹再致謝。

弟張元濟頓首　三月十五日

一九三八年三月二十二日

■互助會造謠事

岫廬先生閣下，本月十四十五十七日疊上三函，計荷　詧及，茲密陳者，拔翁前日過談，謂館中近有謠言，云　兄有信致弟不滿於筱芳兄之進貨，筱芳因此有辭職之意，於是所謂互助會好事之徒，如劉志陸楊翼成輩以為有隙可乘，即寫信與筱芳與慶林二君，要求晤談，慶林告拔翁已嚴行拒絕，筱芳如何應付尚無所聞（頃晤談，云並未往見，謠言亦決不理）。

兄與弟信固無不滿於筱芳之語，兄所來信弟亦無不送與拔翁閱看，此為互助會中之一種搗亂計畫，互助第三期出版後，知久芸兄已寄呈　台閱，弟前去之信，亦有所陳述，劉君弟未見過，至楊君則弟曾見二次，其人殊不平正，若輩恐終為害群之馬，弟既有所知，不敢不告，應

如何思患預防之處，並候　卓裁，專此即頌　台安

弟張元濟頓首　三月廿二日

一九三八年三月二十五日

■有關股息事

岫廬先生閣下本月十四日十五日十七日廿二日各上一函，計先達到，拔翁出示我　兄覆伯恆，謹已讀悉，伯恆生長京華，與舊時人物接觸過多，不免沾染舊人習氣，弟深知之，望　兄亦諒之也，前日筱芳兄來談及本公司小股東多，倚賴股息者亦不少，今年雖不結帳，而公司經費尚非十分艱絀，能否想一通融辦法，略給一極少之數，稍饜其望，又言此雖違法之舉，然公司不開股東年會，亦與公司章程不合，難保股（東）不反唇相譏，甚或復其故態，結成股（東）聯合會，要求董事召集，先行報告公司損失情形，並舉董監，於事非不可能，若有此等舉動，轉覺面子不好云云，且言不過一人私慮，外面並無所聞，弟等揣測，公司有若干股東本來好事渠或有所聞，亦未可知，惟渠所稱通融一層，無非預支股息或借貸，雖說極少之數，然惡例一開，牽涉甚多，即論目前，亦不能無事，而將來之糾紛，永無了期，業經以各種為難情形答之，渠亦諒解，惟云通告股東稿，可將一有機會即行召集之語，說得較為切實，使股東不致認為無期（限）延期，慶林兄云，既有改動，不如將選舉董監一層刪去，後面續行負責之語，為當然之事，亦可不說，眾意僉同，弟亦認為妥洽，將　來稿略加改動，寄呈核定，如蒙認可，求電示數字，當即召集董事會也。

敬頌　起居

弟張元濟頓首　三月廿五日

一九三八年三月三十一日

■ 溫州紙廠

■ 董事會及股東會事

岫廬先生閣下本月十四日、十五日、十七日、廿二日、廿五日疊上五函計均達覽，比來　起居如何，甚以為念，拔翁告知徐百齊君奉調至港，辦理紙廠董事會開會事宜，想董會畢後，必繼續開股東會，茲將管見所及列左，敬備　甄擇，弟思官股方面，必倡遷地之議，擬遷之地，可想而知，木材當不缺乏，但是有廣大之水源，砍伐之後可以天然運至廠地，如有水源可藉水力發電，但在溫溪已不合算，在內地自更不宜，然則祇可用煤，附近是否有大煤礦，礦如未開不必說，即已開現產之量是否足用，如不足又須添礦本，本從何來，如附近無煤，則由遠處陸運，比之海運至溫溪相去幾何，機器運入內地，他處不必說，即以重慶、梧州論，雖可水運，比至溫溪難易相去幾何，內地印刷不發達，曰官廳可用，然究屬有限，銷路仍在沿江海各省，運費比溫溪又增幾何，彼做官者只知裝飾門面，且可藉調查之名，又豢養若干親友，思之寒心，遷地之議，如果提出，祈請吾　兄堅持，至於保護稅率，此時自談不到，但恐將來亦終談不到矣，弟近體尚健，惟目力日絀，醫治亦無效，殆年歲為之也，敬頌

台安

弟張元濟頓首　三月三十一日

外附寄小婿信乞遇便再附入，千萬勿專寄，又託。

一九三八年四月一日

■ 接父親三月廿二日

前函繕就，已封送滬處轉寄（徐琢如　兄三月廿三日來信，論公司營業近況，已

信共十五頁，補覆有關增補辭源

■通告股東稿

■法幣幣值日趨降落等事

誦悉，不另覆，乞 致意）續得三月廿二日 覆示，計共十五紙，展誦謹悉，查外國郵船係今日下午收信，故將前函取回，開緘補覆如下，第一節增補辭源各條，雖有三千餘，不過隨得隨記，弟已函託拔翁轉告傅劉二君嚴加抉擇， 來示云，盡量採用，未免阿私所為；第二節，通告股東稿，又有修改，詳最後一去信，敬候 裁示；第三節，承 示營業情形，至為欣慰，弟所慮者，以後法幣必日趨降落，售貨即能加價，然不能隨便零加，衣食之費日昂，港處及館廠各員以港幣發薪，自不吃虧，惟我兄仍支法幣，將來必有一日，所得實薪在高級職員之下，各館職員對在港同人亦顯有不平，應如何預為計畫，已請久芸籌畫詳陳矣；第四節 尊處在丙方固是，而弟則仍慮乙方，因其人太狡猾，故仍乞 注意；第五節，開示一切，剴切詳明，全是過則歸己之意，不勝欽佩，遵示轉送拔翁閱看，拔翁親自交還，略有申說，弟於公司近事不能明瞭，不敢再有所瀆，惟港滬睽隔各地方，又郵遞艱阻，往來函件先後不無參錯，情事乖迕，自所難免，我 兄事務殷繁，已甚勞瘁，若遇有不合之事，輒易生氣，實於 尊體非宜，最好先令徹查原委，確係過誤，再與譴責，區區下忱，伏祈 鑒察，至於賞罰嚴明，如來示所言郁君之事，解雇示懲，實為至當不易之理，弟極為贊成，至同事袒護，尤可痛恨，前聞某君云，祇有千日朋友，斷無千日東家，弟以為中國之壞，實壞於此等心理，尤望我 兄之能痛革此習也；第六節，靜候裁酌，即頌 台安

弟張元濟頓首 四月一日

一九三八年四月四日

■與上信合寄，談及股息與別設一級薪

前函繕就，業已封送公司，轉託徐君帶上，頃又連接前月三十一日先後兩次手書（因將前函索回再寄，補入此函）均經誦悉，前此筱芳提出股息之時，經弟約

水事

同人兩次討論，弟逐層駁斥，渠亦無言，其後以股東雖覺不快或將聯合要求開會，作為下台之詞，弟意似不必再與計較，以 尊函出眎拔翁，並說明鄙見，不送筱芳閱看，拔翁亦以為然，倘開董會之時，如有人提出如筱芳所云者，弟當將 尊指發表，一吐其不平也，有妨 尊命，尚祈鑒宥。另函提議別設一級薪水，一律不予折扣，弟極贊同，即交久芸閱看，渠意察看近日情勢，有須報告，並須裁酌之處，亦於今日詳陳一切，託徐君同時帶呈，如 尊意以為可采，即祈 核定議案，從速寄下，專候 覆示，再定期開董事會也。

弟張元濟頓首　四月四日午後續啟

一九三八年四月十六日

■有關股東擬借息事

岫廬先生閣下，本月四日十一日（介紹張養吾君晉見），疊上兩函，計荷 詧及，本月八日 覆示及覆久芸兄信均誦悉，前數日翰卿招仲明往談，即為前此筱芳提出為股東籌措之說，並云甚願與 公一談，惜相隔甚遠，仲明勸其與弟相商，翰云無益，或當與他董商酌，寄廎斐章二君，先期弟均與接洽，二君均不以預付股息為然，並請拔翁偕仲明往訪徐永祚君，免致翰翁往與接洽，口氣稍鬆，被為藉口，徐君亦言，無此辦法，昨日午後開董事會，翰翁不到，蓋知不能達其目的之故，到會人數，適足七人，一切通過，今日先有電告，所發股東通告，慶林擬將「三廠一棧」「三」「一」兩字刪去，精細可佩，鳳石亦商改數字，於事理毫無更動，先期弟屬仲明按照通告稿中所列各項計畫，分別撰成報告，於昨日開會時分別陳述，今日並將全稿寄呈，監察無一人在滬，聞黃任之在港，乞將各件交與一看為幸，楊馬二君處亦擬將廿六年營業情形，及分支館戰事影響兩件寄去，餘則不寄，劉湛恩君竟遭意外，可傷之至，賤體尚健，足紓 廑注，即頌

台安

弟張元濟頓首　四月十六日

一九三八年五月十二日

■建議薪水升降可否用營業增減來決定
■李拔可先生擬辭及其他人事問題

前言未盡，謹再奉達如下，一、昨日拔翁出示發行所各櫃主任公函，亦是要求提高薪折，平心而論，此時雖不困苦，即薪水較高者亦同此感覺，其所持理由，以為公司營業稍見恢復，但增易減難，此後情形，正復難料，弟昨思得一法，不知能否通行，僅僅有一輪廓，姑述如下，藉作芻蕘。營業以去年一千二百萬為底數，薪水以去年八一三以前所得為底數，現在營業，春銷期止，或可得半，或尚不及一半，與現在薪水折扣作一比例，以後營業增加若干，（分為五級，現僅一半，每增百分之十為一級），薪折即提高若干，每兩個月（或三個月四個月）結算一次，如五六兩月營業增進一級，七八兩月薪折亦提高一級，但至七八兩月，營業如回降一級，九十兩月薪折亦回低一級，以後升降，以此類推，但營業降至對折以下，甚至四折三折，薪折是否亦隨之而降，此是一層，再原料加貴，支出較多，處此國難，應負痛苦，營業增百分之十，薪折似只能提升百分之七八，此又是一層，濫放帳亦可增加營業數，以後放帳更危險，現款帳款，恐亦不能以廿六年之數為比例，此又是一層，營業增減，應作整個計算，但仍用我 兄所定獎勵辦法，為個別之勸懲，此又是一層，以上所言均極粗略，於利害方面，所想到者亦極少，昨已告知久芸，請其熟思，並守祕密，此寓薪水於花紅之中，我國似未有行之者，歐美不知如何，我 兄思想精密，或棄或取，必能一言而決也。

再修訂辭源，事關重要，前見劉朗山條擬辦法，極為中肯，甚為公司得人慶，前日拔翁見告，謂伊請假已久，且有信致尊處辭職，又有在外活動之傳說，弟聞之甚代焦灼，指揮調度等事，非緯平所能為，朗山一去，該部事務，必致渙散，聞伊月薪僅實得百元，際此需才孔亟之時，（外間尤甚）恐不足以羈縻，故於九日逕上一電，有電留增薪之建議，想荷詧及，此電甚密，知者謹拔翁及心白二人，合併陳明。

劉志惠招搖好事，近又赴港有所要求，公椿南下之時弟曾請其轉達，此等害群之馬，公司留之無異自戕，聞久芸言其人有妻有妾，子女眾多，家累極重，故做事極無精神，弟以為公司無從滿其欲望，即永無安靜之日，弟雖不欲公司輕易裁人，但此等人留在公司，任其傳染，使公司重要之人，於消極上耗去無數精力，（我兄五月一日十四頁之長信亦應列入此項帳上），實在太可惜，可否依據四月廿八日不列號通告，將服務規則加嚴，以便將此等有害無益之人，隨時裁斥，謹陳管見，伏候　卓裁。再小婿孫逵方來信，謂有友人周君之夫人錢壽荃女士，有一印章託　尊處寄下，至今未曾收到，並祈　查示

弟張元濟頓首　五月十二日

一九三八年五月二十五日

■收到父親所擬記功給獎暫行辦法，為公司為同人，面面顧到，至為欽佩

■又私事

岫廬吾兄惠鑒本月十二日肅覆寸函，前日拔翁出示十六日　惠書，知前函並未到，屈計郵程，度發信後必當達覽矣。五月十二日　手教，暨十四日第二五六號通告亦已誦悉，所擬記功給獎暫行辦法，孤詣苦心，為公司為同人面面顧到，至為欽佩，惟望人事科及各部主任事事留心，勿以一時之喜怒及平日之愛憎，使寬嚴稍失其平，庶不負我　公之至意耳。劉志惠君輩到港，我　兄不稍寬假，嚴正相待，使其知難而退，一時雲霧為之消散，聞之欣幸無似，惟若輩返滬以後，據久芸兄見告，曾經見面，語多假借，且有斷章取義之言，久兄業已函陳，鄙見我　公不必親覆，最好由伯嘉兄詳致人事科將在港指示若輩之語，及其當面承允之語，並人事科以後應如何秉承我　公意旨，應付之宜詳細開列，使若輩無可影射，如有爭執，久

兄即可以來函相示，未審　卓見以為何如，小婿孫逵方曾託人帶呈印章一方，係其友周君所託者請　寄敝處，未知已否遞到，甚為繫念，復頌

台安

同人均此問候

弟張元濟頓首　五月廿五日

筱芳母病甚重，仍竭力籌辦搬廠事務亦請專函慰問，連日移出鉛印廠機物，至本日止，已運有四車，約本月底可以運完，筱康二君當有詳報，康生甚出力請專函慰勞。

弟濟又及

一九三八年五月二十五日

■建議不出賣港廠對面之地

■兒子張樹年有病，擬同來香港小住

前函繕就因今無外國郵船，怡太兩家行程太緩，故未封發，拔翁出示本月十四日　手書，知十二日所上一函已邀鑒及，函中云：不無過慮，不知　尊意以為何似，又利達欲購港廠對面之地，拔翁與弟之意，以甬經建築割去餘地，將來展拓不易，故不贊成，昨見筱芳兄致　兄一信，弟以為所言有理，即請我　兄酌定，迨決定後如擬售去，當開會報告也，兒子樹年近體不佳，病為神經衰弱，醫生勸其易地療養，別處無可去，弟或擬挈同行，來香港小住，附去一信託公椿代為籌計乞　轉致，不敢多瀆也，再上

岫翁台鑒

弟張元濟頓首　五月廿五日下午

一九三八年五月三十日

■支薪用國幣、港幣或本地幣，同人出外交通費用規則宜早日決定

岫廬先生閣下本月廿五日肅上一函，計達　覽，前日得本月十六日所發　手書，又拔翁出示　尊函均謹誦悉，仿行工廠會議之事，承　示詳加考慮，甚幸甚幸，史王二君優加待遇，並將港幣支薪規定暫時辦法，至為妥協，從前國幣高支國幣，國幣低支本地幣，此實當時疏忽，致成習慣，其實遇本地幣高於國幣之時，早應就單身或攜眷者規定辦法，廢去支給國幣之空言，則此時較易措手，弟數月前亦曾慮及，曾於致　尊處函及之，今及早預為綢繆，猶不為晚，弟尚有欲言者，職員工人調赴外省，舟車規定等差，海輪職員乘官艙，今赴港者，無不乘外國郵船，其實所謂官艙者，係指三公司而言，怡太二行之官艙雖已加價，然比外國郵船之二等，相差甚遠，此事若不及早規定，恐將來調港工人及下級職員，必又有所不平，亦望　公注意及之，工會遲早，必須成立，無可阻止，亦不必阻止，惟本館有一二八前種種惡例，彼輩總思沿襲，我　公於此時為思患預防之計，事事加以矯正，使漸漸養成習慣，則異日工會成立，可以循用正軌，實公司無窮之福，高翰翁堅執己見，必欲達到發股息之目的，聞在外有不少言動，前日約仲明往談，意蓋使吾輩聞之，仲明已將所談各節上陳，並知已覆尊處一信，信中如何云云，卻未知悉，鄙意　公如覆信，可以此事推在董事身上，並告以弟等在滬屢次籌議，並與顧問會計師詳細討論，覺無法施行云云，未知尊意以為何如，前通告股東公啟，原有竭力設法查明之語，所謂查明者，即查明是否可以運出，今遼陽路業已運出，則此事已有進步矣，港廠工會來示，似已不成立，是否正式取消，若輩言論如何，我公出入，仍宜審慎，前函所陳可采用否，思患預防，幸勿疏忽，即頌　台安

弟張元濟頓首　五月三十日

一九三八年六月十四日

■有關抄校本元曲事

再聞有抄校本元曲，在元曲選之外者甚多由蘇州散出，流至上海求售，弟展轉訪覓，始獲一見，洵為奇書，為趙清常所校，有董其昌何小山黃蕘圃諸人題跋，其曲本為世所未見者約二百種，中有刻本若干，亦久已不傳，且經名人校過，索價萬元，無可措手，現已有人議購，尚未定局，弟與書主商議，出租價一千元（此時尚未辦到），姑行照存用六開式約四千頁（可望有成），所費尚不甚多，若重見承平自可印行，作為續元曲選，當不至沒有銷路，否則亦可為我國保存些少文化，曾商拔翁，允為照行，謹以奉　聞再上

岫翁台鑒

弟張元濟頓首　廿七年六月十四日

一九三八年七月五日

■續有關抄本元曲事，及董事會通過墊息及提高薪折

岫廬先生閣下前月廿七日肅覆一函，託　嫂夫人帶呈，計荷　垂詧，狂昧之言，出於本心，想不　見責，續奉兩電均譯悉，本月一日開董事會墊息及提高薪折均通過，曾發一電，文曰「兩電悉，墊息三厘有盈照扣，扣完為止，請股東會追認，薪折照原案均通過。濟」計亦達到，前月十四日去信（原信附呈）附箋言元曲事，迄今未蒙　示覆，此書由鄭振鐸經手，售與教育部，出價萬元，書主將出售時，弟曾與書主商言出租價千元，照存一分，書主亦弟所熟識，正將議妥教部即附定銀，逐將全書取去，弟即與鄭君續商，鄭君謂此事可以商辦，但要求將來出版，須用公家名義，並送書若干部，弟意仍照原議繳租價千元，出版用公家名義，將來

若續有要求，多所限制，甚為不便，不如即行出版，弟嗣告鄭君即行出版用本館名義，送書十部，所繳千元留為買書之用，約可得三四十部，弟之用意此等海內孤本之書，際此時局，自以早日出版，流通於世為宜，且此時出版自不便用公家名義，出版之後，將來公家自不能續有要求，不料鄭君答言教育部不願即行出版，並言即日將寄香港轉雲南保存（如已寄出，祇可作罷），弟聞之甚為詫異，本館即時出版原不過藉流通為保存（擬印六開三百部此時未必能銷，但此等書無時間性，然終不能不算為冒險），本館冒險出資多為保存文化起見，何以教育（部）反不欲出版，殊不可解，　兄在漢口必能晤見教長陳君請與一談，如能允本館印行，甚所欣願，但決不能用公家名義，本館此時不能不避嫌也，如何　乞　示覆

弟張元濟頓首　七月五日

一九三八年八月八日

■ 疏散存貨，處理分支館等事

■ 函授擴大招生

■ 收到父親所擬「節約委員會名單及章程」

岫廬先生閣下，本月一日肅覆寸函，甫付郵，而七月廿七日大函續至捧誦敬悉，漢館轉運，分館支店，疏散存貨，湘廠停辦，分移渝、桂、粵館，設廣州灣開平支店，均經我　兄布置妥貼，聞之甚慰，函授擴大招生，自是有效規畫，聞已調周君由廛赴港，想令主持此事，周君經驗較深，前曾有種種推廣辦法，想此時必可逐一采行，節約委員會名單及章程均已得悉，即在平時亦為不可緩之事，況在今日，弟於去年曾貢芻議，但非經公司正式舉行，並未有專負責任之人，故難收效，今得公提倡於上，實為公司之幸，開會之日弟擬參加旁聽，或可貢一二芻蕘，外附致張君勱兄一信，如在港乞　閱過飭投，否則探明跡所在封口郵遞，費神之至，敬叩

侍安並頌　潭福

弟張元濟頓首　八月八日

一九三八年八月二十二日

■得悉父親在港提倡同人節約之舉，以身作則

港處今歲開支可望平衡，張先生內侄譯有一書送公司審查，請勿因其介紹，稍有遷就

■擬編「通用名詞習語淺釋」

岫廬先生閣下，本月十五日寄上一函，計先達到，前日得本月十七日　手教，展誦謹悉，節約之舉，即在平時亦應厲行，況在今日，尊意注重私人方面，尤為扼要，但此事在港行之必能收效，在滬則恐難，我　公能以一身為模範，故人易景從，此間殊少以身作則之人也，即以公家方面言，在滬亦殊有斟酌，前日開會，弟曾參加旁聽，各人條議均多可采之言，但席上曾有人言，此等事言易而行難，必須有實行監督之人，此可謂一言破的，人不能耐煩，不肯做惡人，便不能勝監督之任，此等人才，亦豈易言者，且亦不能求之中下級也，此層唯望我　兄隨時加以考察耳，港處今歲開支，可望平衡，聞之甚慰，弟意加價一層，亦宜未雨綢繆，明加不易，只可隨時暗加，想早在　藎籌中矣，茲有數事，奉達如左：

一、本館同人有節約會之議，前月在某中學開會，捕房捕去，羈押多時，結果有二人押送出境，係送至溫州，本人要求調至港廠，人事科當有詳報，據史久翁稱此輩確無別項目的，弟已面告節約委員會，此十餘人完全為私人節約運動，致受無妄之災，本會應加以獎慰，至於蔣宋二人被逐出境，聞有自行赴港之意，想　卓裁必已籌及矣。

二、舍內侄許寶駿譯有「膠粘人造絲製造法」一書，由弟介送滬處審查，不甚許可，且云本館已有一書，正在排印，韋君批令修改再議，弟謂不宜作此模稜之語，知已寄至港處核定，如與排印一種，相差無多，不如直捷退去，千萬勿以為弟所介紹，稍與遷就。

三、吾國俗語詞典太少，雖國語推行會有在編纂，然多偏重讀音，注義太略，且亦選擇不廣，弟近來無事，且有感於辭源續編遺棄弟所搜補材料太多（此事前曾奉告），因思蒐集舊小說及各省方言俗諺之書，復參以平日見聞所積，數月以來，

已輯得數千條，原擬用入補充辭源，然以俚語太多，且長句亦不少（諺語中七字二句者甚多，且有更長者），又有記憶所得者，不易考得出處，與辭源體裁不合，故擬加采一部分極通用之名詞，別為一書，用粗淺白之文字注釋，期合普通人之用，似可於今之字書中，別樹一幟，擬名為「通用名詞習語淺釋」，現僅粗具規模，未悉何日可以成書，不知本館能與印行否。再高叔哿世兄經港赴湘謀事，聞拔翁亦加阻止，同一無效，弟恐赴湘亦無益耳。

手此布覆，敬叩

侍祺潭祉均吉

弟張元濟頓首　八月廿二日

一九三八年十月十日

■談及「同人節約方案」及某職員辭職

■擬請挽留公司資本恢復五百萬元

岫廬先生閣下，前月廿八日肅覆一函，弟親攜至公司屬令即日交外國郵船，時距該船收信時期尚有一二點鐘，不應趕寄不及，昨奉本月三日手書，展誦祇悉前信已有五日，何以尚未達到，已請拔翁向分莊科及收發處嚴查，亦乞　尊處檢出該號信信封係由何船遞寄，是為至禱，寄示同人節約方案，捧讀一過，覺甚平凡，弟個人日常生活，數年以來，除居住以外，（現亦已交浙江興業銀行地產部招賣矣），實行已久，而不意到此艱困之時，同人尚有待於勸勉，瞻望吾國前途，不勝悲痛，弟已就來稿附注管見，無非再求緊縮，已送拔翁閱過，再轉送滬會（將來由滬會寄呈　左右），必有人以為苛刻，然實是君子愛人以德之義，祇好憑各人之良心而已，茲尚有數事奉達如左：

一、前信漏寄張豫泉君信，茲補呈，乞出版科逕覆陳良士君，打印副本寄下，原信發還。

二、伯恆來信云病體不支，年終約滿即辭職，弟心緒太劣無暇作覆，已請拔翁去信勸阻，覆信未允，處此時節覓替人甚不易，鄙見擬請吾　兄據拔翁函告，切實挽留。

三、公司財產，現除美安棧房存貨外，此外均可計算，此時應否試算，或於年終行之，乞　酌，資本現復五百萬元，股東先得股息七厘，每年如盈餘四十萬元，同人花紅衹得萬元，如何得了，想吾兄必已籌劃及之，尚祈　示及，再兒子病狀不過如是，醫者均勸作長期旅行，變易環境，此時談何容易，惟有付之命運而已，知　念附及敬頌　台安，並叩

老伯母大人萬福　闔譚均吉

弟張元濟頓首　十月十日

一九三八年十一月三日

■贊成各項規畫

岫廬先生閣下，疊奉十月十六日廿八日兩次　手書謹誦悉，處此艱難之際，我　公仍能維持冷靜之頭腦，繼續苦幹之精神，欽感何極，此一機關，亦數千人身家性命之所託，非得我　公之仁心毅力，實不知如何維持，弟惟有為此數千人泥首稱謝而已，疏通運輸，緊核印數，均已有確切規畫，尤為欣慰，分館分廠，既有各種理由，自不能不著手趕辦，至停工工人給予半薪本是公司無可如何之辦法，我　公用以工代賑之策自比全數虛糜為佳，手覆

敬頌

侍福譚祺百益

弟張元濟上　十一月三日

一九三八年十一月二十九日

■印刷元明雜劇事

岫翁台鑒本月廿二日覆上寸函計荷垂詧，蔡公椿兄來滬述及起居，拔翁又出

■親友謀職事

示本月廿三日信，知 兄能勉自刻抑，為之稍慰，處此之時，猶能併力治事藉以忘憂，此等精神，實不可及，令人欽佩無極，前函陳明，擬於下月中旬開董事會一次，奉詢我 公有無提告及報告之事，想覆示已在途中，公椿既到此，屆時擬請參與報告本館在港及所至各處情形，又月初得鄭振鐸兄來信，商印元明雜劇事，弟當即覆去，以報告 尊處決定為辭，惟時心緒煩亂，竟忘將此事上達，此書雖有二百餘種，為不傳之作，但此時印出，實難銷售，且須繳出租費壹千元，但不是現款仍須改給印出之書（七月初致鄭君振鐸信，曾約定用為購買本書），自宜婉辭拒絕，但此時仍須贍養工友，不能不為人謀事，則與其印近人所作，有時間性之書，不如印此較有價值，可以永久之書，稍為穩妥，附去鄭君來信一紙，（閱過統乞 發還），弟覆信兩紙，又夏間估價單一紙，究應如何辦理，請裁奪 示下，以便答覆鄭君為荷，再寫此信時，適接舍親張小棠君來信，云聞本館將在澳門開分館，欲為其婿謀事，本館失地分館同人甚多，焉能進用外人，姑將名條呈 閱，請就近婉覆張君為幸，敬請

老伯母大人福安兼頌 潭安

弟張元濟頓首 十一月廿九日

一九三八年十二月三日

■工人「扶助會」又糾纏事

岫廬先生閣下十一月廿二日廿九日疊上兩函計先後達 覽。前月杪拔翁函告，近日扶助會又來糾纏，並將所要求之事函達尊處，翌日久芸兄來詳述該會近日舉動大有挾黨部以相凌之意，並交閱該會致拔翁之信，信中請勿更調外埠及公司歧視，又同人福利反多摧殘之語，固屬不合，然若使當時即行退回，必致立起衝突甚或激成事變，故拔翁權允收下，並允代達，且告以公司情形，不應為此要求之語，久芸

兄謂要求三事：第一條為正，又其餘二條不過用作陪襯，見好同人，又該信云港政府已正式承認分會（究竟港廠近日有何舉動），頒給鈐記證，以前 示港府舉動，恐屬虛言，一虛則無往不虛，即該信所舉之批示批令，恐亦不足置信，即令不虛，而本館並未接到予以便利之函，自可不認，即有來函，是否可以接受，亦大有考慮之餘地，弟恐 尊處接拔翁信即時答覆，而該會來信如何處置，一時無所指示，則該信留存館中，似已默認，該會不免更多糾纏，故於昨日電陳數語，文曰「拔艷日函陳同人要求事，請緩覆，函詳。濟。」計當達到，鄙意擬請我 兄將該信逐層駁斥，並請拔翁將該信退回，前日拔翁之暫收，正可見經理之不欲專擅，將來我 兄之退回，亦可見總經理之正當主張，彼此權責正自分明，拔翁必不致有所誤會，且此後應付，拔翁亦更易於措置也，是否有當，敬乞 卓裁，敬頌 潭福

並請

老伯母大人頤安

弟張元濟頓首 十二月三日

一九三八年十二月四日

■收到電文

前函繕就，因候郵船尚未封發，續得來電，文曰「電悉拔函甫到，要求斷難接受，俟尊函到再復，董會盼暫勿召集雲」謹已聆悉，董事會亦俟 覆示遵行，再上

岫翁台鑒

弟張元濟頓首 十二月四日

一九三八年十二月五日

- ■關於董事會幾及半年未舉行
- ■年終董監事車馬費擬停送

再上屆董事會係在夏間舉行，幾及半年，個中人稍有閒話，此數月中變動卻不少，似不能不報告一次　尊意暫緩召集，想係因總管理處，無法處置之故，鄙意祇可暫時懸宕，或由總經理就所在處執行，應請　指示，又結帳之事，是否準於年終舉行，又年終應送董監夫馬費，鄙意擬提出本年停送，股東尚在借息、同人久已減薪，亦聊表歉疚之意，想　尊意亦以為然，擬於十五日後召集，統祈　速示，如有應行提議及報告之事，並乞　開告再上

岫廬先生　台鑒

弟張元濟頓首　廿七年十二月五日

一九三八年十二月十六日

- ■夏筱芳先生辭職事
- ■如何回覆鄭振鐸有關影印元明雜劇事
- ■擬請父親發一通告禁止同人在辦公室抽菸

岫廬先生閣下，十一月廿二日、廿九日、十二月三日疊上三函，本月七八日間又寄一信，述筱芳來弟處，非正式的辭職事，昨晚得　電示，知已遞到，電文如下「函悉筱兄辭職，倘無法留，鄙意擬由總處聘為顧問，勿用董會名義，繼任人擬暫不提，函詳」，謹已聆悉，筱芳對弟所言，不過轉陳所見，係非正式的，渠係請假半年，此時假期尚遠，渠似別有營謀，看去似未成熟，一時不至提出董會，好在時日尚為從容，此時即開董事會，亦絕不可道及此事，至弟前函所云，留一空名，亦仍是不敷衍中之敷衍耳，鄭振鐸來商影印元明雜劇事，應如何答覆之處，乞即示覆，弟曾問史久芸兄，私人節約，有何效果，據云辦公時吃菸，並未改動，　尊處能否發一通告，直捷禁止，若僅僅勸告，終歸無益也，又聞　尊處印有節約手冊，

云將紙版寄滬印分，候至月餘，尚未寄到，想出版科忘卻，是否弟所誤聞，亦乞一查，再前託轉致桂林胡久忠君信，已得覆電，其住宅可以租借，心為一安，承

公代託，不勝感謝之至，專此敬請

老伯母大人福安並頌　潭福

弟張元濟頓首　十二月十六日

一九三九年一月三日

■互助會糾葛事

■工部局邢女士有英文信到，擬請父親用英文配漢文答覆

■又影印元曲事

岫廬先生閣下，十二月十九日介紹美人范海碧君託帶一函，至廿七日又覆上一函，計先後達到，互助會糾葛事，前於廿七日信略陳管見，其後工部局邢女士又來訪拔翁，並呈一信，信中全為工人說話，茲由史久芸兄寄呈，鄙意駁覆之信，最好用英文配帶漢文，免致繙譯，有所不達，又本館進用全部工人實非必需，半為顧全工人生計，此間於答覆邢女士時，似未特別注重，鄙見針鋒相對，正在此點，未知卓見以為何如，竊有慮者，工部局既經干預，且該局近來但求無事之心理甚重，以後必甚煩難，但我處拏定主意，彼亦無可如何，只須臨時應付得法耳，我　兄來信務望　詳細指示（一切未盡事宜，統託公椿兄面罄），俾同人有所遵循，至禱至盼，景印也是園元曲事，　尊意以為可行，當即函達鄭君，並擬具正式契約，送與閱究，保險萬元，租期十五年（鄭君要求保三萬元請　兄酌定或簽定契約，開示尊意空出一字，再與磋商）係新增之條件，其餘則已見於去年七月二日弟致鄭君信中，統祈　核定，即繕具正式契約交下專此

敬叩

老伯母大人新歲大喜　並頌

潭福

弟張元濟頓首　廿八年元月三日

一九三九年一月二十三日

■擬開董事會報告營業情狀

■工人到滬處會客室胡鬧

■接到父親回工部局邢女士回信，義正詞嚴，至為欽佩

岫廬先生閣下本月十三日肅上一函計荷 垂詧，茲有數事奉達，伏乞 台鑒，外致伯嘉兄信一件，亦祈 過目飭交為荷：

一、鄙意陽曆新年已將一月，擬開董事會一次，報告去年營業情狀，請 飭該管部分開示大略，今年似不能不開股東會，我 兄如何主張，並祈 示及，如開會擬在何時何地（昨聞拔翁言奉館楊君竟電伯恆，不允到平，並拒絕乾三前往，可謂跋扈已極，思之憤憤）。

二、我 兄覆工部局邢女士信，義正詞嚴，至為欽佩，據報邢女士無可辯駁，看去似可暫行結束，前四日中午，史黃諸君（有兩桌人）正在滬處客室吃飯，忽有舊工人，當場擲糞，污及八人，拔翁來告，謂徐百齊君云，不過拘禁一月半月，弟意不宜如此輕視，必須請著名律師聲助，當請拔翁從速辦理，次晨黃仲明君來電話，謂可不必，弟答以公司若不盡力，無以對同人（數日之前，陸君懋功亦被人擲糞，並未報捕，鄙見亦斥其非），又約拔翁同訪陳霆銳，霆銳允即到堂相助。後聞已判徒刑八月，想史久翁必有詳報，在平常原應大事化小，小事化無，但在此多事之秋卻不宜專主消極，未知 卓見以為如何？

三、影印元曲契約祈 核定發下。

四、前託轉桂林分館代送胡君信，已得有回信，費神感之。

伯母大人福體想甚安健祈 請安並頌

潭福

弟張元濟頓首 二十七年一月二十三日

一九三九年一月二十四日

■收到港處寄回元曲契約

■工部局邢女士得覆，頗為滿意

前函繕就尚未封發，續得　手教（無月日）謹誦悉，影印元曲契約，蒙　簽定兩份，業經收到，保險兩萬元頃已去信告知，並將契約送去，俟鄭君覆信到後，再行奉覆，工部局邢女士得　尊函後，聞頗滿意，又聞互助會擬派人至港向杜君請願，不知果實行否，前　來示擬為拔翁向銀行預備透支事，拔翁堅不允許，已詳前函，茲不復贅，再頌

岫翁仁兄　台安

弟張元濟頓首　元月二十四日

一九三九年二月三日

■李拔可先生，蔡公椿先生及董事會事

■又開股東會時父親在港未能出席，思之不禁徬徨無計

岫翁如晤前月廿四日曾覆寸函，計荷詧及，廿七日又奉到廿一日　手書，謹誦悉，茲奉覆如下。

一、為拔翁預備透支一事，遵照　尊意轉達，拔翁堅執如前，謂良心不許，環境亦不能，並言出租之屋可躉收租金一年，水泥公司亦分派積金數千，目前可以敷衍，屬為詳達，心領　盛意。

二、蔡公椿君是否不致他往，步宋君之後塵，甚為懸念，港處事繁，得力人亦無多，如蔡君他去，我　兄未免太勞，不知有無相當之人可以作為後備否？

三、互助會先後兩班有人來港，並聞黨部之范君亦偕來，不知興何風浪，甚念甚念。

四、前函擬開董事會，未知　尊意以為何，現在已屆二月或索性再遲一個月，報告去年帳略，能同時決定開股東會最好，否則開會日期下次再定，未知　尊意以為然否，統祈　核示（開股東會頗有問

題，　公不在此弟思之不禁徬徨無計，近日忙於遷居之預備，不克多述）（前寄呈影印也是園元明雜劇估價單，乞錄存後發還為荷）敬叩

特福並頌　潭祉

弟張元濟頓首　二月三日

一九三九年三月二十日

■董事會緩開

■同人薪折升降事

岫廬先生閣下，十七日得　電示，知十三日所發一函，已荷　詧及，屬緩開董會，遵候我　兄提案寄到再定期，久芸兄昨日來寓云，奉　電召赴港，想必為工人之事，或即考慮升折之事，弟語久芸兄，如議及此事，最好請從緩，久兄云，我公已允工人代表，俟過春銷後考慮，現在滬上生活，實在艱難，且中華自今年起，已一律恢復原數，世界書局始終並未減折云云，中華將上海工廠易名，改業，且在滬產業並未受損，至世界則所有工人，改為館外代做，與我公司情形不同，何能援以為例，滬館春銷，今歲尚好，弟未見與去年之比較，但弟意以全公司計，必有減無增，就使無減或有增，今年秋銷必缺貨，明年春銷更不知如何，升折一定無再降之理，弟又想到去年曾建一議，同人薪工以廿六年八一三以前為標準，營業減額與薪工減折為比例，隔幾個月一算，或升或降，此議極為粗略，未蒙　采取，弟亦未曾細想，不知此時尚值得考慮否，姑妄言之，又今歲股東如再借息，或同時對於同人亦有一樣點綴，似比逕行升折亦稍活動，姑陳管見，藉備　裁酌，人到病危之時，旁觀總盼其多活一日好一日，以後國人苦況恐不堪言，弟亦盼其提早吃苦，免得公司完了吃苦更甚，聞同人在辦事時，照常吃菸，遇喜慶事仍不肯改茶點，奈何奈何。

弟張元濟頓首　二十八年三月二十日

一九三九年四月十日

■函稱患腸胃病不能赴港
■董事會通過來稿提出各案
■又聞父親因時局艱難，同人不能諒解，至多感觸，甚表馳念

岫廬先生有道，前月廿五日奉到二十日所發　手書並提案，均敬悉，本月一日又奉電示（即日電復），六日史久兄返滬出示前月廿九日　續示，並改定提案，亦經誦悉，久兄見告，我　兄因時局艱難，同人不能體諒，致多感觸，精神上甚為痛苦，無任馳念，弟本擬即速南行，奉候起居，無如近來賤體甚有變動，胃腸病已經數月，診治無效，腹中少餓，胸膈即覺脹悶，急欲得食，否則渾身不適，醫生謂病在十二指腸，不易施治，又精神稍有刺激，上床即不能睡，每一小時，小溲多至一二次，量多而色淡，次日腰腳為之痠軟，移居不過一月，如此者已有四夕，故惴惴不敢出門，惟望我　兄善自排遣，所有困難，亦屬現在題中應有之義，諸事順天而行，或可稍舒胸臆，未知　卓見以為何如，前日開董事會，各案照來稿提出，均通過，高翰翁首謂升折議案七百〇一元之但書，斷不可行，各人一律贊同，久兄並代吾　兄陳說，各人堅欲撤去，想久仲二君當有詳細報告，翰翁並言公司經此大難，去年有此成績，實屬意想不到，升折一案，似尚應從寬，經弟駁阻，徐寄廎君亦以為不宜，應照原案通過，散會後即由滬處電達計荷　詧及，奉館情形亦由拔翁報告，各人均無異言，合併陳明，聞汪精衛君有一文發表，題為「舉一個例」，在香港華南（或南華）日報發表，擬祈覓示一分，至為感荷，手覆順頌　潭福務祈珍衛

弟張元濟頓首　四月十日

伯母大人福體想甚康健叱名請安

徐寄翁並云港處館廠並不升折，僅僅變更搭發國幣，恐難滿同人之意，久翁當將在港討論情形詳述一遍，寄兄云　尊處統盤籌算，董會不宜變動，應照原案通過，眾人均以為然。

一九三九年五月四日

■公司接得承印「建設公債」

■工潮已平

■奉天及西南各省生活高，可否酌與臨時津貼

■取得半部元明雜劇

岫廬先生如晤，前月十七日奉十一日發手書，謹誦悉，因甫於四月十日覆上一函，故未即覆，想蒙　鑒宥，邇來　貴體想康健如恆，堂上起居亦必納福，至為馳念，前日晤公椿知建設公債印件業經接得，又閱琢如信知工潮亦已平息，為之欣慰，聞奉天及西南各省生活程度，增高甚鉅，分館同人薪水本低，頗形窘迫，曾與拔翁言可否調查當地物價（指必需品）與滬港比較，如實在昂貴，可否酌與臨時津貼，想已函陳，不知有辦法否？又借印也是園元明雜劇已向鄭君振鐸處領到半部，弟檢查一過，恐祇能排印，因原書校訂之處，甚為複雜，且行款尤為參差，抄筆亦欠工整，石印殊屬不宜，如整理行款、訂正格式，非行家不辦，館中無此人材，與拔翁商擬請王君九兄擔任（前印奢摩他室曲叢，即請伊校對），總送潤資三百至五百元，拔翁想亦函達，昨君兄已有覆信，茲託打呈。報酬之數擬總送四百元，未知尊意以為可行否？謹候示遵，外寄小婿信一件，祈飭附寄渝館，賤體近稍強，並紓廑注，敬叩

老伯母大人福安並祝　潭福

弟張元濟頓首　五月四日

一九三九年六月八日

■建議出版及函授應注重農科，如耕牧、林業、小工業次之

岫廬吾兄如晤，奉到五月三十日　手教，言論透闢，舍魚而取熊掌，以事勢論，祇得如此，箋末有「質直之言，尚祈鑒諒」云云，我輩共事，惟求事之有濟，弟有見不到處，正盼吾　兄之糾正，斷不敢自以為是也，伯恆兄處已與拔兄聯名覆

去一函，並將　尊旨反覆說明，另將所舉六條，參酌　來書大意代為答覆，已由拔兄寄呈，計荷　詧及，對於工友要求七月考慮之說，已有布置，聞之欣慰，東北西南各省物價增漲，同人生活艱難，可否按照各地情勢酌給津貼（即滬上廠家亦有酌加津貼者），能否於考慮之中，同時與以考慮，祈　酌之，前日蔣仲茀來言兩事，一、公司所出尺牘，渠於夜間教課，不合實用，緣由嚮壁虛造之故，如商業一類，最好將公司與人往來各信，改頭換面，較為切實云云，鄙意不獨商業，其他各類，世事大變，亦應早為預備，俟時局一定，酌予增修，便可出版，以免落後，二、以後生計艱難，求學趨重謀生，未必看重學校文憑，函授最好分科云云。此層似尤切要，鄙意以後我國復興唯有重農，人民生計亦惟此可靠，分科宜以耕牧林業為要，而各種小工業次之，人人可以解決吃飯問題，則來學者必多，本館現成書籍亦復不少，教授需用此等專門人才，求之亦尚不難，如　尊意以為可行，便可即日著手，專此布達，敬頌

台安

弟張元濟頓首　六月八日

附覆伯嘉兄信，乞轉交。

一九三九年六月二十九日

■港廠購地
■及家庭私事

岫廬先生閣下，本月八日肅上一函，內陳函授分科之議，計荷　垂詧，旋得擬購廠地電報，又奉十四日釋明購地理由詳函，均敬誦　悉，先是得電，後久芸來談，弟即速擬計劃，分為三門：一、地價，二、建築，須如何建築方能合用，此項建築，須費錢若干方能邀工部局之允准，三、可以節省現行租金若干，計劃一成，即召集董事會議，詎料計劃尚未擬就，而該地已為他人購去，弟仍索閱計劃，乃已停止，弟以為不可，姑仍照兩畝地之計劃，作一標準，一面照常進行，如

果有地，可以即日召集緊急會議，免有耽擱，再行失去機會，後久兄交到計劃，並建築預算，又現行吾廠棧租金表，弟即屬速行寄呈，並將經過情形先行報告，計當達覽，又久芸來說，有人介紹又有一地，與前地極近，地位亦極佳，將近五畝，兼有大洋房一所，索價十四萬五千，現設僑光中學，另貼搬費二萬元，地較大，價總數亦多，弟意亦不在乎，但現在令人遷居極難，訴訟經法院判令遷移，逾期強制執行，房客硬不遵行，法院無法，捕房亦不管，竟成僵局，此重慶路慶餘里之事，況僑光為一學堂，假教育之名，而行營業之實，其難於對付，可以想見，弟告拔久兩兄，該地不必進行，免致弄巧成拙，仍一面再行訪覓，房屋有現成者，固便使用，然總不如空地之較為乾淨，久兄亦經報告，想荷　詧及，未知　卓見以為何如，再小女兩個月後即將生產，向來乳汁極薄，必須雇用奶媽，重慶願為奶媽者幾無一人不染梅毒，故祇得改用奶粉，當地極為缺乏，擬請吾　兄推愛，在港代購 **Lactogen** 牌奶粉一打，託交公司運貨車，由海防轉至昆明，再由昆明轉至重慶，未知可以辦否，小婿專函來託，故敢奉瀆，倘蒙俯允感同身受，所有購價及其他費用，統由弟如數照繳，瑣瑣上瀆，無任惶悚之至，專此布覆，祇頌

台安晉叩

老伯母大人萬福

弟張元濟頓首　六月廿九日

一九三九年七月十日

■ 該年營業約五百萬元

■ 幣價日落，建議數案

岫廬先生如晤前月廿九日曾上壹函，越三日而伯嘉兄至奉同日發　手書，並提案，展誦祇悉，並據伯兄補充各節，此自為無可如何之辦法，即與拔翁決定於六（日）開董事會，高翰翁首先贊成，而寄廎鳳石二君謂前途實太悲觀，慮難為繼，

■點開源節流之辦法

■又私事

伯兄歷舉，依目下情形，今年尚有五百萬元之營業，眾意謂絕難如願，弟亦甚慮，必大打折扣，鳳石因請續開一會，詳加考慮，再行決定，昨日午前開會，已照原案通過，詳細情形伯兄當能詳述，茲不贅陳，惟弟尚有慮者，薪額即令復原，而幣價日落，再過幾時，難有又有要求，弟曾在會議席上提出可否預告同人，非營業維持至何數目，公司實無力再為同人打算，以杜後日之糾紛，眾意以為不必，弟亦恐徒說無益，但同人不知節約而艱苦之境，迭起無窮，再過數月，難免不又起糾葛，想吾 兄必有善策，預為未雨之綢繆也，今晨訪伯兄託面陳數事，關於開源者，推廣南洋營業，二、多接外來普通印件。關於節流者，一、再減購稿費，二、改每日新書，專印關有農工各科小書（即前函所陳分科之函授書），每冊售價不逾二三角，此外尚有小小節目，亦託伯兄代陳，不復詳述，再前函託購奶粉，運至重慶，不知能辦否，兩個月內最好能到，否則恐不及濟急，又小婿久滯渝中，終非良策，渠在巴黎大學習醫，來信託問香港能許其懸牌應診否，亦祈 見示，瑣事上瀆惶悚無地

敬叩 侍福潭祺

弟張元濟頓首　七月十日

一九三九年八月十五日

■內地停止匯款

■史久芸先生帶來父親三十頁長之計劃書，於公司全局指示周密，至為欽佩

岫廬先生閣下七月三十一日曾上一函後，本月四日為內地停止匯款事，又上一函計荷 詧及，史久翁回，詢悉。 慈闈納福，我 兄康健，興會如常，至為欣慰，久兄出示 大函，計三十葉，我 兄於全局之事，無不思深慮遠，措置周詳，即滬處編譯、印刷、發行諸事，極至細微之處，亦無不全神貫注，指示周密，至深欽佩，惟弟於 來示所指之事，所派之人，大都茫無端緒，愧不能為拔翁稍効寸

分之助，但偶有所見，則知無不言，言無不盡，此則所堪自勉者耳，近日裝訂部，突有糾紛，滬處當有詳報，此事肇端實由於郁厚培處理失宜（鄙見以為亦應記過）致與以可乘之隙，昨拔翁出示致　尊處電稿，當覆拔翁一面嚴陣以待，一面視若無事，嗣聞業已復工，但恐以後藉端生衅之事，必當紛來，丁英桂調往戈登路廠，靜安路廠由厚培擔任，其下未知有無可以從旁輔助之人，弟甚以為慮，伯嘉兄剪示港報，所載中華啟事，聞被裁者在五百人以上，此等舉動，未免忍心害理，實在不敢贊成，港政府何以竟肯幫忙，殊不可解，久芸述及以後該局改用大電機，證券印刷無法與之競爭，鄙見我輩惟有另闢新途，未知我　兄有何高見，手肅布復敬頌　潭安

弟張元濟頓首　八月十五日

一九三九年八月十五日

■與上信同日寄出，因女兒生產，請代購奶粉設法運重慶

再近為兒女之事，屢瀆　清神，實深感悚，前蒙　代購 Lactogen 乳粉一打，並抽出兩罐託何柏丞兄由飛機帶渝，業已收到，小女產期約在本月中下旬，乳娘檢驗，幾全有暗病，無一可用，當地乳粉，再四搜羅，祇得六磅，加以何柏翁帶去兩磅，約可敷最初兩個月之用，前日得伯嘉兄信，知由海防至昆明運送，至少需兩個月，該乳粉十磅七月十五日由港運出，計期至快須在九月二十日前後，方能到達昆明，由昆明至重慶如能在一個月中趕到，尚可勉強接上，否則殊為可慮，茲擬請吾兄再飭代購一打（或兩磅或三磅一罐者，請酌量運輸情形，及能儲藏時期之短長，代為決定），伯嘉兄見告，尚有港防重慶運路一道，由海防用汽車經由同登，直達重慶，約二十日可到，最好改經此路，運費昂貴，亦祇得認付，萬一此路不通，聞久芸兄言，吾兄月杪，當取道海防，轉昆明乘飛機至渝，可否　俯念新生嬰兒，得

以延續其生命，為之酌帶數磅到渝，由分館轉交舍親孫逵方，此則雖為陳請，實不收其慚愧者也，專此奉懇，再頌

岫廬先生　台安

弟張元濟頓首　八月十五日

外覆伯嘉兄一件祈　轉交

一九三九年八月二十二日

前函繕就，因昨日無郵船，故未發，今日公司於上午怠工，連弟處信亦不許送，午後二點三刻打電話到公司，接者非原來接線之人，答云，今日怠工，對不起，明日再打來云云，怠工扣薪，久芸乃謂難辦，然則此接電話之人，明明係有形之事，何以云難辦，果如所云，竟可以終日無事，到期挈薪水，豈非至妙之道，拔翁送來若輩印刷品一分，竟是謾罵口氣，弟不敢不以上聞，今附去，請　台閱，狂吠之言，不值得與之生氣也，鄙意八一三後，不裁一人，我　公可謂苦心孤詣，中華此次裁汰至二千餘人（據公椿所言），若輩毫不知警，我本不願仿行，今竟如此舉動，似不能不另求辦法，鄙意擬任其怠工不必勸解，且亦無從勸解，擬聽其延長過去，至不得已時當召集董事會，董事會有何辦法，但此形式上之事，亦不能不做，拔公謂此次恐成僵局，只好由董事會議決關門，但無人能擔起如許重任，未知我　公有何高見（不決裂之外，未知有何辦法）。滬處發行所連為一氣，與印刷所分離，故今工廠未聞有怠工之事，聞工廠已派代表三人至港，想此信到時，必已先到，未知我　兄如何應付，如有電報，請寄拔翁府上或敝寓，以免棄置或延閣，是為至禱，再上

岫廬先生台鑒

弟張元濟頓首　二十八年八月二十二日午後三點半

■ 公司怠工

■ 謂父親在八一三發生以來，公司未裁一人，中華書局已裁二千餘人，但同人仍不滿意

一九三九年八月二十二日

■同日又加數言，謂丁斐章先生將赴港

再丁斐章君於塾發股息事，持論甚正，力言其利多害少，會議時屢駁翰卿之言，殊為可佩，聞即日來港必訪我　兄，晤時乞提及前事，兼致謝意為幸，再上

岫廬先生台鑒

弟張元濟頓首　八月廿二日

一九三九年九月七日

■公司第二次怠工

■父親定有平羅辦法，因郵遞延閣，廠方迫不及待

岫廬先生閣下，本月四日曾覆寸函，託公椿帶呈，嗣知其所乘之船，在碼頭逗留兩日，計達到必在今晚或明晨矣，我兄冬電（亦係急電），是日（即四日）傍晚始到，電局聲明係被華線耽閣所致，先是得　兄二日第二次急電，逕致拔翁者，其時處所第二次怠工，形勢紛擾，處所同人竭力向廠方煽惑，弟意必須先向廠方畀以安慰之方，於三日午後即約拔翁、久芸來寓，屬其先招顧兆剛密告以已定有平羅辦法，一俟冬日函中附來辦法到後（其時處所尚在怠工），即行先向廠方發表，拔久二人均以為然，迨四日下午，我　兄冬信仍不見到，是日有船進口，知必誤期，伯嘉又得我　兄澳門來電，知所發之信，被郵局折回，不知下次郵船，又須耽閣幾日，恐廠方迫不及待，又生變故，因於五日與伯嘉商定，將所擬平羅辦法，作為尊處不及寫信（作為四日進口之船遞來）只匆匆附入伯嘉函中，屬其交弟，於五日傍晚收到，弟即於六日清晨攜示拔翁，聲明係附在伯嘉信中寄來，因郵船期迫，不及寫信與弟，此中經過情形如此，今日復接吾　兄二日所發一信，係致弟與拔翁者，函中並附來平羅辦法，因有以上提前已將原稿交出之經過，此信只可由弟捺

住，務祈　接洽。拔翁昨日邀伯嘉、慶林、久芸、仲明諸人，詳擬關於平糶手續，弟意近日米價已跌，最低跌至二十餘元，近又升至三十餘元，此辦法如於米價漲至五十元之時發表，同人必可翕然，現已跌至二三十元之間，似以二十元作為底價，稍嫌於救濟二字之意，略有欠缺，鄙意擬改為十五元，至超出之數，弟擬以三十為額，而同人仍主四十元，弟不願多爭，此層業經決定，此外略有補充，並無更變，定於明日即行發表，第二次處所怠工，見已復工，仍本不咎既往之旨，一體待遇，想伯嘉諸君，必有詳報，茲不贅述，再第二次怠工，弟主張與前不同，主硬不主軟，無如拔翁軟之又軟，一日所發扣薪通告，弟意怠工執委組長，即無恥肯來聲明，亦仍照扣，其先拔翁尚在游移，以為果來聲明，只好故作癡聾，其後並定為（疑是仲明獻議）無論來聲明與否，一律暫照　尊處一日免扣之電辦理，但仍候　尊處解決（不是此二字，弟記不得），錢已發出，如何能再行追回，恩則歸己，怨則歸人，弟再四力爭，謂無異飲鴆解渴，終不肯聽，來信與弟等於決裂，弟復託伯嘉進最後之忠告，仍不見聽，弟只得知難而退，此事甚愧對吾　兄也。覆頌

大安

弟張元濟頓首　九月七日

一九三九年九月九日

■ 公司第二次怠工後處理辦法

岫廬先生閣下，本月七日覆上一函，係由敝處逕寄，計先達　覽，頃始奉到八月三十日所發　手教，展誦祇悉，此信前後十日始達，可謂遲極，第二次怠工以後，弟力主從嚴，科長股長出來調解，如公司無辦法，願自減薪水補貼低級同人，聞舉代表進謁拔翁，弟急電告拔翁，當時他人代接，云飯後臥床，屬隔二小時再通電話，弟即以拒勿接見科股長代表，聽者似係其妾，詎知以後仍舊接見，弟同時並

約慶林來寓，告以此事，慶林亦不甚了解弟意，次日拔翁又接見怠工代表，並到弟寓說明經過，言外似以弟昨日電告之言為非，其時，第二次亦已復工，弟談及扣薪之事，拔翁尚主張果照通告肯來聲明，可以不問其他，弟力主執委組長即無恥肯來聲明，總須照扣，又去信力爭，不意次日又由仲明擬一通告，即不聲明者，亦不扣，屬慶林、伯嘉攜來，拔翁又親筆繕致弟一函，謂設有第三次怠工，公司名譽掃地之語（即十次百次亦有何羞，弟恐不久仍要再來），其他辭句，令弟甚為難堪，一切情形，伯嘉當代詳告，弟於七日去信，亦略言及，茲不贅陳，弟於此事無法貫徹其主張，愧對吾　兄，負疚無極，久芸尚知利害，惟曾言無人肯為撐持，拔翁對弟尚且如此，他可知矣，吾　兄亦不必焦慮，且究大勢如何，再圖補救，手覆

敬請　大安

弟張元濟頓首　九月九日

一九三九年九月十一日

■此信以董事會主席庶名，謂工會印發告股東及社會人士書詆毀父親個人名譽，董事會仍全體信任父親

雲五先生閣下，敬啟者，時局艱難，本公司處此危殆之境，駐滬辦事處及發行所，竟乘秋銷之際，發生怠工事件，且復工之後，繼又怠工，誠堪痛惜，在滬當局，秉承我　兄志意，不咎既往，諸從寬大，近又頒布平羅辦法，竊冀從此可以安定，不意若輩狂妄性成，愈越恆軌，又印發告股東及社會人士書，弟鳳池於本月九日接得一分，弟元濟於翌日由某股東交到一分，其中一件專對我　兄個人肆行詆毀，弟元濟意該同人等謬妄至此，不能置若罔聞，因代表董事會往訪陳霆銳律師，請其追問具名之同人會，並令交出損及個人名譽之證據，又於本日午後召集董事會，該印刷物，除弟鳳池弟元濟外，均未獲見，因於開會後，彼此傳觀，均以為此等不負責任之言，無足措意，並稱我　兄歷載經營，苦心孤詣，感深信仰，此次怠

工事起，亦以我　兄所定辦法，至為允當，倚重之念，始終不渝，惟默此間情形，前途甚為嚴重，彼無知之徒，專以暴力裹脅為事，若不整飭紀綱，以後不堪設想，弟宣龔以有病之身，當此艱鉅彌覺棘手，弟鳳池對此尤為焦慮，同人之意可否請我　兄移駕蒞滬，就近指揮，遇有困難，可以當機立斷，但滬上邇來時有恐怖行為，且港處事務繁重，或有羈紲，不能遠離，弟等不敢堅請務祈　慎重斟酌，設或不克抽身，此後應如何區處亦乞　妥為布置，總之公司之事，惟有仰仗

大力，冀得度此難關，徐圖興復，至該印刷物二件，並附上即祈　詧閱，以便應付，專此布達，敬頌

台祺統維

亮鑒

商務印書館董事會謹啟

主席張元濟

中華民國二十八年九月十一日

一九三九年九月十二日

■本日董事會有公函致父親表示信任

■又私事

岫廬先生閣下，九月九日曾覆寸函，交由伯嘉兄轉寄，昨日開董事會一切詳情，伯嘉想能代達，茲不贅陳，拔翁辦事不肯負責，素所深知，但邇來舉動如此，殊出意料之外，恐係身體衰弱，性情因而改變，惟時局如此艱難，而左右者又不能為　公之助，殊可憾也，前託續購「勒克吐靡」乳粉二磅或三磅一罐者一打，設法運至重慶，交與小婿孫逵方，未知已否購定運出，前日得逵方來信，除前蒙　代購一磅罐一打之外，尚須用三磅罐一打半，合共有五十四磅，如此可以足用，統祈轉飭館員代為核准購就，設法運渝，該賬即轉至上海（除去最前一磅罐一打之數，恐以後無貨或太貴，故欲於此時躉數購足），無任企禱之至。本日董事會有公函，託伯嘉帶呈，表示信任之意，伏乞

垂詧敬叩

侍福

弟張元濟頓首　九月十二日

一九三九年九月十六日

■提擬以法律起訴保護父親之名譽

■同人對平羅辦法仍多有辯論

敬再啟者，該同人會復陳霆銳信，弟已屬百齊兄抄呈，為公司計，為我　兄名譽計，均不能不以法律起訴，惟應用如何步驟，如何預備，滬港兩處遙隔，所有簿據不在一起應如何預為布置，彼方提不出證據，我方應否提出反證，弟於近來法律，全不措意，統祈指示為幸。

該同人會對平羅辦法，仍多辯論，其無理取鬧者甚多，惟昨日聞有一條似尚有理，據謂百元薪水與職員最低之薪水，同一負擔，而所得之薪水，已高數倍，平羅仍享同等利益，未免厚於高級，而薄於低級，云云，弟認為有理，實則五六十元以上，與以下，可以分為兩級，以下者照額定，以上者照額打一折扣，似更周密，但此時業已頒布，且有試行六月之語，能否中途改變，將高級者已得之權利，予以剝削，殊覺為難，弟不敢以人廢言，故特奉聞，敬請　裁奪。

該同人會十四日所發通信，指摘伯嘉此次來滬，因公暫借，共支一千六百三十五元五角，其中船票費支五百三十五元五角，弟閱之駭然，當向慶林兄查問，果有其事（即，公椿返港船價亦支出三百九十四元五角，公椿似非奉公來滬或係自支暫借可以不問），伯嘉此舉，殊屬不合，應請我　兄予以告戒，弟記得去年曾寄我　兄一信請早日規定職員往來乘船等級，時至今日，不容再緩，並祈　垂鑒，弟為此事有致慶林一信，抄錄呈　覽

弟張元濟再啟　二十八年九月十六日

一九三九年九月十六日

■抄致鮑慶林先生信，有關高級職員濫支船費

抄致鮑慶林君信

昨承抄示蔡李史三君近日所支赴港或往返船價清單，謹已閱悉，史君回滬乘裕生輪費七十餘元，尚不為過，惟去港乘亞洲皇后船，單開$六八・四九，恐係美金而非法幣，應合法幣若干元，請查明見示，弟竊有陳者，現在國難何等重大，我公司何等艱難，凡我同人應如何臥薪嘗膽，刻苦自勵，以盡國民之職責，以圖公司之復興，港滬往來，外郵不過兩日之程，此兩日中即稍窘困，亦何至不能忍受，蔡李二君香港之行盤費花至九百餘元（史君所費恐亦不貲），弟聞之不勝駭異，岫廬先生於八月恢復原薪以後，辭去月支車馬二百元，正是節約自守，整躬率物之意，凡屬公司高級職員均應效法，嗣後公司職員，有濫支公用款項者，請我兄嚴行駁斥，如以事涉重大，即祈陳明拔翁辦理，所有英法義荷美五國郵船，自第二等至末等船價，昨晤徐百齊兄，已託代為探聽，並祈接洽。如有公司高級職員濫支船價之事，弟今日已函告岫廬先生，請其核辦矣，再此信內　有內封，祈注意。

一九三九年九月十六日

■有關平羅代價券擬改發現金

岫廬仁兄台鑒本月十二日為楊氏水經注疏事，承十日去電詳上一函，計荷　垂詧，前於兩日，疊奉本月十日十二日兩次手教，並錄示傅斯年君二十八年（想是二十九年之誤）四月八日之信，均謹誦悉，奉覆如左：

一、發還同人長期儲蓄尾數，及限制同人存款額數事，昨招拔翁來寓，出示

大函並請與慶林商酌，報告董事會，限制存款額數，拔翁屬慶林與仲明商定辦法，現已定本月廿三日召集董會，吾　兄所給兩次附啟各二頁，均當同時提出，所有會議情形，當由仲明陳報。

二、分館損失報告及一般報告，當於廿三日提覆董會，一般報告記錄，當遵兩次來示辦理，至翰卿前此調查資產約計盈虧之語，本係請當局辦理，弟前月三十日去函所陳，擬對應策云，不過姑陳管見，藉備　采擇，我　兄以為理由充分，但云不便答覆董會，拔翁於此等事，言之恐其不能詳盡，弟當作為在港與兄討論結果，代為陳述。

三、現在同人會、互助會雙方對峙，公司不承認，而勢力自在，弟有一妄想，索性令其照法律正式改組工會，合併為一，舉出代表，以後公司有大改動，正式與之商量，似比現時彼此互爭，公司受其暗中之阻力，雙方之磨擦，似較簡捷，但弟於工會法絕少研究，如此辦法，究竟利害何如，此於公司將來應付時局大有關係，亦乞　裁核。

四、同人續定契約，鄙見宜一律改為三個月，亦不宜過於參差，如正二月均有屆滿者，不妨將正月屆滿者移至二月再訂（仍舊三個月），則此兩個月續定之契約，可於四月屆滿或將正月屆滿者改為四個月，未知可行否。

弟張元濟頓首　二十八年九月十六日

一九三九年九月十九日

■平糶代價券改發現錢事

頃聞翰卿又來公司，招久芸、仲明與談，必欲依同人會之意，將平糶代價券改發現錢，經久芸、仲明加以拒絕，此公司可謂老悖，而史黃二公，不為所屈，可謂難得，現在改用平糶券，由各人自由買米，高下任便，即吃包飯者亦可將此券折與包飯作，包飯作主亦不能不買米也，彼輩必欲改發現款，毫無理由，不過欲爭所謂最後之勝利，翰高、庭桂必欲為之袒護，是何居心，誠不可解，弟一息尚存，必當力持，此為公司紀綱計，亦為股東利益計，決不能任少數懷有他意之股東，肆其鬼蜮也，再上　岫廬先生

台鑒

弟張元濟頓首　二十八年九月十九日

一九三九年九月二十二日

■詳述公司董事及高級職員之事

■發平羅代價券時之糾紛，擬請父親返滬處理

岫廬先生閣下，九月廿一日寄上一函，又寄同人會印刷品一卷，計荷　詧及，以上係由敝寓直寄，此後託滬處附寄之信，封內均加內封，信封外均加貼弟名印章，以防私拆，務祈於拆閱之前，先行察究一過，本月廿五發上有電，文如下：「有電悉，拔屢辭，擬給假，長函到，某君與慶至戚，恐礙慶面，擬不差出，乞改繕飛寄，誹謗事，請於函內聲明自訴，由董會覆，請取消，似較妥，慶寢到。」想已遞達，但未奉　覆電，甚為懸念，長函中所指某君，必係筱芳，惟其建議租賃房屋，將閘北製版廠遷移，弟已不甚記憶，又云誹謗之事，背後有人唆使，看去亦似暗指某君，鄙見渠與慶林至戚，現在正值借重慶林之時，恐不免傷其情感，且翰卿性成陰險，難免不借此挑唆，活動慶林，且激動筱芳，勢必別生枝節，又同人誹謗事，函中有暫時隱忍之語，弟意亦覺有未妥，該同人會覆陳律師信，語氣兇橫，翰卿居心叵測，渠見我　兄不與計較，此君素以小人之腹，度君子之心，難免不認為事屬有因，不知與同人會又有何種勾結，致愈演而愈甚，將來仍不免，終於起訴，弟故換一辦法，請　兄聲明自訴，於覆董會函中說明必須由個人起訴，弟接到此信，當再召集董事會，由董事會認為此等妄言，不值與之爭辯，董會信任不渝，合詞請與予（取）消，如此辦理則同人會知兄意甚堅，必欲訴諸法律，其所以不起

訴者，全由董事會之攔阻，且知不足以動搖董會之聽，或可自息，即翰卿一人亦不敢暗中作怪，斟酌再四，似於事較為有益，故電文有較妥之語，未知　卓見以為何如，至盼　示覆（慶林云，曾見此長函稿，但約略一究，記不甚清，我　兄致拔翁信，亦略言不起訴，但辭意甚簡），慶林於廿六日午刻始到，弟前接到二十三日電（以後來電務請注明韻目），屬於寢日開董會，弟恐船期萬一延緩，故候慶到後再發通告，慶到後即來弟處，出示我　兄函件，並所疑辦法，慶肯負責，且於我　兄所定辦法之外，有所補充，亦頗有見地，至為可慰，廿七日開董事會，弟先往訪丁斐章、徐寄廎、徐鳳石一一與之接洽，開會時頗為順利，拔翁提出辭職，眾人挽留，請其在家休養一二月，仍可隨時到館，不必辦事，仍暗示維持公司之意，未知拔翁肯允否，此君究係君子，即必欲辭去，亦決不至別有舉動，致與公司有損，但久病之後，性情有變，弟與說話必須格外審慎，此外尚須對付翰卿，尤為苦事，慶林離滬之後，翰卿帶同廷桂往訪徐寄廎，託其向弟疏通，容許同人會之要求，寄廎漂亮，不為所惑，弟於是不得不向翰卿周旋一次，與之辯論三小時，廷桂前後來弟寓三次，刺刺不休，弟亦往答一次，此等無謂之周旋，最為難過，總之皆受拔翁之賜也。

廿一日發平糴代價券，同人會持強搶奪，情勢甚為兇橫，拔翁次日至弟處，自言形如木雞，當時左右無人，毫無辦法，弟聞當時同人會用汽車由戈登路棧房裝來所謂老司務多人，預備示威，鬧至總務處，竟在三層樓會客室附近，大呼票子如不交出「打死他」「咬死他」，又有人至出版科，偪令科員某某二人交出平價券，二人不允，語言衝突，拔翁告弟，竟言二人不交則已，不應大聲相爭，並以此責鄒尚熊不加阻止，真不知是何用意，有王永榜者，得券後，先打鐘出館，主計部朱慰宣走至街中將伊截回，隨從多人，並將王君毆擊，回館後，朱君婉勸，先不許，又受不識姓名之人拳擊，始交出，其他不法之舉，不一而足，使拔翁果稍稍振作，不至事事推諉，決不至此，仲明不善輔佐，詒無可辭，慶林值此混亂之後，正不知如何收拾，而為之助者人手太少，聞同人會向眾人募捐，郭梅生竟捐五元，可云荒謬，其他高級職員，捐輸者恐不甚少。

昨日無外郵，故信寫好，未能封發，今晨聞知昨日分發平羅代價券，總處及發行所填報調查表者，原祇有數十人（據稱有三四百人，其餘未填），人事科依表發給，該同人會恃眾強索，已得者亦即交出，惟出版科有二人不允，該會派人坐守其旁，又聚有多人在會客室地方助威，揚言不交要打，該兩人與同人會人大聲爭辯，拔翁今日來弟處，反言鄒尚熊君不制止其部下之聲張，而於該會之舉動，則佯作痴聾，自言形如木雞，似此星星之火已成燎原之勢（聞有王永榜君被毆），工廠於平價券已無問題，若見公司如此懦弱，難免別有舉動，恐長此拖延，勢將不可收拾，故頃發去一電（電局登報，香港可收華文電，聞　尊處來電，亦用華文），文曰：「昨發平羅價券，彼等恃強搶奪，聞有被毆者，當局束手，非駕來恐難收拾，盼覆，濟養。」想已達到，似此情形，非將為首滋事之人，盡數開除不可，弟本不敢懇請大駕來滬，但恐慶林兄回滬，我兄即委以大權，恐亦人手不彀（祇有久芸可以相助），即令伯嘉同來，恐亦呼應不靈，弟故謬然陳請，恐愈拖長愈難辦也，拔翁對弟言，即日辭職，弟答以慶林不在此，無他言，拔翁旋言再等數日，鄙見拔翁果辭職，當開董事會，請其告假休養，一面請慶林代理，慶林行時，弟告以主持怠工諸人，必須嚴辦，渠意不必太急，弟請其將鄙見代達左右，請　兄裁奪，但有昨日之事似恐不能不辦矣，辦後尚須有長時之鎮壓亦恐不易。

再慶林於漢文方面，恐不夠用，仲明不可靠，慶林不能動筆，甚為可危，如兄能來固無問題，若有不能，必須令伯嘉回來方可，又同人誹謗之事，陳霆銳律師有信致弟，據該同人會覆信，可以起訴，但此等妄人，不值與之計較，云：弟意我兄立場必須起訴，即於覆董會內聲明，已委託陳霆銳君具狀，弟當憑　兄信召集董事會，由董事會出來勸阻，前次董會徐寄廎本有此種妄言，不值一看之言，董會又

有信任不渝之語，弟即擬本此意，請董會勸　公打消訴訟之意，則事由董事起意，於　公地位亦仍堅強未知卓見以為何如

弟張元濟頓首　二十八年九月二十二日

一九三九年十月九日

■ 李拔可先生堅辭，擬由鮑慶林先生暫代

■ 謠傳港廠工人發生糾紛

岫廬先生閣下本月四日寄上一函，由館附入號信寄呈計荷　及，此信仍有內封，係弟親筆外封，封口處仍貼私人印章方紙，請　注意，茲有數事，奉達如左：

慶林代小芳職，查小芳月薪六百元，代理通例支半薪，是否加送百元，已足，乞速覆。

拔可堅辭，自遞董事會信後，即未到館，料去必不復來，慶林於拔可舊管各事，多不接洽，且亦非所長，勢必大權旁落，甚為可慮，似非伯嘉來此相助不可，然公司現尚平靖，若伯嘉突如其來，慶林難免誤會，奈何奈何！

聞平羅代價券已經接受，然尚有要求，究竟不知如何，數日未見公司中人，咸云可告一段落，然乎否乎。

同人會印刷品自本月一日起，弟不復寄，已託久芸逕寄，不知曾收到否，此間喧傳港廠開除一工人，其人手持鐵棍，將毆伯嘉，乃收回成命，改為記過，弟聞之不信，然言者確鑿，同人會聞之必大悅，

敬叩

老伯母大人福安並頌　潭福

弟張元濟頓首　二十八年十月九日

一九三九年十月十四日

- ■公司高級職員薪金與津貼
- ■港廠糾紛解決
- ■收到節省紙張及減少印數之計劃
- ■公司甚難維持八一三以前之局面

岫廬先生閣下昨日奉到本月六日　手教，傍晚又接覃電，均敬誦悉，謹奉覆如下，一、慶林薪水原係四百元，小芳則六百元，弟九日去信言及多出之二百元，照代理通例，減半致送，則為一百元，合之本職四百元為五百元，徵取我　兄意見，後始查知久芸、康生月薪均已支至四百元，另加車費五十元，則五百元之數，似有未合，與拔翁談及，拔翁意必須照小芳薪數致送，故以覃電奉達，今得覆電，正與　尊意相合，即由弟函知滬處，我　兄可不必再來信，續開董會時，當請追認可也（此信亦有內封並印記，外封亦有印記）。

二、前月十九日長函，蒙　重繕發下，業已收到，弟仍不欲傳觀，恐翰卿出示他人，擬俟有機會開董會時，再於席上傳閱，翰卿、延桂經弟屢駁，啞口無言，煽惑股東，恐無甚效力。

三、港廠忽生糾紛，業經消弭，聞之甚為欣慰，弟九日去函言及此事，係聞之仲明，弟殊不信，據云係翰卿來信如是云云，昨得　大函詳細見告，即向久芸查究，仲明之言究從何來，據云翰卿之信，即係致久芸者，並無先已開除，後因行兇，重行收回，改作記過之語，不知仲明何以誤究，弟不敢謂其有意造謠，大約係戴有有色眼鏡所致，倘使其對他人亦如此云云，則不免有所影響矣，港處如尚印通訊錄，鄙意似可將經過詳細登載，俾眾周知。

四、承　示印書節省紙料（前此已承見告）又減少印數，新書銷路可靠，聞訊尤為快慰，然弟終慮疆土日蹙，困窮日甚，有如許工人，造成如許貨品，終覺可虞，即如前日登報最近出版之叢書集成第五期，不過裝箱存棧而已，拔翁受其同鄉數人詰問，拚命督催，弟再四解釋，曾言以英國之譽望，尚不免於賴債，我館何妨稍為拖欠，卒不見聽，終被催成一期，拔翁固可對同鄉，而公司則受損匪淺矣，弟見原料日貴，煤汽電力，無一不漲，設造成之貨，稍有積滯，受累匪細，昨日丁英桂來言，石印部無事可做，擬印冊府元龜，弟甚不贊成，已詳告久芸，請其面陳，此外並有減工之議，統祈　裁酌。

五、現在公司維持八一三以前局面，此為目前無可如何之辦法，戰事解決，我館力圖復興，以鄙意度之，必須減少一半人，甚或減少四分之三，此本係極大難事，惟其愈難，愈先籌劃，否則中華可以復興，我館終於困憊，此或為弟之過慮，然心所謂危，不敢不言，亦已請久芸密陳，並祈　鑒及。

六、前此弟曾建議全公司人員，必須寫日記單，伯嘉云業已計劃，不知曾已施行否，適之信已收到，前曾託代贈校史隨筆一部，不知已否寄去，小婿信蒙轉渝，感極，敬叩老伯母大人福安並頌潭祉

弟張元濟　二十八年十月十四日

世兄曾有在德國留學者，戰事起後行止如何，甚以為念。

一九三九年十一月四日

■縮印衲史及影印楊氏水經注事

岫廬先生大鑒前月廿九日奉廿三日手教誦悉　世兄劬學兼肯任事，曷勝欽仰，有是父必有是子，可為德門賀也，論分送平糴辦法與股東一事，弟因彼輩宣傳甚力，公司太過靜默，無論股東非股東多不直公司之所有，弟接觸過多，故與　尊見有所不同，今既不發，亦不再詳瀆矣，久芸兄回，誦前月三十日　續示，並聆久兄詳述，一切敬悉，縮印衲史，弟覺此書未免過於委屈，然為公司營業計，未敢阻止，但全書字形大小各各不同，即欲縮印，鄙見亦應分為數種，四史將來或可單售，擬從寬廣，七史字最大擬照來樣，晉書新舊唐書字大小，最難布置，已屬英桂君分別縮成數種格式，印行寄上，以備參酌，楊氏水經注弟認為確有價值，可以

影印，望速與書主商議辦法，旬日後擬開董事會，提出拔翁屢次堅辭之信，傳觀我兄答覆同人誣指各件之信，餘不多述，敬請

老伯母大人福安並祝　潭福

弟張元濟頓首　二十八年十一月四日

此信無內封但外封仍粘名章，伯嘉兄均此不另。

一九三九年十一月八日

■在董事會中，傳閱父親駁覆同人之信

■抽取校閱元明劇本，目力日差

岫盧先生閣下，本月四日曾上一函，由分莊科附呈，計已先達，函中陳明，擬旬日後開董事會報告（此信有內封，有印章，祈　注意），拔翁堅辭，並傳觀我兄駁覆同人會誣指十款之信，近聞拔翁迭接我　兄堅留之信，似有活動之意，以弟觀之，館事由慶林一人擔任，漢文方面，恐亦不能放心，我　兄如以為拔翁仍可留任館事，應否以董事名義致董事一函，表示　尊意，弟當於開會時，同時提出，是否可行，敬祈　裁奪示下，並盼速覆，前數日交英桂君籌畫縮印衲史事，至今未覆來，想籌畫亦非易事，前者弟建議影印元明劇本，不料抄本錯字太多，行款又甚參差，現雖請王君九君校閱，然求人之事，祇能適可而止，此次照相底子，因為省錢，係用藍色印紙，弟不能不抽取覆看，然近來目力太差，每看數頁，便須罷手，出版又有期限，不勝焦急，公司竟無可以相助之人，奈何奈何，外信一紙，乞轉交伯嘉兄為荷，敬叩

老伯母大人福安並頌潭福

弟張元濟頓首　二十八年十一月八日

一九三九年十一月十二日

■出版馬相伯先生年譜

岫廬先生大鑒，本月四日八日疊上兩函，均由公司轉寄，計荷　詧入，前日中美日報張君若谷來信，言輯有馬相伯先生年譜欲以版權讓與本館，弟覆以收稿之事由　兄主持，當為代達，覆信及來信，均屬公司錄呈　台詧，計已先達，弟思此書當有銷路，但出版必須迅速，弟當代看書稿，如果合用，　尊意以為可以收印者，即便付排，從速出版，張君昨晚已將書稿送來，自言係震旦學生曾親炙馬君甚久，前在大美晚報，現在中美日報任編輯，其所編年譜，多穿插國內外大事，文字亦尚妥順，所采材料均註明出處，但稿字太小，弟目力不及，不能細究全書，是否可用，不敢決定，祇可由公司可以勝任者，任審查之事，又張君開出三條件：一、迅速出版，二、要印四開本，用中國書式，三、每千字五元，全書約十萬字云，弟意二、三兩項稍覺難行，　尊意如何，請速示，如欲購印，如何磋商，能電　示畀以全權，則可免耽閣，亦乞　裁酌，無論函電，均請覆至敝處因館員辦事，恐有疏忽也，專此即頌　台安

弟張元濟頓首　十一月十二日早

同人會所出之半月瞭望，館中已寄呈否，可云混帳。

一九三九年十一月十二日

■同日，補述縮印衲史，業經估價

再縮印衲史，昨丁君英桂來言，業經估計，大概如下，四史及晉書、兩唐書及宋明兩史之表，用兩頁成一面，餘則照來樣之四頁半成一面，約計較原估增加二分之一，（原估一萬四千餘，此則約二萬稍強），已屬趕印樣張，詳開估單寄奉，鄙

■又有關涵芬樓汲古

閣毛氏精抄辛稼軒詞事

意最好用中國紙，稍留此書之身分，丁君云如用中國紙，可無須出錢另購，又涵芬樓藏有汲古閣毛氏精抄辛稼軒詞，甲乙丙三集，缺去丁集，現在通行者只有十二卷本，世人認此四本極為難得，弟久欲印入四部叢刊，因尚欠一集，遲遲未行，頃訪得蘇州書估，收得丁集，亦係毛氏舊抄，弟已託人取來一看，正可與本館所藏之甲乙丙（竟是原配）配成完璧，但書祇有三十六頁，索價一百四十元，貴得離奇，弟擬還一百元，未知　尊意以為如何，乞示覆，此不急，勿用電覆，又石印事開弟擬選前此照存之書，有名可銷，而冊數無多者，試印試銷，並乞　核示

弟張元濟頓首　十一月十二日

一九三九年十一月二十五日

■ 父親九月十七日辯駁同人會之信在董事會傳觀

■ 李拔可先生打銷辭意

■ 同人會擬正式成立

■ 得復電願出版馬相伯年譜

岫廬先生閣下十五日得刪電，即於十八日召集董事會，拔翁已將辭意打消，我兄九月十九日辨駁所謂同人會誣指各節詳函，亦經傳觀，並宣讀一過，眾意咸謂，不值計較，已有公函奉覆，計荷詧及，翰翁又言，已見半月瞭望，謂若輩不知輕重，終非佳兆，弟當言服役於公司之人，與公司成一敵對之局，甚為不好，當告慶林，務必整飭綱紀，但不知能否實行耳，據慶林某日來告，同人會擬正式成立，發志願書，伊已約各科長等，告知不能入會，聞已有填寫志願書者，次日即收回，云云，此等科長，竟貿然填寫志願書，可謂溺職，究竟細情不知若何，人事科有無報告，星星之火，可以燎原，凡事之始，總不能躲懶怕事也，馬相伯年譜事，得　尊電後，已去信告作者，一、可以速出版，二、祇能照本館已出各種年譜版式（但鄙意不照小六開本），三、允給版稅百分之十五，但尚未有回信，如不允版稅，再與磋商售價數目，原稿尚須略加修改，前日又得十六日　來示，謹誦悉，賤

體已痊，承注感謝，縮印衲史，今日已寄去樣張三份，分大小三種版式，又中華開明比較樣張各兩紙，又已廢晉書樣張一紙，又清單一紙，由館逕寄，想已先到，將來四史於全部預約完成後，或可繼續單行，統祈核奪，估價單英桂允午前交來，俟到再封發（另紙附呈請看背面），敬請

老伯母大人福安並頌　潭祉

弟張元濟頓首　十一月廿五日

外寄小婿信一件乞　附入渝館號信。

一九三九年十二月五日

■與馬相伯年譜著作人商妥，購入舊抄辛軒詞丁集，決定即日付印

岫廬先生閣下，前月廿五日寄上一函，同時又另寄衲史縮印樣本，計均達覽，馬相伯年譜業與著作人商妥，給與版稅，不出稿費，用本館以前出版各種年譜版式，弟略加繙閱，需有稍加修改之處，又由館員加校，已交還本人修正，速即送來排印，一切已由滬處詳報，茲不贅陳，前次函中曾告知，弟於三十年前為公司收得舊抄辛稼軒詞甲乙丙三集（精抄本）缺去丁集，久思印行，以無從配補，祇可作罷，近訪得蘇州書估收得丁集，前日取到，竟是原配，連裝訂均屬相同，已以一百二十元購入，此為吾國詞學大家之著作，四集本又為海內孤本，已與拔翁商定，即日付印，用叢刊版式，手工連史紙，藉救石印工荒，此外亦選得數書，均係小種，可望有銷路之書，同付石印，拔翁當有函詳述，亦不贅陳，接重慶孫婿來信，言渝館兒童用書甚為缺乏，乞　屬該管員注意，專此敬叩

老伯母大人福安並頌　潭祉

弟張元濟頓首　十二月五日

此信無內封。

一九三九年十二月十五日

■ 郵船減少郵遞稽延
■ 談及公司事四點：毛氏精抄稼軒詞，縮印衲史，自印輔幣，家事教科書

岫廬仁兄閣下，本月十一日奉到前月三十日發，十四日又奉到本月六日發兩次手書，均敬誦悉，近來外國郵船減少，郵程稽遞，即此可見，茲將各事奉達於後。

一、毛氏精抄稼軒詞已以一百二十元購入，擬即付印，部數約在三四百部，售價單尚未見。

二、縮印衲史弟本意並不贊成，六日來示，言用華紙印，可稍維持原書之身分，鄙見認為可以不必，前函贊成丁君華紙之議者，因可售去積存華紙，又可省去添買洋紙之費耳，今聞連史紙有數無多，且不患無用處，鄙見用洋紙售價總可稍賤，且此等版式，總以洋裝為宜，故弟未敢即行決定，又拔翁不主張全部縮印，只縮印四史，用九開本式，此卻可以稍維持原書之身分，但成本甚昂，銷路亦恐無多（留待將來，此事可做），且與全部縮印銷路有礙，但弟因此卻又有所觸引，目下儘管影印全史，而將四史留存中縫，備他日印九開本時，省去一番縮照工價，雖版式與後廿史不同，然購用此等縮印本者，於版式未必講究，姑陳所見，敬備采擇，來示又言預約或特價，鄙見預約可先收現款，但恐出書期限，已失信用，未必能為人所信任，或將第一批書印成之後，再售預約，則購者一面付款，一面可取一部分書，於心亦可少饜，一切統祈　裁奪，究用何種版式，何種紙張，若干部數，決定後即逕開印單付出版科。

三、本月十一日發上一電，電文另紙附陳，想荷　詧及，明知攬印無策，不過借此或可推動乙方，開工續印，以免市面之枯竭，不知　尊意以為如何，彼方真天之驕子，令人益恨裙帶之流毒，上海報紙，於此事紛紛議論，今剪呈報紙兩分，乞　詧閱，公團自印輔幣，政府決不能允准，然延至市面大不了之時，亦難免不有此舉，萬一有此，港廠能承辦否，此亦無聊中之一想法耳。

四、前日晤陳仲恕君（叔通之兄）言其女（現充上海教會學校四處教授）有家事教科書兩種，由本館發行，言出版時將其凡例及參考書目刪去，於用書之教師學生，大為不便，言下甚為不滿，弟取閱已出之一種，其編輯大意，全是本館刻版文章，無所謂凡例，向出版科查問情形，云須向港處查問，尚有師範用一種，於廿五年一月十一日購入，將近四年，教育部審定，即有耽閣，何以不向追問，弟查已出一種第一冊，售至二十餘版，則師範用本，當亦必有銷路，且此等書無地域之分別，到處可銷，延閣甚為可惜，務請查明催印為幸。

弟張元濟頓首　十二月十五日

一九四〇年一月二十一日

■在港舉行之廣東文物展覽會中，願將家藏澹歸和尚所書立軸一幅陳列

■同人會又起糾紛

■港館地位擁擠，建議開支館

■校訂元明雜劇事

岫廬先生閣下，疊上數函，計均達覽，黃仲明君歸自香港，昨來寓詢知　起居康適甚慰，惟聞　老伯母大人稍有清恙，近日已痊癒否，敬念無似，茲有數事，奉達如下：

一、蔣慰堂君來云，擬辦之事，已與我　兄談過，弟未能擔任，茲有覆蔣君信稿一紙，寄呈　台閱，乞閱過發還。

二、葉玉虎君寄來在港舉行廣東文物展覽會，徵品簡章，並列　大名，本館祇有番禺崔清獻公全錄一書可以應徵（明本亦罕見），已將首尾兩冊，託蔣慰堂帶呈，弟又有家藏澹歸和尚所書立軸一幅，為先八世祖壽辰撰詞致賀，極為珍貴，澹師為　貴省流寓，且有盛名，玉虎鄭重徵求，兼以我　兄贊助，故願出家珍陳列，亦託慰兄帶　呈，請　兄詧收，並　飭妥送。

三、所謂同人會又起糾紛，報紙日日宣傳，公司不發一言，弟甚覺不平，適張庭桂君來信，又為若輩說話，弟遂將此間所不敢言，不肯言者，借題發揮，今寄

呈印稿一分，並來信（附朱君一信，朱君於去年八月間，發行所打人時（並非親自動手），甚為出力，恐無人肯告我　公）呈閱。

四、聞仲明言，運輸日見艱難，弟記得一二十年前，成都貨物，均由萬縣起挑，此時恐須恢復此種古舊運法，我想比汽車運費或可廉賤，乞　酌核。

五、又聞仲明言，港館地位極為擁擠，生意卻不壞，近日中華在對門開設門面，較為寬廣云云，弟思港館生意，近為公司一重要部分，營業旺而地位窄，必有被擠出之主顧，甚為可惜，喬遷不易，可否於學校叢集之處，設一支店，在九龍何如，雖有同行，未必專為我出力，姑陳所見，以備采擇。

六、又聞仲明言，縮印百衲本廿四史，我　兄已允用洋紙，前四史亦　允留中縫，甚為欣慰。

七、公司向教部借印元明雜劇，由姜佐禹君初校，前經陳明，請王君九君主持校訂之事，並有酬報，王君為當今曲學家之聞人，無如所校不免草率，而姜君又自命不凡，好出主意，故意賣弄，致王君亦不免生厭，原書係用藍色紙曬印，欲省工料，故字頗小，姜君用紅筆，王君用墨筆，三色合成，令人目眩，弟邇來目力大差，稍稍多看，便生蒙障，此書竟無法覆校，擬仍請君翁一力主持（去信力懇），不知能否做到，弟則恐無能為力矣，唯我兄鑒原之耳。外附覆伯嘉兄信，祈　飭交，又附寄孫逵方信，祈　飭附入號信寄去，費神之至，敬頌

潭福晉叩

老伯母大人痊安

弟張元濟頓首　元月廿一日

又附蔣仲茀君議函授應注重技能信五紙祈　核閱。

一九四〇年二月十九日

■得悉勞工代表折衝經過，及各分館臨時加薪辦法

岫廬先生閣下，疊奉一月十九日又三十一日兩次　手教，藉悉老伯母大人福體康復，我　兄每月絕食數次，體重減而精神倍增，欣慰無似，承　示與勞工代表折衝經過，並統籌各館臨時加薪辦法，又設法領得外匯，並開設九龍支店，打通內地運輸，　苦心孤詣，尤深佩慰，衲史縮印方法已請拔翁轉告印廠及英桂君，太平御覽前月即屬英桂估價，遲遲始行交到，分估六開九開兩種，即九開售價亦不能與市上木板書競爭，鄙見印成恐無銷路，已將估單送與拔翁閱看，請其逕寄　台閱，現在虹口開放，存板或能取出，彼時再行斟酌，但原料日益加貴，此真大不得了之事，現在衲史既經決定縮印，石印部暫時有事可做，即用洋紙印刷，英桂言石印機亦未嘗不可做，弟意選用版本，較清朗者用石印機，字小或不甚清楚者，用膠板機，如是亦是調劑之一法，未知卓見以為何如，前聞仲明兄言　尊意擬仍發本館股東借息三厘，此亦無可如何之事，如去年報告辦就，望早日發下，以便召集董會議決，早發，稍解貧困股東之急，餘事續布，敬請

老伯母大人福安並頌

潭吉

弟張元濟頓首　二十九年二月十九日

外寄小婿信一件，祈　飭便中附去。

一九四〇年二月二十七日

■請查究編行堂全集，有無印行之價

岫翁台鑒，茲有　事奉達如下，伏乞垂詧。

一、香港文化展覽會開幕，報載有編行堂（必係偏行之訛）全集，此即金堡所

值

■又內侄許君著有「桐油之化學與工業」，有無出版之價值

撰（弟寄去中堂一幅，亦此君所書），前清末年，上海曾有不全本出版，全集從未見過，弟訪之已久，但不知是否完全，內容如何，卷帙多少，底子是否清楚，寫本是否不劣，擬請吾 兄就近一看，如果有印行之價值，且有銷路，可否與書主一商（只能送書若干部，或日後版稅，祈卓裁，本館亦謀流通而已，非謀利也），又見有屈翁山所著之書（已忘其名，報已失），如亦未印過，能同時印行，可稱雙善，弟無時不在籌劃救濟石印工荒，故以奉瀆。

二、奉館楊君近能發奮自新，有數萬金匯到滬館，此由我 兄不念舊惡，感格所致，拔翁亦時加撫慰，且託人設法指示匯款方法，楊君亦能力圖晚（挽）羞，鄙意我 兄最好寄以數行，加以獎勉，似於該館前途必有裨益，乞 酌裁。

三、舍內姪許寶駿在浙江大學化學系畢業（前曾譯有關於人造絲約十萬言一書，由本館出版），輯譯「桐油之化學與工業」一書，約有十餘萬言，擬託公司出版，抽取版稅，茲寄上全目及緒論，有無可以印行之價值，敬乞裁定示覆，如不願承印，即請將該全目緒論發還為幸，專此敬請

老伯母大人福安，並頌 閤潭安吉

弟張元濟頓首 二十九年二月二十七日

一九四〇年三月六日

■關於蔡元培先生身後之建議

茲將蔡隺翁善後管見，開列如下，祈鑒督，並乞代陳蔡夫人，更與治喪處諸君子商定。

運柩回紹興，此時斷做不到，即運回上海，亦無停厝之處，即可覓得尺寸之地，亦甚危險，華人所辦公墓，此時均不能適行，唯有工部局虹橋路公墓，可以任便出入，但非耶教不能購地入葬，鄙見祇

有在港暫行浮厝，但地土卑濕，數年之後，不知能否遷出。

　蔡夫人不知有無回滬之意，港地戚友無多，過於岑寂，且語言亦不方便，鄙見擬勸其回滬，此時覓屋頗難，但隺翁前在海格路之屋，此時尚用蔡氏名義轉租與何德奎君，第二層樓仍為蔡氏用堆什物，不收回何氏所租之屋，恐不敷用，如需收回，必須速告何君，屬其覓屋，此事亦非旦夕可能辦到。

　該屋月租已加至二百餘元，現亦售與他人，下月租約滿期，聞尚須加租，蔡夫人如嫌貴需另覓屋者則更宜從速設法。

張元濟頓首　二十九年三月六日

一九四〇年三月十一日

■本月五日，父親電知蔡元培先生逝世

■又關於公司借息

■及重印太平御覽事

　岫翁台鑒，本月五日得電告知蔡隺翁噩耗，次日即覆一函計荷　詧及，中有託轉蔡夫人各事，未知曾否代達，見報知隺翁靈柩昨日已移厝東華義莊，想係暫停而並非浮葬，運滬一節，此時祇可從緩，滬地殯儀館雖多，然房屋毗連，火患最為可虞，務請切告蔡夫人為幸，又上海舊屋是否有回居之意，中多周折者另紙開陳，亦祈閱過轉致，如無忌世兄已來港，則請招來告之，　兄可不勞駕往面蔡夫人也，又有館事二則列下：

　一、本公司借發股息，鄙見本屆仍以三厘為宜，亟宜早日開董事會，望將去年報告及議案從速發下為盼。

　二、重印太平御覽，鄙見市價甚廉，本館定價難與競爭，前函曾經詳陳，未蒙示覆，茲有管見，此書外間有木板（清代亦尚有二三刻，現時亦可見），叢刊又已印過（似係子部），卷幅甚繁，需要不廣，不如冊府元龜，較為有望，雖有明末清初之木板書，然甚少，買一抄本，非數百金不辦，本館前曾照存宋本有五百餘卷，餘以明末板配足，此時不必遽印，但工人無事之時，可令先行製板，將來視可以出書之時，再行印刷，如此則既救工荒，而工資亦不虛糜，弟最慮者，印成之書不銷，既耗工料，尚須裝箱存棧，實太不合算耳，如何之處，祈　核奪見　示。

弟張元濟頓首　二十九年三月十一日

一九四〇年三月十一日

■蔡元培先生原在上海所租之房屋事

請　轉達蔡夫人各節，並祈　速示回音。

蔡氏所租之屋，現租與何德奎君（蔡氏留用第二層樓），前日小兒樹年往訪何德奎君、極為客氣，據云去年自十一月起，加租十五元，理應由原租人及分租人，各認其半，但現在隺翁已故，未便多瀆，即由何氏全數擔任，現在該處房產，已經易主，改由通和洋行經租，前訂租約，於四月滿期，聞通和洋行有加租之說，蔡氏是否仍願留用，如仍分租一層與何氏，或全行收回，或另行全宅招頂，何氏均可遵命，但請早日通知，再蔡氏如須繼續租約，應從速與通和洋行接洽，加租一節，是否可以承認，多少有無限數，何君與該洋行亦相識，可以代為介紹，統祈決定辦法。

弟張元濟託　三月十一日

一九四〇年三月二十一日

■關於蔡元培先生在上海住屋是否續租，並勸蔡夫人挈

岫翁如晤昨由館轉到十三日　手書，藉悉我　兄為隺翁善後事，籌畫辛勞，生死交情，至堪欽佩，弟於本月十一日又上一函，詳述小兒往訪何德奎君，所談情形，計此時當可達　覽，十三日　來示，所開各節，茲將管見奉達如下，一、該處

子女回滬

房屋現已易主與浙江興業銀行無關，經租者為通和洋行，頃已託丁榕律師介紹，由小兒逕往接洽，能否不加租，殊無把握，何德奎君前云（見本月十一日弟去信）與通和洋行相識，如受蔡夫人之託，伊亦可前往與商或介紹接洽，今蔡夫人既有屬何君擔任全租或退租之意，未便再以此事相託，故改託丁律師。二、商令何君擔任全租一層，恐不易辦，滬上租屋現例，確有小租或頂費，但祇能訂於議租之初，而不能於半途增加，何君前告小兒本有蔡宅如須收回，伊當另遷之說，並云去歲十一月加租，原應蔡宅與伊各認一半，因隺翁已故，未便啟齒，即由伊全認之言，據此兩端，似欲令其擔任全租，恐辦不到，或轉而為退租，我　兄已函託柏丞兄轉達，稍緩弟當與柏丞接洽，三、如何氏退租，蔡夫人不欲回滬，祇可另行分租，分租並不難，難於有可靠之人，若登報招徠，來者不知為何許人，設或不妥，竟將蔡氏所存什物完全運出，我輩亦無從知悉，此亦極為可慮之事，若覓一可靠之人，則必須熟人介紹，不知何時，方能覓得，未覓得前，蔡氏須每月空貼房租（現租每月二百二十元）未免太不合算，故鄙意總欲勸蔡夫人挈其子女回滬，從前去港，係因隺翁不便留滬，蔡夫人素無政治氣味，就令是非紛紜，亦不至有所沾及，且蔡氏在港亦無甚多親朋，言語風俗，種種不便，即為房屋一項計算，亦以回滬為便，統祈　轉達為幸。

弟張元濟頓首　三月廿一日

一九四〇年三月二十一日

■提出九點有關公司事，如印刷水經注，名媛文苑、行

敬再啟者前日與拔翁致一電，昨晨即得哿日覆電，謹譯悉，並即轉送拔翁閱究，茲再將以前數函奉商館事列舉於下（第六七八九項可請交伯嘉兄辦理）乞示覆（奉館楊德範君頗有自新之意，請嘉勉即請伯兄先行見覆）。

堂集、辛稼軒詞及張先生所編「中華民族的人格」等

一、股東在外揚言，要求增加借息，鄙見為公司計，似不宜多過三厘。

二、楊惺吾水經注印刷事，公如往重慶，務祈與書主（聞現歸教育部）從速商定，工友事少人多，廢耗工料，實屬危事。

三、胡文楷君所編名媛文苑，擬即退還，務請與港處諸人接洽，如胡君有信逕商，萬勿兩歧。

四、屈翁山偏行堂集有印行之價值否，如有，能借印否，此次廣東文獻展覽，有無他種可以借印，希望可銷之件。

五、前條展覽會早已閉幕，前託蔣慰堂帶去出品，務乞覓妥便帶回，如一時無便，祈　飭管員慎重保存，勿令受潮濕。

六、影印辛稼軒詞，早經陳明弟約夏劍丞君幫忙校勘，費去心力不少，現已印齊，擬云專候　尊處定價，於前月通告，

將及一月，尚無回信，已屢次催詢，乞屬李伯嘉兄從速辦理。

七、現擬石印宛陵集，記得前曾奉告，此書為海內孤本，為宋代大家，毫無時間性，前經夏劍翁詳校，且早已做成傳真（在八一三前），現亦擬付印，此後尚有數種舊書，均擇其卷帙不多，可望有銷路且可常銷者，月出一種或兩月出一種，此種書定價，極為簡單，請吾　兄授權與駐滬辦事處，免得書經印成，閣置不訂，久候定價，致多窒礙。

八、太平御覽難銷，改製冊府元龜專製板，不印書，祇能救一部分之工荒，可行否。

九、弟所編中華民族的人格，上海各報自動提倡，頗有銷路，請港處亦設法推銷，應付廣告費，由弟承認。

弟張元濟再啟　三月廿一日

一九四〇年三月二十二日

■有關蔡元培先生住

岫廬吾兄惠鑒，昨晨曾上一函，由館附呈，計先到，今晨得十五日　手教，敬

宅

■ 收到父親來信建議建立蔡元培子女教養基金

謹誦悉（蔡氏住宅今再託寶驊君面陳弟並屬其勸夫人返滬）昨函奉詢各節，列入四、五、八、九條者均已奉　示，並聞稼軒詞定價亦知照到滬處矣，副箋擬為隺兄集教養基金十萬，古道熱腸，至堪敬佩，公司贈款，因隺兄現任公司董事，擬於董事會提出，來示所舉理由，因係再啟，弟不便出示同人，恐拔翁必詢及正信，其中有涉及仲明云云，亦不能示之，故並此副信亦祇為藏過，請公即將此副信列入下次正信之內，以便出示拔翁，並提董會，企盼無似。

敬請

老伯母大人福安

弟張元濟頓首　三月廿二日

舍內姪許君擬往唁蔡夫人，乞派人導往為託。

一九四〇年三月二十八日

■ 聞父親將於廿五日赴渝

■ 又提及公司事六點

■ 蔡夫人租屋事

岫廬先生閣下，本月廿一日肅覆寸函，至廿二日因內姪許寶驊去港之便，又託帶一函，聞　台從於廿五日赴渝，則前兩函或恐未能達覽，然想港處必能轉遞到渝也，至廿五日奉到廿一日　手書，並去年營業開銷報告暨借息提議案均敬悉，先是去電云糾葛之語，係聞有艾墨樵之侄孫，有邀集股東公函，要求本屆多借股息之事，要求原可拒絕，但不免又要接見要談話，要答覆，故欲亟開董事將三厘之數，先行發表，以為先聲奪人之計，但至今艾君公信亦未來，然並非弟故託空言也，報告提議到後即送公司打印，一經打印則無人不知，股東當可安心且或不至再存奢望，弟初意亦擬早發股息，但公司存錢無多，現擬定下月初開董會，董會會後一個月發息，庶公司之氣可以少舒，茲尚有數事奉達如左，一、楊氏水經注影印事，乞於晤見教育部中人或傅孟真等，即與商定，石印最好（至大祇好縮成四開，照原式似不宜），如必欲鉛印，亦無不可，二、陳仲恕女公子所編家事教科書一部早出，再版多次，尚有一部經陳君託弟催問，據覆稱由教部審查耽閣，本館購入已經數年，成本閣置非小，陳女士現在上海擔任教會四大學校合設之家事講席，前書屢經再版，續編當有銷路，乞便中一催教部，並求體恤商艱，三、弟所撰「中華民族的人格」際此人格墮落之時，或可為少年之藥石，近來上海各報頗加鼓吹，有中丞公學已選為學生讀物， 公晤學界中人必多，乞 賜以噓拂，似於德育上不無裨育（益），登本館雜誌所有費用，應由弟承認，四、偏行堂集曾否查明，可否印行，書之能否借印，此次廣東文化展覽會中，類似之書有否，鄙見竊以為無時間性而又為普通人可看之書，於此時較宜，故貢此壤流之見也，五、太平御覽承示作罷，前函所言，將冊府元龜僅製版不印書，可行否，六、稼軒詞定價知照已到，弟索閱發出單，見滬館無有，云奉 尊處知照，此等書不涉政治，乞與變通，七、崔清獻錄澹歸字均已收到。

再蔡夫人屬商租屋事，已逕與一函，託伯嘉兄轉送，並託錄副呈 覽，恕不另陳，弟邇來時患胸膈脹悶日有數次，已積兩旬，近日稍減，亦衰老之徵也，手布敬頌

台安

弟張元濟頓首　三月廿八日

再　尊意擬厚賻蔡隺翁一事，廿二日去函，請來正式信，擬提出董會，如 尊函未來，弟在董會暫勿提。又及。黃任之、張君勱、王亮疇、鄒韜奮諸君乞為我致候。

一九四〇年四月二日

■公司事四則

岫廬先生前月廿一日覆上一函，廿二日內姪許寶驊去港，又託帶呈一信，均詳

■元明雜劇已與教育部定約，並在校對
■希望父親在渝能多拉代印工作

述蔡宅事，乃前自得廿五日將赴渝前（剪報已收到）來書均未接到，恐已轉至重慶矣，廿八日又寄上一函（託伯嘉轉交）內附逕寄蔡夫人信，詳述海格路住宅一切辦法，前兩信雖已轉渝，得見此信，亦可接洽，此信並託伯嘉兄派人錄呈一分，計荷垂詧，蔡夫人先欲向何氏加租，吾　兄廿五日來信，言已勸阻，與弟廿八日去信所言相合，此事可以解決矣，吾　兄因赴渝會之便，先約陝、萬、成、黔、滇各館經理到渝，商定嗣後供給方法，並整理渝廠，奔走賢勞，至佩至念，茲有館事四則，奉達如左：

一、借印也是園元明雜劇，本館與教育部駐滬代表訂立契約「於收到後一年內分期出版」云云，後半部於去年八月收到，自當以八月起算，全書抄奉之中，因抄手文理太淺，訛字百出，且款式亦太不整齊，故請海內曲學專家王君九代為校訂，先由姜佐禹初校，校後寄與王君覆訂，王君亦已年近七旬，且有病，不能過於仔細，有時覆校寄還上海之稿，仍有疑義，尚須往覆詳商，平滬睽隔，因是又有耽閣，姜君近又復發舊疾，諸事又有積滯，弟於詞曲完全外行，且縮印樣本，希圖節省，字跡太小，弟邇來因目力不及，竟致無從効力（看不到三四天，輒覺昏花），前經陳明，知邀鑒及，近正發排，特排成樣本寄與王君閱看，王君覆稱照所排格式，依現在定價，恐全部須在六十元以上，據伊所見，恐難銷售，弟以為所見極是，故現擬改排（已排者不過一種做樣子），現又發生分集為難問題（詳見弟前月廿一日寄王君信，今附去存稿，乞　詧閱），似不能不整部同時出版，則定價與分期出版者更有不同，現在正在詳細籌劃，擬改原定之三四字號字為五六號，並改用洋紙，已屬廠中詳細籌估，異日再行奉達，惟改分期出版，為整部出版，則八月之期，斷來不及，擬請吾　兄乘在渝之便，與教部說明，展期至本年年底，本館印售亦甚願早日出書，收回成本，無如為事勢所限，此意教部當亦明了，展期之事應雙方備具正式公函，務祈注意，原訂契約，另紙錄呈。

二、楊惺吾注水經注，甚望吾　兄在

渝，與部中及有關之人，如傅孟真輩商定如何印行之法，最好全數由公家擔任，必不得已，本館可擔任若干，我　兄必有善策，茲不贅陳，前函亦已屢陳矣。

三、尤望吾　兄在渝能多拉些代印工作，石印尤要。

四、殘宋本宛陵集雖不全，然為本國內所無之本，弟與同人分別詳校，全書約四百頁，擬即付印，此外照存各書，檢查可以石印者，現時均不宜印，工荒可慮，奈何，奈何，餘事續布，即頌

台安　渝館同人均此問候

弟張元濟頓首　二十九年四月二日

如晤黃任之、張君勱、傅孟真、王亮疇、鄒韜奮諸君祈代問訊。

一九四〇年四月十八日

■知父親由渝返港

■股東借息，董事會決定為三厘，正如父親所建議

■公司財政困難，不能面商，昨夕竟不能成睡

岫廬先生青鑒，本月十三日聞　台從返港，即曾上一函，前日沈百英君去港，又託帶致偏行堂集一部、林琴南淺深遞進國文讀本一部，又蔣仲茀君所擬補習國文意見書等，一切詳致伯嘉兄信中，計先後可以達　覽，昨日持篠電，為股東聯益社電請加發股息事，謹已譯悉，董會係十七日召集，得電時尚在上午，細繹來電，暫勿發表之語，似有通融之意，弟以為公司財政窘迫至此，斷難遷就，拔翁意亦甚堅決，午後復接該社來信，今以附陳，開會時弟將該社來信提出，翰卿主改為五厘，拔翁答覆，如此則公司現有之存款，一掃而空，鮑君亦稱難於籌措，丁斐章主張斷然停止，寄廎、鳳石折衷其間，主從我兄原議仍借三厘，遂以多數決定，今日亦已答覆王完白、董景安二君（覆信錄稿呈閱）（該社來信具名者），昨日開會時，寄鳳二君以公司開銷如此鉅大，戰局復將延長，循此以往，公司必不能支持，僉稱亟宜設法自救，弟向來意見主張節約，冀可維持生命，拖過難關，現在歐戰擴大，

拖字訣恐不能行，拔慶二君於財政方面，甚為焦急，彼此睽隔，又不能當面晤商，因此昨夕竟不能成睡，神疲目瞀，不能再述，順頌 潭福晉叩

老伯母大人福安

弟張元濟頓首 二十九年四月十八日

昨日董事會議事錄當由滬處詳陳，不贅述，排印元明雜劇樣張，請即核定發下，又展期出版事請速與部中商定。濟又托。

六日又及

一九四〇年六月七日

■聞職員楊君存款忽然加增，可能有舞弊情形，請父親密查

再密啟者，慶林昨日談及楊君守仁，向來景況甚窘，近來存款忽焉加增，旋聞人言，進貨有舞弊情事，且通同者不止一人，渠又言曾得 兄信，謂某貨（渠曾指出弟已忘記）原係六元，忽長至十三元，其時 兄正在渝，或即由此發生云云，拔翁亦有所聞，今晨見告，人心難測，況當生計極艱之時，誠不敢謂其必無，既有所聞，理合上達，務祈 密查冀得水落石出，無任祈禱之至。

岫廬先生再鑒

弟張元濟頓首 二十九年六月七日

一九四〇年六月十四日

■談及公司事四點：股東借息，鮑慶林先生辭職，同人會

岫翁如晤，返滬後於本月七日肅上一函，在寓逕發，至十日又寄上寶禮堂宋本書錄四本，計當先後到達，茲有近事奉達如下：

一、本月十二至翰卿寓中晤談，先略述港館廠營業，及我 兄對於館事之辛

要求，董事會決議案

勤，並處置之大要，略述一番，最後告以本年股東借息，伊提出五厘之說，我　兄頗為贊成，惟董會業經決議，且經宣布，無可更動，只要國內外無大變動，明歲擬如其所望，提出議案，渠聞言似頗感動，此意未告知拔翁。

二、慶林辭職信，弟囑仲明返還，並親致兩函挽留，據仲明來言，該信往返數次，最後慶林聲言，公司如必將該信退回，伊祗可將信登報，弟思不如先開董事會（伊信本致董會）將此事本末報告，昨日午後開會，慶林亦到，弟將其所以辭職緣由，暨吾　兄所言之進貨、人事兩項範圍，並屬代表竭誠挽留之意，申述一徧，慶林亦自行聲辯，在座諸君，一致勸其打銷辭意，有責其不應者，亦有加以撫慰者，弟復言吾　兄諄屬申明極端信任，並云斷不能允其辭去，而慶林始終堅持謂去志已決，斷難更變，董會今日仍擬去信慰留，並將伊原信繳去，但弟默察其詞意，似無可轉圜，且看如何變化，再行奉達，鄙意暫時祇可懸宕，好在人事方面，小事可由久芸辦理，大事由吾　兄主持，至於買紙之事，吾　兄儘管不認其辭職，仍舊託伊辦理，但在此時期之內，所有因公事之函電，仍請並列拔慶二人之名，如進貨之事，慶林置之不理，拔翁必能奉達，彼時祇可請吾　兄在港辦理。

三、同人會之要求，雖趙君業已接受我　兄所定之辦法，但弟恐趙君無力控制，難免發生事變，今將該會印刷品兩紙奉上，祈　詧入，聞史、趙、顧諸君今日由港啟程回滬，預定此信到日，滬處有無風潮，可見分曉，如果怠工，鄙意極宜抓住機會，不可放鬆，一面由　兄申明此次與代表議定，顧全同人生計，代表亦經接受，公司能力已盡，無可再加等語，剴切勸告，同時以此文字登報布告，一面再電達滬處，怠工期內，薪工照扣，如有被迫非出自願者，向本公司顧問律師處聲明，在未復工照常辦事前，一律給半薪，電文語意，必須十分切實，以防拔可、仲明諸君，再有通融，此等函電，務請並列拔慶二人之名，弟必將拔慶二人態度，隨時逕行電達，如需請伯嘉來時，弟必先行電告，得弟電後，擬請　先來一電，仍列拔慶二人之名，略謂館事糾紛，擬派李君來滬，襄同處理等語，敬陳管見，藉備裁酌。

四、昨日董事會議案，仲明當必寄上，可否請吾 兄親書數行，與慶林，沚明極端信任，一切已託鄙人代達，同處漏舟，竭誠挽留，務望打銷辭意，等語，是否可行，亦乞裁酌。

五、德國戰事日見優勝，港地前途如何，甚為懸念，敬頌

台安晉叩

伯母大人福安

弟張元濟頓首　廿九年六月十四日

一九四〇年六月二十九日

■水經注疏校閱事

再楊氏水經注疏稿，擬重寫付照，當由丁英桂君往請傅緯平君先行試校兩冊，預備將來抄寫之時，請其照料校閱，不意丁君往商之時，未曾說得明白，傅君竟在原稿上動筆，而弟所欲藉以考驗之終義，反未能確實答覆，幸動筆不多，將來祇可向傅孟真君道歉，現在已指明辦法，請傅君覆校，校出之後，祇可由弟覆看，看傅君能否勝任，故用原書影印或重寫付照，現在尚未能決定，此上

岫廬
伯嘉兩兄同鑒

弟張元濟頓首　二十九年六月二十九日

一九四〇年七月四日

■收到廣東叢書契約

岫廬先生如晤，前月廿二日廿八日迭上兩函，計先後達到，甚盼 示覆，月之

及書單

一日，奉到前月廿六日　手書，並廣東叢書契約暨書單，均敬悉，當送拔翁察閱，即交丁君英桂考慮一切，鄙見所選各書，均可照印，不須商改，其他有應行詢問之件，業與丁君討論一過，屬其逐條開出，均係關於施行之事，當由滬處另覆，契約中第八條為本館增印給與版稅，應訂契約，鄙見增印與否及印數多少，均應由本館自定，緣第一集所收之書，均甚冷僻，弟認為必無銷路也，另附覆玉虎兄一信，未封口，祈閱過飭送，其中關涉製版各節，係由丁君核估，打出副頁呈上，藉備參考，近日渝港航空，尚能依期開行否，本館郵包，尚能寄出否，多數不能寄，少數能接受否，均祈　示悉為荷，敬

叩

伯母大人福安並頌　潭祉

弟張元濟頓首　二十九年七月四日

附呈　手工毛邊兩面印刷樣張一紙乞

詧閱。

一九四〇年七月十日

■鮑慶林先生來訪，回任協理之職，五日開董事會通過

■補助同人子女教育費，因時局嚴重，不便提出討論

岫廬先生閣下六月廿一日覆上一電，文曰「電悉決不敷衍函詳濟」，次日即發出一函掛號直寄，廿八日又寄一信，本月四日又寄一信，昨日得電示，文曰「上月養函未到請續示雲」，此必係接到前月廿八日或本月四日之信，方知有廿二日之信也，養函承廿一日去電不敷衍之語，所以不即召集董會者，係欲賺得慶林自願回任協理之信，信中並催問答覆前次董會詢問各分館損數，並結算之報告，擬同時開會（弟亦不願多開董會也），無如期望多日，杳無回音，各方面議論紛紛，乃於本月五日函達拔翁即開董會，係於昨日午後舉行，慶林回任協理之事，業已通過，翰卿並云，仍照經理待遇，正與　尊旨相合，又補助同人子女教育費，弟原定是日提出董會覆議，嗣思時局如此嚴重，公司是否能生存，尚在不可知之數，故改計不

提，擬具一電文曰「養儉兩函想達，久未得覆，慶回協理，係開董會議答，又暫停補助教育費，因時局太劣，難支持，儉函曾陳管見，且滬款漸竭，擬照停，勿提覆議，濟庚」，擬稿後，交拔翁閱看，拔意費仍照發，不提覆議，將來請董會追認，弟亦不便堅持己見，允將原電撤回，拔嗣與史黃二人晤談，史圖敷衍目前，贊成照發，黃主仍提覆議，拔又來商弟因有儉函所陳之意見，不願為此矛盾之事，於是拔定自行提出，昨日董事會亦已通過，采納拔之意見，特將經過情形奉達，據久芸來告，得港處信趕裝印機赴贛開設分廠，究竟何時可以運到，到後能否如意印書，印成能否暢行內地，均在不可知之數，又聞昨得港電云運道略通，將來能否不再阻塞，能否暢通，亦均在不可知之數，前月二十八日去信，謂此卻是公司一種整理機會，若長此拖延，恐終有乾涸之日，不早圖維，難免成不起之症，現在如何入手，吾兄必有蓋籌，弟姑陳管見如下：

一、慢性，先將無緊要工作之部分，只做半日，仍發全薪，逐漸擴充，以做到留工極少之人為止，第二步減發半薪，只做四分之一之工，或竟全不做，第三步，全停，發給退職金，二、急性，除留極少數人員辦事外，滬港一律停業停工，發給退職金，退職金之外尚須發還儲蓄及存款，其數恐甚不少，即存款未必全提，然欲辦理此事，至少恐非二百萬元不可，現在財政恐已不甚容易，就算有錢而滬處諸公均非能辦理此事之人，清夜思之，真覺不寒而慄，未知吾　兄有何良策，甚望見示，拔翁身體甚差，精神甚不貫串，殊為可憂，聞港地遷徙者甚眾，上海房價又長，蔡子民夫人行止何如，甚為懸系，其海格路之房屋，幸為留存，即歸來亦尚勉可棲止也，聞航空暫停，確否，外附寄小婿孫逵方信，祈附便寄渝轉致，至感敬叩

老伯母大人福安並頌　潭祉

弟張元濟頓首　二十九年七月十日

一九四〇年七月十日

■鮑慶林回任協理

昨翰卿在董會席上言，慶回協理，仍照經理待遇，弟認為此係加增協理薪水，並非仍送代理經理薪水，頃慶林來力辭，弟即以上文之言答之，渠言協理薪水不應由董會提出，弟答以此與議准辭退代理經理，連類而及，渠云有信致　尊處，特函陳，備察。

弟濟又啟　二十九年七月十日

一九四〇年八月十日

■欣聞公司又領到外匯

■對若干董事之評價

■欣聞李伯嘉先生將代表父親來滬報告公司損失及核算

岫廬先生有道前月三十一日肅上寸函，內附致伯嘉兄信一紙，又孫逵方信一件，附寄渝館轉交，計荷　垂詧，本月初奉到前月廿九日　手書，尚未裁覆，昨又奉到七月五日（七月想係八月之誤）續示，均謹誦悉，賤體仰荷　垂注，不勝感謝，弟於前月中旬，因飲食不慎染恙，至今已將一月，而腸胃腳力，尚未復元，或係年衰體弱所致，然不久必可恢復，幸祈釋念，學武世兄過訪兩次，未能延接，甚為歉疚，南行過港，想晤及矣，抄示為京華書局事，致史黃二君信稿，亦經誦悉，史君致力於人事，祇能在範圍之內，盡其職守，而欲其肆應旁及，籌劃未來，則其才識尚有未逮，仲明行事，前函已言之，茲不贅述，此間局面，　公即不目覩，亦可想見其情景矣，承　示近又領到外匯數目，此非仰仗鼎力，斷難獲得，弟恐招各方嫉忌，絕不向任何人言及，想荷　鑒許，至儲蓄準備一事，以前寄廎亦曾提過，渠蓋鑒於通一信託公司，自身被控數年，幾至破產之痛苦，故為此憂患之言，彼時不過閒談，並未成立，此次復行提出，斐章從旁贊助，且加評論，當時所擬辦法，弟亦知是自騙自，並無實效，然依照辦理，於公司目前，亦不至有何窒礙，且董事中翰卿蓄意搗亂，遇事挑剔，鳳石亦偏向彼方，慶林邇來趨向，可以想見，拔翁遇事默無一言，徐丁二君有時尚能主持正論，體諒辦事人之為難，加以疏解，故弟擬乘此聯絡，接受其所提方法，來示稱另擬有效方案數種，提出討論，鄙見似可不必，蓋此事本不求其有效也，若另提方案，各董於公司情形，本甚隔膜，恐不免橫生議論，反致不妙，不若順水推舟，就此了結，伯嘉來滬代表吾　兄出席，說明公司損失及核算詳情，至所欣盼，至於儲蓄準備一事，最好以輕描淡寫出之，不必著意，未知　卓見以為何如，此間一切情形，伯嘉能在此詳加察度，於公司前途，必有裨益，於其來時，可否於代表出席報告損失之外，兼畀以調查滬廠實際情況之名，同時發表，可以免去各方之種種揣測，又周蓮仙誣衊伯嘉事，亦可乘其來滬，當李鮑之前，向蓮仙面加詰責，使彼不敢再造謠言，俟伯嘉返港以後，再予蓮仙處分，敢貢管見，伏候卓裁，因來信有伯嘉中旬來滬之語，故今晨發出一電，文曰「歌函悉請伯候覆信到後再行濟」，想邀　鑒及，伯母大人近體想甚康適，是否仍寓澳門，抑已返港，敬念無似，外附致孫逵方信一件，乞　便中附入渝館號信轉遞，至懇至懇，專此奉達，敬頌

台安並祝　潭祉

弟張元濟頓首　八月十日

再孫逵方擬託在香港購藥（渠另有信寄　尊處），購到之後，如無妥便，一面告知，一面暫存本館，渠當託便人來取，屬為陳明，謹代祈　懇

弟元濟又及

一九四〇年八月二十八日

■ 關於楊氏水經注疏

岫廬先生閣下，敬啟者本館承印楊守　敬君水經注疏，原擬據原稿石印，但因篇

校閱之困難，目力大遜，精神不濟，恐未能相助

幅過多，曾經伯嘉兄建議，擬改行款重寫縮印，可以節省頁數不少，並製成樣張一頁交到滬處，　尊意擬請傅緯平君先校一過，再行發寫，當由丁英桂君面託傅君試看兩冊，校畢送來，經弟覆閱，有許多疑問，逐條開列，再送傅君詳閱，交還後粗看一過，似可依照傅君所擬，繼續進行，預備重寫，並屬丁君製備格紙，前日弟又取該書覆看，發覺傅君所擬刪節補校辦法，終難澈底，且有未能妥洽之處，緣原稿有旁注，有眉批各節，最為糾葛，查所批所注按語，或云據大典本，或云據明抄本，或云據黃本，有時用守敬名，有時用會貞名，有時又於二人之外，改用子奎二字，又用硃筆將子奎二字塗去，又註明先生未見大典本明抄本，不得屬之先生云云，此當是會貞語氣（見第一冊第十七頁），然則眉批旁注，必係會貞所加，但傅君校出所引大典各點（即據本館重印之本，大典祇此一部，並無別本），又不相符，似此則會貞亦非真見大典本，然則所批所注，不妨照傅君所擬，酌加刪節，但其中亦有許多文字，卻有關係，刪節亦屬不妥，又所據明抄本，不知為何本，無從比對，此姑不論，所據黃本，世間固有其書，未必不可訪借，但全部逐條覆閱，再加以所引大典，亦非經年累月不可，且原書塗改，甚為紊亂（因此之故，即完全照原書影印，恐亦不妥），恐非傅君目力所及，即今可以全部看完，以傅君之薪水計之（是否妥洽，尚不可知），恐亦在數千金以上，全書印價，本館所收不過數千元，乃賠墊之數，有過而無不及，似不值得，且傅君所校，就前二本之成績觀之，實有未能盡信之處，將來恐反受書主之責備，弟亦無此精力，再為相助。去年建議借印元明雜劇，雖請王君九君擔任校閱，適值姜佐禹君多病，原書亦實在錯誤甚多，不易整理，王君究係外人，許多不能解決之處，仍須歸於敝處（弟與王君為此書往來之信，已積至兩本之多），弟目力大遜，精神不濟，將來出版，必有許多缺點，且恐不免錯誤，每一思及，時深悚懼），再四思維，覺楊氏此書，照原稿石印，或重寫照相，均有難於辦理之處，蓋此書實係未成之稿，必須先行整理一過，

方可印行也，弟深愧未能相助，謹特陳明，伏祈　察核，至傅君已校之二冊，又被動筆塗改，本館對書主亦有不易交代之處，此實由丁君交去之時，未能詳細說明，有欠周到，此節當由丁英桂自行陳明，恕不備述，專此布達，敬頌　台安

弟張元濟頓首

再元明雜劇現已發排，弟意儘十一月排完，儘年內出版，前經丁英桂君約估全書頁數，略計成本，仲明已經寄呈　左右，是書應否發售預約，抑或出版之後，發售特價，統祈核示，又本月十一日廿二日來示，已收到，謹悉一切。

廿九年八月廿八日

伯嘉先生均此

一九四〇年九月二十日

■欣聞公司增印郵票
■明雜劇排印事
■又私事

館廠被災後，承　示善後辦法，並示知增印郵票事，聞之甚慰。

明雜劇排印事，弟當隨時督促，冀勿誤，展改本年年底出版之期，可請，承示勿售預約，出版後再售特價，甚善，甚善。

孫逵方託購西藥，屢瀆　清神，不勝感悚，藥價港幣七十餘元，已如數還滬處專此敬謝，敬叩萬福並頌
潭安

弟張元濟頓首　廿九年九月廿日

兄昆仲已否抵渝，途中想甚安吉，甚念，甚念。

一九四〇年九月二十五日

■ 在董事會報告公司損失情形，但負債較戰前減少二百萬元，對父親甚為贊許

■ 又私人事

岫廬先生閣下本月七日曾覆一函，由館附呈，計先遞到，廿三日開董事會，當將　寄下損失報告及一般報告，全部宣讀，並將分年表傳觀，各董均認為明晰詳盡，至為欣慰，弟復依照本月廿日長函所陳，作為在港與　兄討論結果，戰事未結束前，資產實難調查情形，申述一過，亦深為諒解，翰卿並有公道話，謂際此艱難時期，公司比在戰前反能減少債負二百萬元，實屬不易（於一般報告中減少用紙一項，亦甚為贊許）等語，至發還長期儲蓄尾數，改定活存限額，約可減少三十餘萬元，所有餘款，擬以發行房地現金若干，作為準備，提出之後，亦經通過，惟同人正在提出要求，公司同時發還長儲尾數，必誤認公司以此為搪塞之用，反生枝節，當與慶拔二君商議，察究情形，暫緩實施，並對董會聲明，合併奉達，至一切詳情，當由仲明報告。又小婿孫逵方為友治病，需用神經系、梅毒西藥，港埠適值缺乏，頃已在滬購到，現有舍親吳哲明夫人乘裕生輪船來港之便，託其帶上，送至

尊處，候逵方託便人來港領取，到時乞飭交為幸，費神之至，弟近體日衰，兩腳無力，夜眠不寧，恐為年齡所致，處茲亂世，亦只可聽之而已，專此敬頌

台安

弟張元濟頓首　九月廿五日

再公共租界電車罷工業已五日，昨日公共汽車繼之，今日法界兩項亦全起（電車及公共汽車）響應，聞繼起者尚屬不少，近來，米價每石貴至七八十元，燃料房租，無不增長，食宿兩字，月得百元者，亦實有不能維持之苦，在其下者，更可想見故其勢甚易蔓延瞻望前途不寒而慄。

一九四〇年十月三日

■父親擬恢復新加坡分館，請董事會通過

■上海大雨致全市泛濫，董事會因之改期

岫廬先生閣下，前月二十日廿五日疊上兩函，前答覆為印楊氏水經注稿及報告廿三日開董會議事情形，計荷　詧及，昨晚得冬電知將復星洲分館，屬開董會議定，遵即知照，拔慶二君定於本月五日召集，緣近日此間大雨，又值高潮，全市氾濫，行路大為不便，恐各董憚於涉水，祇能遲延兩日，但不知是日水勢能否退盡，如仍未退，或尚須展期耳，拔翁出示　手書，仲明給與津貼，甚為允當，惟所管事太多，難免照顧不到，拔慶二君屢以為言，即如前此董事會提出調查損失事，弟記得去年我　兄曾有詳細報告，並錄在議事錄，而渠竟未帶會（拔翁云先亦屬其帶會），致各董疑為三年損失，從未報告一次，增出無數口舌，此亦由於伊事過多之故，拔翁又不添人相助弟認為不妥，故特奉達，外附覆伯嘉兄信一件，祈　轉交敬頌　台安

弟張元濟頓首　十月三日

一九四〇年十月三日

■建議黃仲明辭父儀公會主席

再仲明兼文儀公會主席，常常出外開會，該會文件頗繁，常有人攜至館中，請其披閱蓋章，竟坐在伊辦事桌旁，此大不便之事，弟與拔翁屢勸其辭去（慶林告我，亦常勸之），伊意不欲，固由於急公好義，然實近於舍己益人，邇來公司艱難，應行改變之事甚多，而有待於籌畫者，亦非易易，弟每至公司，見其案頭堆積無數事件，又有若干人向伊問事，絡繹不絕，即日常公事，恐已不免貽誤，又焉能再為未雨之綢繆乎，鄙意應亟勸其辭去文儀公會主席，不必再為人作嫁，並添一

二得力助手，否則將來難免不至有所隕越，亦非所以愛仲明也，急切上陳，伏祈　鑒察

弟濟再啟　廿九年十月三日

一九四〇年十月十二日

■董事會通過復設新加坡分館
■上海租界形勢甚嚴重
■及私事

岫廬先生閣下本月三日覆上寸函（邇來內地運輸如何情形，乞　屬承管人見示大概，至盼至盼），五日開董事會決如尊議通過，復設星洲分館，翌日覆上一電，計先後達覽，昨日復奉到五日　手書，謹誦悉，五日董事會紀錄，仲明當已抄呈，茲不贅述，第二次臨時加薪發表後，自然暫時安靜，當時租界中形勢卻甚嚴重，此間無一肯負責有擔當之人，亦屬無可如何之事，發還長期儲蓄尾數，及限制活存，　尊意認為可以施行想已逕達滬處，弟亦已將　尊意達知拔翁矣，舍親張君小棠請為其外孫女補廠工之缺，蒙　慨允，甚感，小婿孫逵方在港購藥，屢費清神，近日由滬地購得之藥，託吳哲明夫人帶去，此在港求之而不得者，知已送到，並蒙　代存，乞　飭切勿受熱，瑣瀆惶悚，賤體蒙　注，極感，近亦乞靈於藥物，不知結果如何耳，復請老伯母大人福安並頌　潭福

弟張元濟頓首　廿九年十月十二日

兩位世兄安抵渝中甚慰，前託學武世兄帶去藥物小女來信已收到，屬謝。

一九四二年六月二十七日

■請予姪孫女協助並

岫廬先生閣下本月六日肅覆寸函，計荷　垂詧，瀛眷當經到達，途中安善，懽

介紹工作

敘一堂，至為企念，慕周至今未到，想在中途有所阻滯，甚矣行路之難也，前因姪孫女欲在內地謀生，曾函懇 提挈，計已達到，渠在約翰大學畢業，專習經濟會計，英文亦尚通順，不知我 兄能為汲引否，渠將由內地前來，或到在此信之前，亦未可知，到後必來晉謁，務乞 予以教誨，指示一切，並為之介紹於載生、志希諸君，二君於弟亦極相關愛也，再渠所攜旅費無多，並祈 酌與接濟，將來由弟撥還，種種拜託，無任感戴之至，賤體日就衰羸，此間無淑可述，專此敬頌潭安

弟張元濟頓首 三十一年六月廿七日

一九四二年七月八日

■ 知父親家人安抵陪都

■ 又聞蔡元培夫人在港生活非常艱苦

岫翁台鑒，前得四月十二日 手書，曾於六月六日函覆寸函，至廿七日又去一信均由遠方轉呈，計當達到，前日獲誦五月十九日 續示，知 瀛眷已安抵彼（陪）都，至為欣慰，慕周兄至今未到，想在中途阻滯，前日又得久芸五月十七日來信，諄諄於奉職他處同人之眷屬，據仲明言，曾收過二十八方，陸續照撥各人家屬，從未短少，至六月底止全數用完，云尚有十方未到，不知何時可到，且恐未必能到，則以後亦正為無米之炊耳，此間無淑狀可言，同人存款必須急速歸還，承 兄關懷，至為感幸，此間亦竭力設法，但謀事在人，成事祇可聽天耳，孑民夫人挈其子女仍在港中，聞苦不堪言，弟去信勸其來滬，無復音， 兄與伯嘉諸君通信時，請為設法救助，舍姪孫女尚未成行，蒙 垂愛，極感，賤體日就衰頹，步履尤憊，幸眠食尚好，可祈 勿念，手覆，敬頌

潭福

弟張元濟頓首 七月八日

久兄均此不另。

一九四二年十一月十八日

■與李拔可先生聯名致函父親，聞內地物價日高，請自加支戰時津貼一千元

岫翁清鑒，久未通問，伏想興居安善為頌，聞內地物價日益高昂，生計甚艱，我兄經營店務，備極劬勞，弟等公同商酌，應請就近每月加支戰時津貼壹千元，以今年元月為始，聊盡微意，伏祈勿卻為幸，專此順頌潭安

弟 李宣龔 張元濟 同啟 三十一年十一月十八日

（時在紅十字病院）

一九四三年三月二十三日

■謂滬處山窮水盡無法維持，請父親速設法救濟

岫翁鑒此間水盡山窮，無法維持，欠同人數十萬，必須發還，否則不堪設想，乞速設法救濟，本月十七日去信想達。

菊 三月廿三日

一九四五年九月十六日

■戰光復後，李伯嘉返滬。

岫廬吾兄有道本月一日覆上寸函，由友人返渝飛機帶上，六日又寄呈急電，仍返渝便機帶 呈，計均 達覽，九日晨始知伯嘉兄於昨夕乘機蒞滬，欣盼逾時，伯

■父親不能赴滬之原由代發感電處轉遞，七日又續上一函，託嘉即移臨敝寓，詢知 起居安吉，至為快

由。

慰，展誦八月廿九日 手示，伯嘉詳述一切，具已聆悉，謹奉覆如下：

一、來示屬為報告董事會之事，甲、我 兄應付非常，不能不有專職專權，此為當然之事，乙、我 兄暫留陪都，俾與政府聯絡，此亦現實之事，昨日開董事會，經伯嘉報告，我 兄不能來滬之理由，諸董均以為然，並經弟陳明在此非常時期，董事會應以復興公司全盤責任相加，並以全權委託施行，在座諸君咸為首肯。

二、日寇戰犯及本國漢奸，甚盼我政府從嚴懲治（周佛海已大登廣告，受政府委任，為有權力之大官矣，無人不為短氣），所舒人民之毒，報一以杜後日之患萌，務乞我 兄在內 鼎力主張，至禱至盼。

此信已寫了兩日，不克多述，外附與季芸及遠方信，並乞 飭交，專此敬頌

大安並禱

潭福

弟張元濟九月十六日（八十自述三四五頁）

一九四五年十月十八日

■聞國民大會展期舉行，建議重選代表，必須平等待遇收復區

岫廬吾兄請鑒

再聞國民大會展至明春舉行，重選代表，如果有其事則收復區內必須平等相視，此亦大公報所言，勿失盡人心之意，想 兄必能體會及之也，再上

弟張元濟頓首　三十四年十月十八日

一九四五年十月二十七日

■自日寇侵華以來，生活大受窘迫，曾在滬賣字謀生，現擬推展至內地，請父親幫忙

岫翁再鑒，自日寇開釁以來，弟生計大受窘迫，小兒在新華銀行月入甚微，弟以賣文鬻字，藉作補助，初時頗思推至內地，嗣以匯兌郵寄種種梗阻，遂為作罷，今幸障礙已除，頗思實行，已託季芸舍親代查在渝鬻書市價，寄到數種，可以參照，季芸告我，陪都人士雲集，弟料亦當有半年局面，頗思稍稍招徠，藉維生活，但在渝市價，比之弟在滬所取，有天淵之別，茲姑擬定潤例兩種（隨函附上）分為甲乙，說明如下：

甲、係全國通用，在自由區則加郵費匯費，照潤例再收一倍，而小婿遠方則以為施之重慶，尚屬太廉，招人輕鄙且有故意攘奪買賣之嫌，諄屬另定，即下文之乙種，而甲種則專用之於收復區。

乙、則用之於重慶，如成都、貴陽、昆明、西安、蘭州可以推行，則亦用之。

以上兩種究以何者為宜，乞吾　兄酌度當地情形，代為決定，決定後即託渝廠代為印刷，惟形式又分為A B兩種：

A照甲種原式，惟加入另收郵遞及匯兌費，照潤例再加一倍，及各收件處字樣。

B改用乙種，用介紹人語氣，略述弟自戰爭起後，蟄伏海隅，生活艱困，專以賣文鬻書度日，並及其籍貫科第年齒，至介紹諸人，首須借重　大名，此外如黃任之、吳稚暉、張君勱、張伯苓、沈衡山、俞大維、馬寅初、陳光甫、羅志希均可邀請列入，但聞有不在渝者，祇可撤去，亦不必全邀，少則四人，至多六人，應如何取舍，亦祈吾　兄選定，代為轉約。

至收件處，擬請渝館為總代理，不知能邀允許否，以上各節，裁決後，均乞諭知季芸遵行，一切瑣事，均託季芸料理，不敢多費　清神也，博愛干冒，無任感悚之至，專此祇頌

冬祺

弟張元濟頓首　十月廿七日第二次

一九四五年十二月二十三日

■欣聞父親已邀集友人幫助「責字」之事
■內戰再接再厲
■杭州分館
■及私事

岫廬先生有道，本月十九日肅上寸函，為拔翁令坦王君一之事有所陳請，計荷　垂詧，先是奉到本月六日　惠函，作前書時意未憶及耄荒可愧，茲特補覆如下，並致歉忱。

一、前貢狂言，懇乞　止涉，仰蒙采納，為之起舞。

二、寄下凌君竹銘為舍侄樹源事覆函，業經閱悉，陳君伯莊處並蒙函催，尤深感幸，舍侄處亦經告之矣。

三、前託沈君恆帶去之信，內附與小女一函，並無要言，到不到毫無關係，請釋念。

四、前擬將鬻書事推至內地，蒙　允邀集友人，代訂潤例，至深感荷，前函所舉諸人，有他適未在渝者，自應撤除。

再報載中共之事，再接再厲，且言延安重心已移張家口，咄咄逼人，奈何奈何，專此祇頌

潭福

弟張元濟頓首　十一月廿三日

一九四六年一月二十三日

■杭館俞鏡清調滬事

岫廬先生閣下本月十八日肅覆寸函，託季芸代呈計荷　垂詧，近日閱報知　公為協商事甚忙，此時不敢以節勞相請，惟有祝　康彊逢吉，堪克服此大難耳，前月李伯翁見告，俞鏡清已調滬館，以其舊屬周某繼任杭館經理，嗣鏡清來自陳，在杭館尚無溺職，且亂時曾為公司保留資產，不知何以反受撤職處分，弟勸以靜候復命，詢諸李伯翁，則云確曾解到售去收存舊教科書價款數百萬元，又言尚有一節，

甚為難得，並未售過聯合出版公司之教科書云云，弟意我　公正籌復興，必有所以調用之由，前日鏡清又來敝寓，具陳杭館業經交替，已蒙擢任總館秘書，惟滬地食用甚費，且攜眷來滬，遷移家具，甚屬不貲，在公司數十年，不忍輕離，但為生計所迫，實屬為難，弟當竭力勸阻，並言我公明於用人，必有借重之處等語，又聞張雄飛君言，杭州鹽業銀行，正在延攬，相待較優，弟思鏡清在公司甚久，素無過誤，且能於亂時，為公司保留大批舊書，可售鉅價，不無微勞，又有忠貞之操，與隨波逐流者不同，似當仰邀褒獎，公司現當力謀復興，事極繁劇，而舊時得力之人，多有離去者，瞻望前途，殊為焦急，鏡清如無他過，可否請我　公特予慰留，並畀以較高名義，兼使其生活安定，弟敢斷言，必尚能為公司効力也，我　公國事賢勞，本不當以此等瑣事相瀆，惟知我公正籌復興，用人實關緊要，故敢冒昧上言，務祈　鑒宥，賤體尚未就痊，不能久坐，甚以為苦，希望天暖後或可復元，知念附陳

敬頌　譚福

弟張元濟頓首　元月二十三日

一九四六年三月二十八日

■ 關於公司股息事

■ 又請父親協助丁斐章之女公子及其婿赴美留學

岫廬先生閣下本月四日肅覆寸函，託史久翁附呈計荷垂詧，所陳各節，想邀默許，欣幸無既，近讀報紙知參政會又在開會，我　兄周旋其間，賢勞可想，不審起居何如，至為馳念，李伯翁見告　大駕於來月中旬，可以蒞滬，聞之為之距躍三百，公司董事會已於本月廿一日召集，我兄提議墊發去年股息，每股百元，已如尊旨通過，一切當由伯翁詳陳，想蒙　鑒及。丁斐章女公子及其婿思赴美國遊學，屬請　鼎力為之設法，謹將原信呈　覽，聞政府邇來限制極嚴，不知伊二人能合格

否，請領護照，應用何種方法，又聞遊學期間之經費，需有的確之保證，不知伊所稱儲存之數可以符合否，統祈　鑒核示復為幸，賤體不過爾爾，幸眠食尚好，足紓廑注，專此敬請
台安
弟張元濟頓首　三月廿八日

一九四六年四月三日

■關於李拔可先生女兒在荷蘭逝世，請保守祕密

岫廬先生閣下三月廿八日肅上寸函報聞議決墊發股息事計荷　詧及，茲有瀆者，李拔翁有女適王一之者近聞在荷蘭病逝，其昆弟行祕，不使知，恐其向　兄處託詢外部，特來請　同守祕密，拔翁年踰七旬，祇此一女，客死異國，而其婿又不得自由，其外孫亦無消息，想吾兄聞之亦為之憐憫也，近日會議不知如何，賢勞務望珍重，本月中旬想可東下，時日愈近，瞻望益切，言不盡意，又請久芸兄代陳許季芸請留渝，緣若來滬不能生活，無屋可住，又無長物也，想蒙　鑒及
弟張元濟頓首　四月三日

一九四六年六月四日

■仍徵求父親有關公司同人薪金待遇之辦法

■並謂父親之「愛公

岫廬先生大鑒，前日辱枉臨晤談兩次，公之愛公司者至深且遠，非可以言語稱謝也，別後即電久芸，云已出門，上燈後與伯嘉、仲明同來弟寓，言與拔翁同在仲明處相見，籌商辦法，拔翁意仍堅執，諸人謂所擬薪津加給清單，業經分洽各部，等於公開，若發表改動，拔翁和易近人，同人必紛往詰，拔翁心中不以為然，

司，至深且遠，非可以言語稱謝也」

必致無法應付，伊等亦無從贊助，伯久兩君均謂，惜乎時間已遲一日，我 公具此熱忱，而拔翁無此勇氣，弟見局勢已成，無可挽回，因思於無辦法之中，另籌一辦法，以副我 公之意於萬一，公所慮者兩層，一、底薪過高，二、開支太大，而於第一層，尤視為根本之害，因擬將底薪壓低，而於現所改定之辦法，增加倍數，以相湊合，諸君認為可行，前者對折，後者增倍，在拔翁所許與同人者，並未減少，而我 公所致慮者亦可略有補救，昨晨拔翁來寓，以此告之，亦無異議，並聞已有信上達 左右矣，伯久兩君想亦必有信詳陳，藉釋 懸注，此距我 公所擬挽救方法相去甚遠，公司前途危險甚大，能否挺過，殊不可知，惟有力盡人事，以待天命耳，前夕終宵未能安睡，精神甚憊，此信直至今日始得寫竣，遲延甚歉，專此敬頌

台安

弟張元濟頓首　六月四日

一九四六年六月八日

■李拔可先生年高體病，建議請楊端六先生繼任，並請父親去一信「勸駕」

岫廬吾兄有道本月四日肅上一函，由南京分館轉呈計荷 垂詧，公司前途極為艱難，拔翁高年病體，斷難久羈，誠如尊指繼任之人，非與公司關係甚深，且為內外所屬望者，恐不能勝任愉快，再四思維楊君端六於二十年前，在公司改革會計制度成績甚著，為眾周知，且於學界上，亦甚有地位，前承 示亦在籌度中，因患血壓高恐不能擔任，與李夏二君商酌，亦頗贊成，云可先去一信勸駕，弟已去函商懇，務祈我 兄撥冗為作數行，借重 鼎言，或有希望，明日星期不審仍能 駕臨上海否，甚為企望，專此即頌

台安

弟張元濟頓首　六月八日

一九四六年六月十六日

■有關兒子張樹年先生事

岫廬先生有道，敬啟者頃小兒樹年歸待極厚，一旦離去，不無依戀之思，是則傳述　尊論，視如子姪，殷殷垂誨，渠亦甚難為懷耳，餘由樹年面陳不贅述，專此深為感動弟再四思維，若仍違命，實大負敬請我　兄教愛之至意，惟有求多方訓誨，俾大安資遵守，並令其加意勤慎，勉竭駑駘，藉答知遇，至渠在新華十有餘年，志莘兄相

弟張元濟頓首　六月十六日

一九四六年七月三日

■上海時疫醫院擬再向紡建公司募款

岫廬先生閣下，敬啟者上海時疫醫允，敢祈　繕具一函致該公司董事會，即院，每歲開診全恃捐款，弟均為之募捐，交李伯翁帶回，由弟將捐冊附入，同時送去年蒙　公向紡建公司募得五百萬元，今去，如有不便，儘可作罷，弟固不敢強求歲業經開院，送到捐冊，需款更鉅，勸募也，專此祇頌益難，　公雖不在其位，然此係公益之台安舉，可否借重鼎言，為之呼籲，倘蒙　概

弟張元濟頓首　七月三日

一九四六年七月十九日

■有關李拔可先生女婿事

■又對當時物價統制之意見

岫廬先生有道，報稱南京酷暑，我兄國事賢勞，起居何如，甚念，甚念，前日得　貴會祕書室函，通知上海時疫醫院捐款，業經知照束總經理飭撥，至感　盛意，頃已函達醫院，派員持據前往領取矣，拔可兄令坦王君一橋梓之事，弟疊次函託錢階平大使探問，為之代謀，近又接得一信，一之復有所請，其弟直士以其外孫尚無歸國消息，亦無親筆書信，仍擬隱瞞，除由弟再函錢大使，請其諄勸王氏二子速通音信，稚者即行，乞假歸省外，謹將原信呈　閱，乞乘王君雪挺赴歐之便，請其援手，倘一之得早日釋放，或可挈其幼子內渡，拔兄雖喪其女，若得見其婿孫之面，當可早舒哀懷也，錢信閱過，仍懇發還，無任企禱，報稱　貴部將統制物價，此或因時制宜之策，然我國警政不修，恐難效法美邦，且恐啟無數貪人進益之路，未知卓見以為何如，專此布達　順

頌

台安

弟張元濟頓首　三十五年七月十九日

一九四六年七月十九日

■香港舊工人來館滋擾

■並謂父親一去「公司將亡，奈何奈何」

再前三日港廠舊工三十餘人來館滋擾，竟將久芸毆打，卻係輕傷，警察局雖將滋事工人捕押親詣久芸，勸其不必追究，久芸亦已應允，拔翁面告，昨訪吳國楨，全係一套敷衍話，拔翁甚為膽怯，聞久芸亦亟圖了結，料去不過將錢來晦氣，趙高良事已一誤在前，此次若再誤於後，前途不堪設想，我　公一去，公司將亡，奈何，奈何，再上

岫廬先生大鑒

弟張元濟頓首　七月十九日

一九四六年八月四日

■介紹友人樹勳君擬參與對日貿易考察團，附楊君履歷

■又紡建公司對於募捐尚未有回信，請代吹噓

岫廬吾兄有道，盛暑旬餘未晤，伏維興居安吉為頌，近因國際關係，我國將與日本恢復貿易並先選派工商界鉅子，前往考察，藉資操縱，友人楊君樹勳，曩在美國留學十有餘年，於化學極有心得，曾入紐約洛克斐羅研究院，力求深造，歸國而後，先後任北平協和醫學院教授暨中央研究院研究員，抗戰軍興在上海創設楊氏化學治療研究所，獨力經營，製成藥品二十餘種，頗見稱於醫界，嘗與弟談及謂吾國工業與其取資歐美，不如師法東瀛，聞道已經不為無見，近聞中央政府將有選派對日貿易考察團之舉，頗思廁身其間，藉充實驗，聞此事由財經二部主持，如楊君者在吾國學術，實業界中，實為不可多得之人，吾　兄佐治中樞，倘為推轂，必能不負使命，且可為國家增一有用之才，謹附呈楊君履貫一紙，伏候　裁察，再政府如不能遍給公費，楊君並可自備資斧，合併代陳，又前蒙　致書於中央紡建公司為上海時疾醫院募款，即將　尊函於前月十一日轉去，迄今未得覆音，仍祈　鼎力吹噓，無任企禱之至，專此順頌

台祉

弟張元濟頓首　八月四日

一九四六年八月十日

■公司即將開董事會，又更改章程

岫翁鑒，推薦考亭事，弟意務期必成，萬一布雷覆信有為難，仍乞　鼎力，再下星期，　公如適有事不能來滬，可於本月十九或二十日與弟一信，俾先期通知拔翁作為徵其同意，至廿四或廿五日即開董會，正式提出，未知　尊意以為何如，

再，黃仲明交來擬改公司章程，弟意一提更改章程，必有若干股東要求增股，此事為短見者所樂聞，故鄙意不如不提，索性明年一同修改。黃稿並新公司法一併呈

閱，所改亦無甚關係也，肅此敬頌

暑安

弟張元濟頓首　八月十日

一九四六年八月十九日

■公司已定八月廿四日開董事會，詢問父親何日由京返滬

岫廬先生，牯嶺之行，想已遄返，唯途中起居安吉為念，現定本月廿四五日開董事會，決定開股東會日期　台從能於何日蒞滬（何日何時返京，並乞示及）可以到會，乞　指示以便通告，考亭事亦祈即

賜數行，盼切順頌

台安

弟張元濟頓首　八月十九日

一九四六年八月二十日

■昨日由孫逵方帶上一信，今將再郵寄

岫廬先生如晤，閱報知　兄已由牯嶺返京，伏想起居安吉，承　示股東會宜早開，因報告稿遲延，其稿知已呈　覽，現擬定本月廿四日（禮拜六）廿五日（禮拜日）開董事會，決定開股東會日期，　兄於何日可以在滬到會，乞　速示，以便通告，考亭事當可定議，至今未奉　明示，尤為翹盼，昨交逵婿帶　呈一函後，伊改期故特函達，統祈

賜覆盼切盼切

弟張元濟頓首　八月二十日

一九四六年九月一日

■八月廿六日曾到我家造訪，父親不在，交學哲致朱經農先生一信，請父親轉

岫廬先生大鑒，前月廿六日造　府奉訪，未晤，託致經農兄一信，面交學哲世兄代呈，諒荷　攜交，不知經兄何時可來，至為翹企，前次董事會後，弟囑丁英桂君將議決要事，往告高徐諸君，均甚贊成，惟徐鳳翁問經翁是否現兼光華大學校長，弟云前未聞知，又問是否名譽職，弟云想當如此，乞　兄於便中　賜覆數行，以便出示徐君，並盼以徐君之意轉達經兄為荷，近日滬上對於館事，頗有謠言，但望其非自內發生耳，本週末想　蒞滬，再面談，專此祇頌

暑安

弟張元濟頓首　九月一日

一九四六年九月九日

■有覆朱經農先生一信，請父親帶回南京轉交

■並請將公司之內情及應改革之事告之

岫廬先生有道，茲有覆朱經翁一信敬祈　帶京轉致（乞　封送），前呈股東會報告全稿，想蒙　核定，萬一尚未核閱甚望早日　寓目，將未妥處指出，以便改定付印，又本月廿九日開股東會不知能否枉臨，倘能抽身，極盼到會，朱經翁來滬之前，務望將館中內情及應興革之事（編審事尤為重要，周頌久兄人甚穩練，甚望其能復返也，未審　尊意以為何如），盡量告知，賤體尚未復元，不克趨候，專此

敬頌

台安

弟張元濟頓首　九月九日

一九四六年九月十五日

■ 朱經農先生到館，李拔可先生辭經理職，擬請李伯嘉先生繼任

岫廬先生閣下，昨奉本月十三日　手教，祇誦悉，股東報告稿一紙，蒙　發還，遵即改正付印，經農兄已來，十四日偕拔可伯嘉二君到公司，與重要職員一晤，但未視事，拔翁認為，交卸先是得經兄允許覆信，弟即請公司正式宣布，並通告各分館矣，開股東會前尚須開董事會一次，擬於本月廿一或廿二日舉行，未知我公何日來滬乞先期見示（開會宜在何日亦乞示），以便通告，拔翁已提出辭去經理，擬即於董事會推定繼任之人，自以伯嘉為宜，弟見經兄時拔翁均在座，故弟未提及，乞　公先徵其同意，廿一二日董事會期，經翁能來最好，否則即可由弟提出，伯嘉云已得經翁同意，又前此　公在滬時，未知曾否約傅卿面談，筱芳並未辭職，此時亦只能推人代理，傅卿在此時是否可以提出，抑須暫緩，亦請我　公與經翁商定（黃君仲明如何位置亦乞與商，並以以前情事告之，再經翁初到，館事多未接洽，必待伯嘉多多贊助，七聯事必須請其減少，至七聯改組公司，亦盼速成，趁經翁在南京亦可與有關各家商行之）候其定奪，統祈　示覆遵行，昨日約在滬董監公讌經翁，並邀重要職員作陪，除翰翁患腹疾，寄翁忙參議會未到，餘均在座，同作主人，甚形歡洽，專此布達，敬頌

台安

弟張元濟頓首　九月十五日

一九四六年九月二十四日

■ 報告董事會通過各

岫廬先生閣下，敬啟者前日本公司董事會通過各事，一、允拔翁辭職，致送酬

事

■ 閘北總廠一部為日軍開設碾米廠，現已收回，但仍存有機件不少，請父親幫忙解決

金，如我 公所議，二、以伯嘉先生繼任，三、撤銷館務會議，昨請伯翁報聞，計蒙 詧及，茲有致經翁一信，祈 閱過飭送，並 乞代為封口，又閘北總廠藏板房業經敵偽產業管理處發還，本公司亦已繳過第一期價款八百餘萬，但從前日寇所設碾米廠後，歸海軍部又糧食部接收，糧食部現在置之不管，其中所貯碾米機件不少，高價召買，亦無人承受，務祈 鼎力設法，令其早日解決，俾公司得以實行收用，專此奉懇，敬候

起居

弟張元濟頓首 九月廿四日

一九四六年十月十六日

■ 介紹舊同人之子陶公衡君出任駐美商務參贊

岫廬先生閣下，敬啟者公司舊同人陶惺存先生物故多年，其子公衡人甚篤實，於學業上亦有根柢，近日來滬過訪，稱駐英使館商務參贊現尚未派定何人，聞該職係由 貴部遴派，屬為說項，謹將交到履歷附呈， 敬祈 詧核，如資格尚無不合，可否列入選擇之列，並屬其趨謁，聽候 察驗，臨穎無任企禱之至，祇頌

台安

弟張元濟頓首 十月十六日

一九四六年十月十八日

■ 聽聞父親將於張先生生日送上酒席，因時勢關係，不敢

岫廬先生大鑒，敬啟者，前日肅上寸函為陶公衡世兄有所 陳請，由南京分館轉呈，計荷 垂詧，昨李伯嘉先生告知孫遠方小婿，我 公將於賤辰，享以酒食，此何時世，何敢以此幻泡浮生，擾及 良朋，已請伯翁轉致 尊府作罷，並乞我

領受

公收回成命弟當心領　盛意，屆時如仍以
見貺，祇可缺席璧還，陳明在先，務祈
鑒宥，專此敬頌
台安
弟張元濟頓首　十月十八日

一九四六年十月二十八日

■ 收到父親贈送生日錦屏

岫廬先生閣下，昨晨晤談，至午後始
歸，展誦
手教迺蒙
錫以錦屏，臚陳吉語
獎勉逾格，稱誦增慚，既荷
匪頒，祇得拜領，謹率兒孫遙叩致謝，附
陳小柬
伏乞　垂鑒，肅此祇頌
台安
弟張元濟頓首　十月廿八日

一九四六年十一月十九日

■ 本月十六日，曾有一函請李伯嘉先生帶上南京

■ 韋傳卿先生去港，甚為可憐，屬代請父親援助

岫廬先生閣下，本月十六日曾上寸
函，託伯嘉轉交，續電尊府知不來滬，伯
嘉昨晚去南京，想經面呈矣，五聯事因中
華內訌，大有波折，傳卿昨乘機去港，行
前二日曾至弟處，言語淒涼，別時甚有可
憐之色，諄諄屬弟轉請吾兄為之拯援，謹
為代達，想經農、伯嘉到京，必能互商妥
善方法也，昨閱大公報，載有「我國淪陷
區日人所作經濟調查工作」一文，作者為
鄭伯彬，紀述頗詳（兄如未見此文，乞
取一閱），據稱約有百二十種，從事者約
有二百人，其記有冊數者，已有八十二
冊，且多已編印發行，弟意此等文件必為
貴部接收，實比何等物資，更為寶貴，

如未經取到，務乞從速追查，勿令散失，其已經印行者，可否代取一分，畀與東方圖書館，不勝企禱之至，專此敬請

台安

弟張元濟頓首　十一月十九日

一九四六年十一月二十七日

■兩日前與父親相晤，建議公司早日退出七聯

■又有親人為雙親稱慶，請父親贈墨寶

岫廬先生大鑒，前日　惠臨晤談為快，國立教科書鄙見宜即停止承印，前日匆匆未及面陳，茲有與經農兄一信，敬祈閱過轉致，並懇　鼎力協助經兄，使本館退出七聯，此事關本公司存亡，故敢奉瀆，務祈鑒詧，再舍親謝舜年昆季，為其慈親稱慶，欲乞鴻文，以增光寵，倘蒙俯允，當代請費範翁秉筆，敬候　示遵，專此敬頌

台安

弟張元濟頓首　十一月廿七日

一九四六年十二月十一日

■據云二百餘已解雇之工人，又來糾纏，經社會局調解每人或給予二三十萬元

■公司存銀甚少，恐

岫廬先生有道，敬啟者前日李伯翁來寓，談及內地有經解雇而尚未斷絕之工人，又來糾纏，云有二百餘人之多，中華書局有同等之事，經社會局調解，每人或給與五十萬元，或給予廿七萬元，或給與廿三萬元，本館恐被援例，來商辦法，弟於公司邇來財政來源去脈均不貫串，且此等工人糾葛，是否確有理由，個中曲折，亦不明瞭，故未敢遽下斷語，因請其赴南京一行，如可與經農兄商妥，最好，但恐其病尚未痊癒，不宜擾以館事，祇可請吾兄與以指示，俾有遵循，伯翁稱此事如

有不能付薪水之一日，並建議開源節流之辦法

須解決，恐須付出四五千萬，又云現在存錢甚少，難免有不能付薪水之一日，弟聞之不禁毛髮悚然，弟意工潮，層出不窮，最好硬挺，但以前辦法，已鑄成大錯，此時自更難辦到，弟唯有勸其格外收緊，否則但圖目前之清靜，無異於飲酖止渴也，未知 卓見以為何如，再上次港廠短工糾葛，弟再三屬令王君巧生不必過問，不意言不見聽，遂致種種貽誤，誨莫能追，弟已諄勸伯翁此次切勿再令巧兄參與，並乞我 兄再為諄告，再公司財政窘迫，唯有開源節流，先言節流，回收舊工廠藏版房，近又支出將四千萬，聞杭州迎紫路館屋，政府又令繳價四千萬，伯翁云，正在磋商，弟已勸其緩付，想政府不能因此沒收也，至於開源，唯有速行理清存貨，分別出售，弟昨日又往武定路棧房察看，存書存紙，真不算少（尚有機器什物，甚為凌亂），必須趕緊清厘，方能知備付預約者若干，可以出售者若干，至於人手不敷，亦屬實情，弟前建議多招高級練習員生，以資應付，甚望公司能早日采用也，理清存貨，設法售去，實為公司救急之唯一方法，但就日前情形觀之，正恐遙遙無期耳，又經農兄被派為某項考試官，至少恐有一月半月之淹留，鄙意請吾兄勸其辭去，弟未便與言，故敢奉瀆，瑣瑣上達，惶悚無似，敬請 台安

弟張元濟頓首 十二月十一日

一九四七年元月十六日

■有關移調李拔可先生外孫回國之事

岫廬先生，敬啟者，前承 面示，擬託于主教斌，吳公使經熊設法移調拔翁外孫王君回國，仍入天主教道院清修， 屬將王君洋文姓名及所隸道院所在地，茲已抄到，又其異母兄王文曾往視其弟於所居道院，其人在巴黎（王一之則嘗對人言，不欲見其子王川）有職業，甚明白或有需用之處，故併將其洋文姓名及寓址抄呈統

祈　詧核，再王川回國如需用錢，李氏家屬可以擔任，合併陳明，又任心白兄有與公信，屬為代呈一併附上，其人能舍身公益殊可敬慕，想吾　兄亦必樂為之助也，　專此布達，順頌
台安
弟張元濟頓首　元月十六日

一九四七年三月三十日

■請父親幫助鄰居之子赴美留學
■又舊同人之子謀職

岫廬先生大鑒，前日與經農兄通電話以為　台從週末必來上海，亟想一晤，詎知　賢勞竟未能來，悵望無似，茲有瀆者，比鄰韋君前日來訪，因其子（韋潛光）擬託名受聘，赴美就學，並交來美國惠利司登保險公司來信兩件，託為奉詢，此等行為應向　貴部申請，不知能否合例，應用何種手續，今將該英文信兩件寄呈，敬乞　台核，又有陶君公衡為公司舊同事陶惺存故人之子，且為廉吏之裔（故粵督陶模之孫也），近以家貧失業，屬代求　提挈，畀以枝棲，茲將其履歷附呈，不知能予以位置否，如蒙　玉成，均所感荷，然如無可為謀，即祈　轉屬書記分別賜覆數行，俾得答覆，無任感悚，順頌
台安
弟張元濟頓首　三月卅日

一九四七年五月三日

■有關公司事
■提及曾與學哲通電

岫廬先生有道：國府改組，倍仰　賢勞，伏維　起居　安善，至為馳念。本公司同人待遇自改與生活指數計算後均略有增加，聞在中級者較優，獨朱經翁於最後

話，知悉父親短時不能返滬

■物價大漲，擬同人特支津貼，重要職員薪水宜稍從寬

一次計算比舊時辦法反略有所減（實得一百四十八萬餘），鄙意現在物價大漲本年一月四日吾　兄枉臨擬將經翁既李史諸君特支津貼月五十萬元伯嘉四十萬，久芸傅卿各三十萬，現已隔四月，情形又不相同，極應增加，鄙意自五月分起各增一倍（但不知將支之數驟增有無窒礙，此外有何辦法亦乞酌示），未知　卓見以為如何，謹乞核覆速示，再久芸代理筱芳經理一職已於兩禮拜前函告我兄，後數日開董事會通過發表。弟意公司開支固宜撙節，而重要職員薪水宜稍從寬，惟有竭力開源，不患無以抵補，所期者同人能益加發奮耳，與伯嘉通時乞鼓勵之至懇至懇。昨與學哲兄通電知　台從一時不能來滬故特函陳，順頌

台安

弟張元濟頓首　五月三日

一九四七年五月十四日

■公司薪水即須增加百分之八十，全公司月須發薪金十二億元

岫盧吾兄有道，昨奉到本月十二日快函　手示謹誦悉當即送交陶公衡世兄，渠午後來寓，稱極感　盛意，已發信商諸現在南京熟人借用一榻之地，但成否殊難預料，請勿發聘書，免得書來而寓所無著，致成僵局。一俟寓所覓定即行前來面領聘書等語，謹代陳覆，伏祈鑒詧。再指數解凍，工人可大聲歡呼，而產方必倍受壓迫，昨李伯嘉君來言，本公司薪水一項即須增加百分之八十，全公司月須發薪約十三億云云（他家亦可想而知）如何得了，如尚未明發，可否請稍緩，將過若干數目以上折扣計算，仔細妥籌，否則產方無法支持，工人亦與之俱斃也，手覆祇頌

台安

弟張元濟頓首　五月十四日

一九四八年四月二十九日

■有親戚在上海設有磚瓦廠，請父親幫助事

岫廬吾兄閣下久未奉教，比聞兼任國大代表會議主席，想見賢勞，不審起居何如，至為馳念，茲有陳者族弟香池在戰前與知友數人在上海閘北經營興業瓷磚股分有限公司薄負時譽，八一三之役遭敵摧毀，國土重光力謀復業，曾向善後救濟總署申請救濟，當邀核准配售現代式每八小時能製磚十萬塊之全副機器設備並行總簽訂合約依期付款，從未愆誤，不意聯總因有他種原因，竟將該項全副設備兩次削減，以致運華機件殘缺不全，無法運用，雖呈由行政院核准向中央銀行購結美匯十五萬元俾供配齊全副設備之需，但美國承製廠商忽稱漲價，計除已經核准購結之美匯十五萬元外尚缺十六萬元有奇而運費關稅等項尚不在內，此項所需美匯全無著落，該公司遭此意外，真有進退維谷之象，若竟棄置不問則已集之資金全付東流，該商等財力有限瞻望前途，不堪設想，此等未竟之事，係為善後事業委員會所轄，該公司曾於本月瀝陳經過困難情形懇祈維護，知弟與我　公有舊屬為再進一言，深慮前上呈文壅積不易逕達　左右，並交到副本全分屬為代遞，其中另有與聯總署長魯克斯君信又美國承製廠商覆信各一通，為前上呈文中所未具，特再附陳藉備　參核。弟查閱該公司建議兩項，其第一項所擬方法化無用為有用，一轉移間且可使廢於平塗之事業卒底於成，誠為一舉兩利之事，我　公素以恤商惠工為志，用敢上瀆，務祈　俯賜鑒　鼎力扶持，不勝感企之至，再國大會議結束後，台從當可蒞滬，稍稍休息，尚有無數事欲一談也。臨穎企望不盡欲言，順候

道履統維

垂詧

弟張元濟　三十七年四月廿九日

一九四八年六月十一日

■有關國事，希望父親能徹底改革

■又請救濟林琴南家人

岫廬先生大鑒，奉本月六日

手教謹誦悉我　公飢溺為懷，舍身救世，兼有改革不成，負責引退之言，此豈常人所能幾及，欽嚮無既，弟所望於我　公者，不在補苴罅漏而在於大改革，民困極矣，非痛下刀圭不足以起此痼疾，此兩年來，政府之統制亦可謂竭盡能力矣，而其成效可大見，有人以外國亦施統制為言，然彼之法律政治及其人民之程度，豈我國所能彷彿，鄙見凡與民爭利之事，宜先擇一二最大者先行改革，以示與民更新，即如管理外匯一事，頭痛醫頭，腳痛醫腳，究竟有何益處，何妨即予廢止。政府只將不可進口之外國貨，嚴定限制（現在外國貨滿布市上，市政府竟思禁止尼龍絲襪，豈不可笑），其餘一切聽民自為，我想走私黑市必可大減，而廠商因不能取得原料，移設香港之事，亦可中止。弟於此事素未研究，此不過就其表面言之，然物極必反，今則極多為反矣，雖然知之非艱，行之維艱，今之靠統制吃飯者，不知有幾千萬人，一聞此信必出死力與爭，非大仁大勇如我　公者弟固不願與之言也，昨日李拔翁來言，林琴南先生遺妾居北平，困苦萬狀，有子不能仰事，僅賴所生女稍稍接濟，其三女已亡矣，我　公培植其四女瑩有上我　公一函，並附英文一稿，可藉察其程度，弟與琴翁亦係舊交，謹敢代呈如能手援，固所深感，若有為難，不妨拒卻，拔翁與弟均不願強求也，再自　公復出，有不少親故來託干求，可否乞　書數言，說明一切謝絕，弟即可持以示人倘蒙俯允不勝感謝。專此敬候

起居

弟張元濟頓首　六月十一日

原信掃圖

王雲五致張元濟信札

蜀生先生大鑒：承示伍聰辰君四月廿五日原函敬悉一一。所有譯稿兩種，頃已函請速寄敝處矣。伍君原函奉繳，即頌

台安

[illegible]

十六年五月五日

商務印書館啓事用牋

菊生先生承
示蔣顧兩君函述小說月報號外中國文學研究專細閱民歌研究
底片面一篇確有描寫過分之處此項刊物以非普通雜誌及單行
書籍由該社陸續發排出版前弟未及寓目致令發行疏忽之咎實
不能辭好在發行未久售出不多茲已通知發行所及各分館將該
書退還俾刪去該篇重行裝訂並通知該社主任嗣後對於此等記
載格外慎重嗣後擬添派人員對於一切出版物於其出版以前先
行負責閱看以昭慎重附呈擬復蔣顧二君函稿祈
斧正繕發爲荷敬頌
日祉

[illegible]

十六年十一月八日

顧蔣來信16 XI 已遞歸卷

商務印書館啓事用箋

本館自製華文打字機

菊生先生：

關於翻版及各種侵權印件事，前將印刷所來函及法律顧問一件附呈鈞覽，惟中經力嚴查若著實以相當方面既無設法禁止，一時未易收效，故對於翻版事件似宜從嚴取締，何如，候核奪。

關於銅模續借條件，乃鈞意拒絕

辭海一面若將辭源名字作為商標
註冊後則訴訟係只名可常篇
辭源二字若業經商務註冊恐不能
拒絕他人用辭源補編續編名稱
另行出版此層祈實度之意見以
備採用
順頌
台安　弟元濟　廿三

商務印書館啟事用牋

(銅)

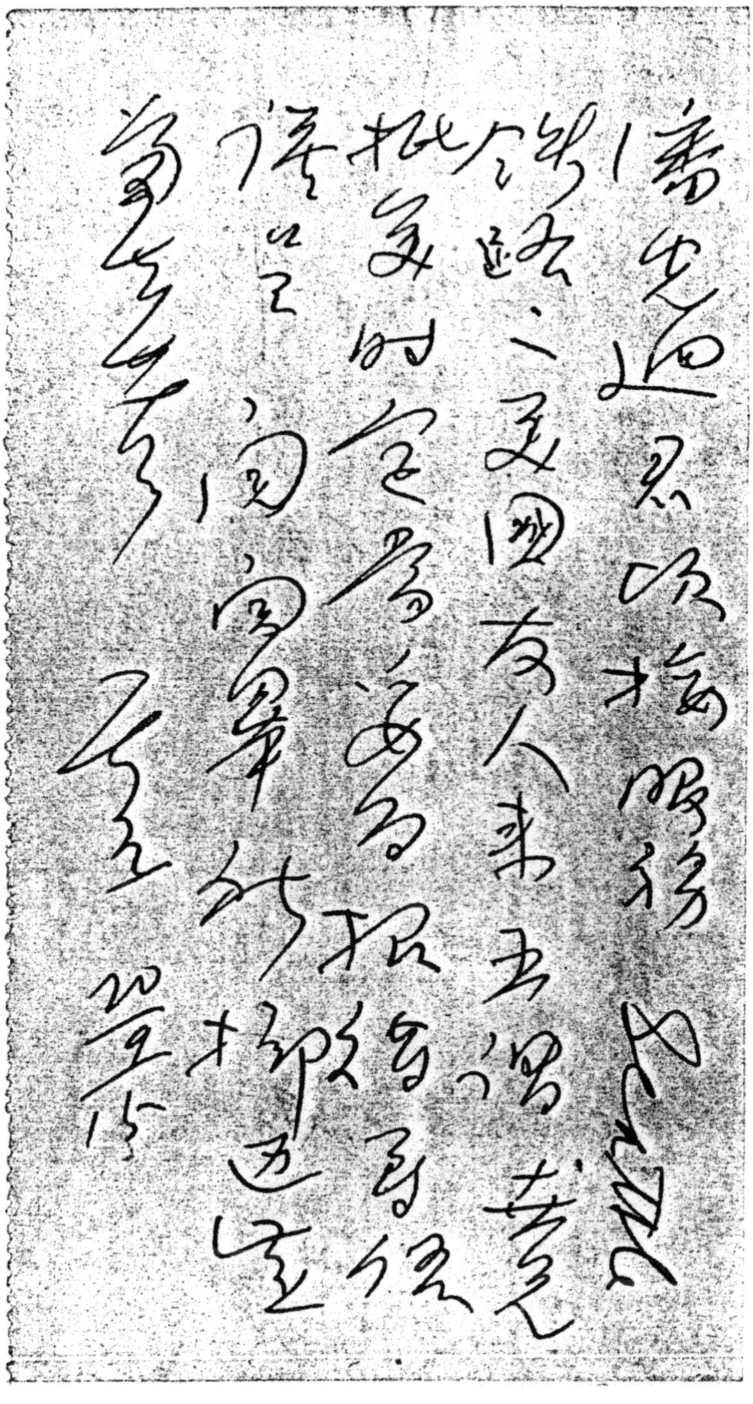

菊生先生道席敬啓者近年公司印行百
衲本二十四史四部叢刊正續各編全賴我
公一手主持　勞苦功高遠非公司在職同
人所可及而純任義務不下十年尤為全體
同人所敬佩不已者一二八以後編審部同
人較少所有印行古書事宜自編校以至
廣告在在費
神　雲五等每一念及至覺
不安屢擬酌奉薄酬藉表微意終以我

商務印書館啟事用牋

公撝謙逾恒遲遲不敢啓齒現在公司局面
漸復舊觀而編輯事宜須請
教於
公者復有加無已 雲五等為求良心稍安起見
謹從本年起年奉薄酬肆千元每半年致
送半數茲先附呈二十四年上半年酬敬弍
千元支票壹紙務懇
鑒諒 雲五等誠意

商務印書館啟事用牋

俯允接受不勝欣幸公司係營業機關盡力
者原無不受酬之理況我
公擔任義務多年而此次所奉薄酬尚不足
以報我
公為公司服勞於萬一雲五等熟籌再四竊認
為我
公對於此項請求實宜
俯順羣情不當予以拒絕也耑肅敬頌

著安諸維

垂照

李宣龔

王雲五　謹啓

二十四年六月十八日

夏鵬

商務印書館啟事用牋

菊生先生道席奉讀十八日
覆書並退回支票一紙區區微忱不蒙
鑒納仰承
謙德本不敢再為啓齒然思維再四公司
為營業機關我
公純盡義務不受報酬在公司有失公道在
雲五等良心上實屬難安除由雲五等
趨前面陳外玆謹再開呈支票一紙務懇

商務印書館啟事用牋

俯鑒悃誠勿再麾卻無任感幸敬頌

撰安

李宣龔

王雲五謹啟 二十四年六月二十日

夏鵬

原稿已付塗銷退回 24/6/21

商務印書館總管理處駐渝辦事處

字第　號　第　頁

前為大會仍未邀過，一切已承面陳，茲有應請鈞座垂
憐者，本館當於淪陷戰事以來，八年抗戰，公司元氣大傷
復興銀錢不易設法，卻盡已不易，卻責務為公司續還一
年以來復興之地，店鋪常不能不有專書特懇之請啟
者其一也。以公司復興之基礎，因賴總館設備之保全與利
用，而總館則在當都，除分別派人勸告總館員工相與維護
策畫以外，不因而不得不暫留淪陷部分守政府形勢，如
努力於公司之復興，此應請鈞座垂於者二也。以公司八年未
發股息，多數股東早以為苦，倘股息再不入，長而至于年
作戰事發生後，不為再以新的固設備，復協何

年　月　日

34年9月13到
張家樂
34年9月14復

商務印書館總管理處駐渝辦事處

字第　號第 2 頁

前數事諒已蒙鑒察之信東北研商諒台向股東登尔
非提請董事會決議一次借發股息五百萬圓俾尔通過
滬方所召集股東會提請追認以應請提出討論者
一也。(四)總處秘書長去世後南董事會為應付非常狀態
以副襄理李伯嘉君暫代經理此間經理現在李經
理伯嘉業已回滬主持李君暫代經理已無必要
且就當前局勢觀察為此為私章君亦以專部為宜
代理之職為宜仍應請提出討論者二也尔許
並此理由並於台向董事會由李董事伯嘉代表
不出席　耑肅敬頌
道安　弟王雲五拜啟

菊生拔可及荃生諸兄均此致意

三十[illegible]

□道兄：弟近來特忙，二三星期未寫信來，

一次向來去國，久未見信，想居望兄三月

茲寄書致謝意，承論兩事，分寫於左：

（一）華弟出國事，查規定受聘出國一次有

效，在地之外國使館簽證一次有效，□□

□□□□□□□□□□□□□□□□□□

經濟部部長室用箋

[illegible]

[illegible]道兄：頃奉十一月廿四日手教，並
女弟解散下情，所致，及清送向陳其采
二先生處，當見及，陳君既是師生，且得
蒼白日，殊屬勤懇職務，尤爲主持任務
十分得力，當受其益，今後謝其爲大衆福利
廣承 賢誼，竭盡努力，不棄文字
節中煩 神，至謝至感，多此
時祺 弟王雲五拜啓 十二月一日

萬遐學士吾兄：賜示以日來辛苦[illegible]

國事艱危，前非絕望，惟[illegible]不明，以令[illegible]由是

激言散于[illegible]不[illegible]之精神，而斡旋國勢

善[illegible]如許，但就吾[illegible]而到任後因[illegible]

時[illegible]外交動人[illegible]新而[illegible]鉅額

各方[illegible] 此出不相知之誤，時事相[illegible]累

此[illegible]田如[illegible]擬再為

[illegible]

寅翁大座：頃接昨晚力勸任公已允對外司令職務暫不請辭，其本兼職務亦暫保留，至暑假後從最高當局負責任計從時，當於二十中決擇辦法，定當再行前電話陳。代因有錢老總時會也，之後行避爾無協調，卻請從速函辦。

學府各位

晨祉

弟 王□ 五月十一日

"Via CCTC"

RADIOGRAM

交通部上海國際電台

SHANGHAI INTERNATIONAL RADIO OFFICE

XS2455 D CHUNGKING 1232 20 2/1 1600

D SHANGHAI

0794 0523 2579 7419 1728 5488 5040 0109 3280 1792 2057 7625

0022 5300 2894 0171 7189 0068

0910/4/1 VV

DELIVERY NO.

For any inquiry respecting this radiogram, please present the copy to THE SHANGHAI INTERNATIONAL RADIO OFFICE, Sassoon House, Jinkee Road or Phone 11130, Phone 11130 ext. 20 for a messenger to collect your outgoing radiogram.

原信掃圖

張元濟致王雲五信札

岫廬先生大鑒：奉
手教展誦，不勝慚悚。承對於
公方愧未能報其界力我
先君此推獎實覺汗顏。承
賜文化史叢書四種，拜讀兩葉
業已出版，無可換回，祇可報領思
受而已。謹留一部以誌
嘉惠，餘送一部，伏乞

收回。賤體適有小恙，不克多述，容再詣謝。專頌
台安
弟張元濟頓首
十二月五日

岫廬先生閣下：本月十二日寄電後又覆一緘，諒荷
芸君轉長沙。昨閱來電，知曾赴漢，擬前函必在漢之
閣覽矣。昨得本月十日自香港發來 大函，展誦祗悉，謹奉覆如左：
一、辭典作術之屬，儘由 鄭君意贊成，又第一集亦未現在港地屬
人多可參加，相助 郎
二、匯豐押款承 示商務即電示開董事會通過，道悉，今惟遠
全部未來電報，有無變動，甚以為念。
三、港廠工作分量，自 先擬理改（增）由十萬冊增至二十萬冊，不勝欣佩。
昨得拔可、伯嘉、慶林、筱芳、丕基、仲明諸君商議，備事擬筱芳
伯嘉二君談及現在上海出口運輸，西途由南通一路，外銷代者斷
即南通一路亦十分擁擠，近來由港（廠）運送之貨，全數未動，所
有紙年前以前即成小冊者一千八百萬冊，擇其先後運輸及分發
擱版本，伯嘉當有詳函奉達 左右，請鑒察，即叩
再昨以本與（營業）石君商定之張君所談各節，奉達呈左
一、給（營業）廠移至廠主計新 撥排至由香港運送時不選移編審部凡開

理科及整理業已集成前有文章此亦不易動並計劃一年乎能
亦撥款錄一分寄呈俾以防萬一之用
二雜誌清代傳記門僅出一種已撥除不給其他者開之者甚勞延
三戰區內亦須工作之急工况尚有所作人勢須展期三个月本月
底乃得備滿　中華書局此時開支甚窘不能應付若干支趣須縮作以討
論此所列各家仍以書為起見諸久未交稿者將所有開作事項逐層
籌畫商定再行定奪日內亦有京來閣及先生以前請者
法以慰其心
四件所商印件前經來電撥往後
再啟者前發戰後電訊時館之事頗有震動述
長內移寓之　殘　稿以呈並致　注安　盛　不　審　不頃
台安

十月十五日

岫廬先生閣下 前作覆電兩函均託季芸轉
達 計蒙 垂察 前途益形蹭蹬 小想帮妥
旅居廬山以後郵件往來彼此隔絕尚覺不
安南通路若免險萬一到鎮江後該輪中阻
迺退改繞浙贛路 正可到 即擬到杭州而
寧波海道亦已被阻 祇有到漢口乘飛機赴港
由港乘外國郵船返滬 然亦可望到達 所有由
漢飛港旅費不敷 所請漢館代墊由港返滬
二等川資亦請 港館代付並懇照料登舟 所
有用款均乞照撥陸續奉還 至任感悚 專此敬請
台安 弟 元濟 十一月十六日

岫芳閣下：本月十二、十八兩日、十六日疊上三函，均邀鑒
僑中經其轉呈，計蒙　鑒及。仲明來談之所件，忽
云從綏來，請將遲　夫人寄利　室設法，以我處名義，
意先將紙幣買存港李君之處，云該有兩處，因時匯
（有五百萬鈔票存會）
特屬兄轉請由匯事請人樂開函之餘，歷久特奇
漢湘之行，我　先我稍與之一商也。十六日信言少翁
特別通港口飛港回滬，聞訊華銀行王志萃先
公到港，或同覓此道也。湘人疑湘銀行，彰明純翁
指教，與拂是荷，即頌
旅安

弟　蔣　□　十一月十八日

弟以蔡孑民先前日乘外國郵船赴港云到
段書詒兄已代覓一艙又安居已擬計
此信到時弟已見面矣 匆上
詠霓先生 史席

弟 [illegible]

十一月三十日

岫廬先生大鑒：本月十日前上長函，由公司附去，同日接到我
兄及蔡公、樗君急電，午後開董事會通過議案，即由公司電覆，擬
定計劃　鑒及所　示方案，並經同人討論，據兄所說在座公
司當有覆函，有未明者，據光今日在港，可以詳細陳述。近日廬有未
能存作之在外同人，其為福利先有自稱互助會籌備會之告同人書，昨日
又有編印之在職同人公啟，此等印件公司想均寄去，計已　台閱。大約昨晚
接到在滬一件，讀後不能安眠，如此挑撥勞資兩方感情，前途實
為危險。今晨起擬即代公司撰一通告，送與拔翁閱看，並得久菴之
在座商改妥帖，擬即發表，聞尚須候諸位當局到齊，再過目定。

公司抄呈　台覽，再過　亦為公司籌度撙節省方法，先請停止
熱汽管、煤炉、關係調查公司現有電話分機、撤除十六具，減為二（每月額外電話費、共付價三百餘元、以前尚不止此）
十六具，同時並撤將同人家中電話、接通　公府專處二處、從前廠長
棧房之汽管，王康生君之處、其餘尚有十三處、撤除、一律停止開放
又原用之外部條務、停止津貼同人包車及臨時雇用汽車、上年
皆由不善同人大加反對，甚至有不堪入耳之言、詆毀各方為難、
而於公司、於同人、均損、實深愧對、憾極哉　公表信、屬將於
用汽車停止、改為津貼、平均計算、每月三百餘元、幾二三之數、本年
不應遵辦之經理、昨見自稱所識同人公啟、其中敘事實論一條謂

從旁挑撥、又弟有致李彥二君之信、言張、戴諸同人急車停止臨時
汽車（小蔣將該信印底附上 乞閱）、對於我 公絕不發表
意見、殊非以誠意待朋友之道、鄙意我 公在滬之車、尊即停
止在港、或臨時雇車、或將滬用之車運港、或在港買一部第二手車）
從人開駛、一切仍支公帳、則蔡李二君在港遇有公事亦可借用、未知
尊見以為何如、我 公事之先公後私、且以有二十年之交情、故敢貢
此忠誠意見、摯愛必能諒其無他也、弟近日目力甚差、並患小
便頻數、望 公勝勝為莫若若支持、餘事續布、敬頌
旅安 弟 [illegible] 十二月十四日十二時半

171

1937.12.17

岫廬先生大鑒：十五日徐璣(?)兄返港，計期（第一函）今早到，當蒙 鑒及。八一三以後，涵芬之藏於交新(?)分館，寄存於鹽銀(?)一部，香港又寄存一部，詳知蔡公椿(?)。先每日所得損毀多於我。兄所受實較重(?)，殿例置之(?)，此等法令事科既不未長(?)，弟亦疏忽，未嘗慮及，殊悔之極(?)，當有密陳之言。兄慕(?)覺之後，不勝惶悚，當於今早發上急電，文曰：「刪函(?)琢到(?)」，想達。唯知先涵實難少於公稿(?)所得損毀，殊為慚悚。曾見圖陳濟(?)過半。誠想蒙 鑒宥，今私擬一辦法，若不損傷支新(?)，日前兄所告四點(?)。此例推計，則在港應得之數，俱損(?)管理處既遷長沙，我知又有不同(?)。弟兄對於我 兄之地在不宜與尋常獨用人員相提並論，擬於在滬，我寔難以支分攤(?)、致送公費，亦於我 兄每(?)日話不可說(?)。應需若干，即稱(?)。擬示由弟酌給。再於在港需用汽車，前函所陳，或有未協，亦祈核示。又有陳者，時局嚴重，公司前途實難預料，弟意將有號召力(?)，前日附呈致李夏二君公函，留底計蒙 垂察。目前實無辦理，然之意以為可引起諸我 兄考慮，決定。弟之無擬(?)，或請為之一概(?)，曾由李夏二君致函與外交各報事(?)。一擬有宜亦不失為(?)剛(?)之伊所用汽車以今年為止，不再加指(?)。津(?)事失，進教，弟思勸不為過，於鄉情或可一慶(?)林(?)食用一車，同(?)宵(?)與廢(?)洗(?)廢(?)

可有改動、最好於廿七年首可發行、苟有之事、人人均覺不便、種多
推一天、是一天、能藏過一件是一件、亦於公司省事、近患肋膜、近來頗
性更壞、諸事多想不熟、未能鼓精神、努力以分我 兄之勞、而力已不
逮、為自愧也、不揣冒昧言、現在總處已遷、擬公司圖書亦已交港、不能存代
私法經緯職務、未能專之意、應由我 先生和處決裁、即行繕函、伏候
卓裁、專此敬頌
台安　　弟 張嘉　　十二月十七日燈下

岫廬先生閣下：本月十四、十七日及廿五日函三通、十二日又去一急電，想均達。昨發一信，係由怡和太古郵遞，計均照常到。此信之作也，係為三四百人之一團體問題，明年一月底館處此做如何，關係未涉擾情形，公司當有詳報轉貼，由館詳達。茲以發兄任職同人應如何安置之問，弟以為業之將既如故，愈關於此，故雖不費一稿通函，亦無從辦。總局府上經久議商，的由我的常去接應轉定，任當局便函上冊鐘，未來商定之稿，歌附入致我兄函中云，弟在此信未到。甚以爲撥附之，其後須大衆修改之模樣，弟意於此等性將館處一層撤去，使人心稍得安定，此正所感困難與則稿多不相同，公司處之寫室分給待之同人福利，自係久義和此單字，閱之未將弟之意見詳細開之，已寄稿達，又調劑則人職務之事，多令人負責，恐亦未法辦理。事關之部，弟亦自將本部事少之人一一開出，其須調人幫忙之部，亦未致諒

本處有多少積壓之事未做、須一經（人幫助、）提出、被調之人來及其
所屬之部、必反悟其不許同人精簡、且責其（平日所忙）辦法事件、另行
證此時勞動別部同人、更久甚云最好常將一新事件、并
意此時在何種覺難事件、共有（在）務事件中、被派經理、但使
皆仔細探尋、不怕其事、亦認為思精為應來諸君多勞、特照
於做事不形隔膜、致所見多屬不能適用、此則為難安排所制
然後再、撥各部、來後及東方雜誌、以後最（如註）要學術、不設時
事又散會雜誌亦宜采輯歐洲戰爭（以後特設）戰政之散會、亦不
必及於此以抗戰云云、亦無亦以為並聚特面與書壁不及黃
君材論敘特附陳、救國多核、又小情也事（小女）尊趙武昌
諸處然亦不同種文學、[illegible]須有弟二次之逃難第一緊急、本中未發、
是為何可、撤退、圍遠涉多飯通甫自返不得已之時接結五百元
備作逃生之用、由小女出其收拾由本歸遠傳家　俯允不勝
感激之至、專此敬請
台安　弟　元濟
五月二十六

岫廬先生有道：十二月廿四日上一函，託唐碩卿兄帶去，計荷垂鑒。所以託唐君者，以公司中人揚言信須檢查，不宜寄郵，防其藉詞任意批評，及有不便。如越二日，蔡君公權來，出示十二月廿四日手教，拜誦謹悉。公權並傳述 雅意，擬再至香港一行，本應遵辦。此次彼此間僑住遼遠，可以將彼詳告，並願遵辦。十九數月以來，感觸過多，身體頗有變動，深恐到港以後，或隨鳳凰飛去，則有累於我 公不淺，於終不敢成行，區區下情，已請 公權代陳矣，務祈 曉鑒。十二月廿四大函承開：諸同人先後轉職，不勝廢嘆，久蓋仲明、張君自常道行一切均由公主持，與張君接洽，即由公指示南遷，蔡不勝繁最為長，尤此間不相宜之人事，委任各蓋章，各為團結。劇負責，擾塞遷宕之驟亂，但為地位所限，而千里於外界亦少接觸，不能與要人談話與接通，有些要之事，即以電報向 公處請示，而事變不能稍緩，即擬遲加商量相助，然恐只不勉竭微力，但精力而非昔比，內部既多滿園，外界更少周旋，形格勢禁，亦惟有徒喚奈何而已。本月底：
擁擠滿長，同人數不少，亦略有發見，已與史蔡二君洽談數次，公楨
當然兩聲，前不贅陳，至於調劑任職人員，如進貨科、指屋科，不
謂華於之事，此必須通盤籌劃，若枝枝節節而為之，非所以敦其反清，
部見非由最高級之指揮統籌之大權，惟有請我 公逕一經耳。
來示云：純同原姓的芸識多擁擠房，亦極端贊成，同進貨關鍵根
於生產營業二部，此所以擬另任黃一組統籌把持之意，惟我
公時刻措撥，又節省開支本為清理整廢，此後常時期收入既減，
亦不能不認為重大任務，亦於去年十月廿六日補充我 公意見曾致一云
南行在事諸君之意見，等之全已兩個月未見有多大舉動，所云根
整衛責成撙節去歲經計歲須費千元多餘免，各廠同係購用極小
以人數比例而少不省三分之二（附呈一表），又茶葉歲耗約何實碎
購買不廠為不在內，亦以為每年可核標一次，必可節省若干，此不
過錄一二端言之耳，此雖小事，然非有最高級之指揮無從收

均以羅氏講法、不辦難，所以所有見、所需貢獻甚高、但為大眾所不 三
願出而不應於其甚多，而出之者甚多之事也。未示一方維持本省出生
業經方以羅特別批業前兩月有大宗印刷費為售價、或貨物
限期迫、本館與紙業甚詳，然有存貨，至於今後所需經費，均須由地方籌款
傳價與乙方合商、兩方合成辦法、紙由甲方負責，殊不易再來，應負擔購地
收擬使甚平、以期能時措手不及，致被他家搶攬、又有若干省地
圖以及地名需要、同類積存地圖、成本甚多、自可按照所製地圖統一裁定、又
副業所求自當遵行、仍依前議、可由本社備具正式公函請秘書處查
附前 嘉圖一張、另其地圖以便查照、秘書處擬請月費若干、合併陳
明、外附第一冊意見，第一張一張、又錄去年十月廿六日致蘇事張君公信稿
一分，均請公核，以供參考、並乞 鑒察，前記函道當俟面晤時詳談
特覆、未盡之意、另函再陳、特達感謝、不盡欲言
先生如晤

弟 元任

九月十日

燬屢先生有道前日本月十日寄上一函託寄美國郵船
逕寄不知不致遺誤否已據薇芳張君想好的及此
間一切情狀更可怪然今日報紙中華勞資糾紛文方經又
部局派員調處成立諒荷賞有詳報亦不贅述究
可知其實情如何耳　先生及陸君為我探詢得白也
薇芳信諭前存綫及棒換物價與等薇芳新
時未知即拜事件發結見人寄作文函邵梅生病體未為勝
此勞累也頃接來信堅辭協理亦已函信勸其勿
堅辭其信中尚有商榷大論及多彼勤新減於今時推上國中
華通未對於分局辦法有所區別前曾諒已請西陸追
已死業費中是專布敬頌
台安
孫靖遠方又將赴渝將函陳諸佳趣矣
弟仲
元月十三日

岫廬吾兄大鑒：李伯嘉兄南歸，託帶一函，計荷
采覽。伯嘉意擬將平廠之[illegible]盤接
與他人，換一牌號，以便接受黨政印件，鄙
兄尤有考慮之價值，否則有印件而不便接
受，非特該廠不能自存，且恐招致外來干
涉，請善為之。補遺篇頁擇送呈覽
外，周君兆楷、蔡君耀堂信並一函，乞轉達，並乞致
錄寄香港信封，分別轉交，瀆清感悚，敬頌
文祺。弟[illegible]頓首　元月十九

岫廬先生閣下：本月四日發上一函，內附致公權伯嘉兩信，想先達到。同日接家電，為伯恒事，要請本月言。弟已屬蒲生致請先迴電，信蒙航空轉滇館，擬援按成、賠樣更請法去電者，日必適在可代擬[illegible]電稿，乃用稱名者出以為可用，如有詳函，故弟以函去信，請速復，昨詢拔翁，知電既續有詳函，並承摘論及前月廿六日信，重行假。一月三十日發航空遞，本月四日方來遞到，殊異之甚。賤體　頗無甚恙，閣府亦安吉，可釋　勿念。承有意滇館務來滬作別，轉意能附航空歸盛公月去年不能續，非三月底到達，祗通者將來再以為請，便中錄示為荷。敬頌　公安　弟元濟頓首　二月九日岫廬吾兄閣下：本月九日曾上寸函，計書達覽。前在香港寄出示者月之四日七日兩次手書，並抄示各件均悉。惟來信稿均經誦悉。前日廿四所上一函，所告電所謂前函計必達到矣。先處仍恆信函等，弟閱電意見相合，昨又得佩然函，敘稱某改宜登載式樣，正為妥協，擬多兒者某日運港，以之者存銀行並協被炸毀九十箱，尚有一百餘箱未經查檢，擬於交商之書，廣備者甚急迫。被燬之書，為有為該版所需者，閣下尤深且切，再大局前途，亦極悲觀，本公司今支版編於全國以後，同人難矣，不有言外之遺達，前告久豈圖者。公司應稍預籌一種辦法，對於及大失業局各員生命之計，不過單之成例，裁減並非本版作備，亦言亦非欺，閣用同人各令且出續本館調用同人陸續成行，前令仿照大東亦宣維本館前題，前只有近人會得自港之亡獻，同人若一者被殺難，長公司應議何待同遠若維時期，酌必有之奔鈴紛擾，不如早為紀之，遠之再加考慮為宜，弟意甚欲宣佈為是。

弟張元濟頓首 二月十四日

閱慶林因病其到書，撥付支持應易也。

岫廬先生閣下：本月九日十四日兩次上一函，計先後遞到。續接本月
十日所發大函，計共十一頁，謹誦悉。並述及報告人甚先閣下手書
與舍弟有丁君回信照料，稍為放心。一切自當照以前所示辦理。
前月曾得信云，鄭班發急，故不能即發，京華印書局事
素所未嘗提及，故請撥留先生一處數言請　為考慮，須查前
月廿六日去信，乃如此條已述此事，請閣下知悉。簽及拙作正在接洽。
中前見此事擬有斟酌，難免持來不到卅枚，節務祈早
決定。昨見報載鄭局檢查之事，即須實行，不知　為今有所
聞。蓋近日天氣仍寒，賤體尚健。商務有煤電，極感
盛意，但如欲請分用煤一流并及煤爐，並當自購。斯言
上述未嘗實有何交之勢。前請　先閣達滬館小增加達方
第二次移眷回難，請滬館撥給五百元，原有撥當不足，要下母
處將紀人來信去五百元，不能不即付。今又請滬館代支取前日勞姚
單已到，如已□款可撥匯，請撥留應緩一兩月，全備支取，伏祈
詧諒。專此，敬頌
台安
弟元濟頓首　二月十七日

岫廬先生有道：前月廿八日寄上寸函，計先達到。午後即得廿五日掛号
賜書，展誦數過。附下劃條五百元，仰荷 盛情，不勝感謝，亦封存於公司。
從不曾稍有客氣，此次實出於無奈，今承 賙濟，當即將少安在滬借用
之款先行清還，更覺心安無愧。 良朋之相知深也耶！示以後每月擬
濟我二百元，此則亦當心領。目前家用尚可支持，千萬不必 惠寄，非特不求
蔭棠所此次來借各卅之數，我可即於籌還也。拔可今晨枉顧，傳達
雅意，情詞懇摯，至深感篆。惟亦封於公司，不敢有所陳請，此公私之
界限，極宜分明，此亦 之素志久定。 明察，業向拔可瀝陳，謹再上言，務祈
鑒諒。再，東華書局之事，想在 尊從之中，直覺於保館之事無益
而懼也。將有所處更之議，為公為私實切當，擬請於 董事會本月下旬
以為適當。股東會須開，董事會最好於同時陳述，省得另起爐灶。並請
設法將前會所陳縈見考予採納 裁示。又昨晚聆之錢君
商談報告某團體擬商請 兼有數種代辦科目云云，並經以為可否入經談
此地列來曾晤得續有所聞，再行奉告。此事應先著祖顧 前閱 詳談
信我 兄亦已籌及之乎。專布謝悃，順頌
台安。 弟張元濟頓首 三月二日

岫廬吾兄有道：本月二日奉上寸函，謹陳謝悃，計蒙　鑒及。承
示每月接濟用度二百元，盛意至為銘感，惟目前尚不需用，前函
業經陳明，千萬不必寄下，即寄下來亦當奉繳。前　惠借款之
數日內可得一覆，亦當先行奉還也。本月八日拔可交到本月六日
手書，展誦敬悉。平廠易幟及香港南洋分館事，一切指陳，無任
欽佩。至碎與存[illegible]市屋，亦擬[illegible]贖。弟嗣拔可擬將前三年
營業會計詳議，決出貨其售價尚昂，俟於此次所得之價
擬前業經電告拔可，[illegible]及再前上一函述及還發紙廠亦
亦擬往事，非敢多瀆，實因時局愈艱愈不[illegible]，該廠目前成立
既為渺茫，故敢再陳。昨長兒前日小寄先來談，亦有此意，未知
卓見以為何如。再辭源出版以後，亦隨時持表遞編辭書，思想所及
即將錄入，既曾送呈數目，所備續編之用。近日檢得此書所與續編對勘，
采用者固多，而棄去者亦不少，隨手翻閱，已見數十條，令錄出一紙呈
閱。其中有習用之辭句，似尚有可采之價值，未知主持續編諸君何以故刪

去歲計亦欲補注五條有三千之數現在整理增補或有可備參證之處匠將原書送校必請其轉匠侍劉二君共是其萬祝以華為守也主持讀德請君印不兄亦稿恐空思索亦許多習用之內尚一關目即可獲得而知何以掛漏至此亦矣真極之矣心信事者之少也窮再有讀者近向校當處之言以尊處許多分飯之信能之責斥分飯而應將事務寺告總處請氣當為嚴言拔一句自明時無可分飯攪擾之意此有分飯困當之事亦從不寺欺抄送轉請尊處核准亦當向拔可解釋我兄亦決之手種彼之意必你起稿請今之華不慎所致弟為當華校分之已歸或即以分飯言之亦亦該其別無他意或因習慣然能久在上海招華便為點都目前情發還你不錯誤情如可原我兄與校分通信請不必提及此事以情見將分其稿請君處分飯信時亦有指示請氣務從和婉凡事誠求有效並不寺在請言之嚴厲也我兄亦以為然也前亦在分時仙華伯恒前因分莊科去信言及處起衝突此事由來亦已甚久後起之事或不免又經前轍耳

弟張元濟

三月十四

岫廬先生大鑒：昨日肅上一函，正在寄發，續奉本月十日
手書，適逢英國郵船收信期限已迫，未及詳覆，
先將前函寄付次日發郵，該船先一日開行，此函到日，前信必
當達覽矣。茲將未盡之事分述如左：
一、溫溪紙廠事，以前云云既有為難，弟自應撤回前議，但
仔細想來，經多年考察始擇定溫溪地點，可見擇地之難。
如欵移往內地，原料不易而運輸實大困難，桂省之廠
請移設者甚衆，祗知鋪排自己門面，而當地有何銷路、
交通先有情狀全不思及，柳州可笑，且不將移至內地交
通之難，即仍在原地而稅率亦是一重要問題，附來周
君致春之信亦已閱過，吳周二人亦祗知堅持該鄉局
面，無不計及時局與事勢之如何變遷，即如周君之信

約至後須計機件，若一兩年以後廠地可移，決酌是否轉
機器存在貨棧，唯其鏽壞可謂笑話。彼輩擬宜過久，腦筋
已經麻木，且股本均已無關痛癢，為此滿腹
之言。以下為徐廠股東臨時會議再重述之，所見甚是，都
是如過幾時，即不見好轉，當再提議。

二、赤華事自應依以下三點辦理：
再由伯恆辭職，事由與擬為解電
再擬酒兩擬為李商輝速辦列名會再

三、蘭援事經我以背從速同之談判
陸隨

四、保之之購事，伯恆赤經報告，以下廠接未接洽滬廠之業
特舉隨便照轉，本本亦甚異，經將以下蘭邑與坡為同意
本本午後到彼擬為出示伯恆二月七日及二月廿五日兩次來信
謂信未提有除蘭章達駐港辦事處外之經伯恆函來
疏忽滬廠因未信函有此種，故未照轉，亦非有意拖延。本
取閱伯恆原信，確係如此云云，當告擬為現在辦事機關

岫廬先生閣下：本月十四、十五、十七日疊上三函，計蒙 詧及。頃奉 審悉函
蔣弟前日過談，謂渝中近有謠言云 先生有信致中，不滿於筱芳
兄之遣責筱芳，因此有辭職之意，於是即謂立助會務事
之說，為劉志澄、楊巽成等以為有陳某乘機寫信與筱芳
二慶林二君輕談，慶林君拔為正嚴厲拒絕，筱芳另有初衍也
善閱 先生亦信國之於滿於筱芳之誼 先所素信，弟亦六
之所遂已拔為閣者，此均為助會中之一種攜貳計畫立
助弟之三期出版諸久為 先生所言之 之閣，亦前者之
信而有所疑，劉君亦未見過，楊君則亦曾見二次，其人殊不
平正，最華於修為寒摩之馬，亦既有所知，不敢不告，應為思
冀頒諒之處，許候 早裁，專此即頌
大安 弟 頓首
三月廿二日

岫廬先生閣下：本月十四日、十五日、十七日、廿二日奉上一函，計先達到。拔可兄來
示，知兄發作恒兄信，謹已讀悉。作恒先生處於華與舊時人物接觸過
多，不免沾染舊人習氣，弟深知之矣。兄亦論之也。前日筱芳兄來
談，及本公司小股東不多，倚賴股息者亦不少，今年能不繼續派發，甚覺爲
難。十分難堪，能否想一通融辦法，略給一極少之數，藉慰其望。又言此能速
結之事，與前不開股東年會亦與前年不會，誤係股不反覆相樣。
甚哉！倘其始終，後成股東聯合會，要求之董事会集，先行報告公司損失
情形，並岸董事於事非不能，若有此等舉動，轉覺面子不好云云。是
言不爲無見。私意外面並無所聞，弟筆揣測，原公司有若干股東本來好
事，渠或有所聞亦未可知，惟渠所稱通融一層，無非預支股息或借代之類，
談極少之數，然照例一開無年保安，即論目前亦不能無，來而將來
之糾紛，亦無了期。董事諸公爲難情形，卷之渠亦諒解，昨云通告股
東稱將一有機會即行召集之語，故修較爲切實，使股東不致誤爲無期
延期。鄙意既有改動，不如將還之董事監一層刪去，改爲續行召集之語。
若照目前之事，亦可不說明職員之意，因弟亦認爲宜從略，未稿略加改動，奉上，乞
核定之爲荷。請可求董事教字，當即召集董事會也。敬頌
道履。弟張元濟頓首 三月廿五日

岫廬先生閣下：本月十四日、十六日、廿三日、廿六日疊上五函，計均達

覽。昨奉

起居。日前以念拔可告知伯嘉齊君來滬，因港廠經理（續廠）事，會商

實事宜，極蒙會商，以必繼續開辦，東會蘇將營之所及列左，敬備

甄擇。弟思宜假方面為借遷地之議，撤遷之地可知木材當不缺乏，但覺

有廣大之水源、硬木之原，可以天然運至廠地；若有水源，可藉水力發電，但在滇

濱之木，會算往內地，自更不宜，然則桂可用煤，附近是否有大煤礦，之若

采開，不如說宜開。此處之業甚需之用，是否足，又須深礦。三為以采

其附近無煤，如由遠處陸運，比之海運至滇濱，相去幾何。機器運入內地

他處，不必說，以重慶路發論，非可水運，比至滇濱，難易相去幾何。內地印刷不

發達，目官廳可用，然究竟有限，銷路仍在滬江海，至者運費比滇濱又增幾何。

設假定各處新裝件，同需是可藉調查之。弟又未敢盡責，若干親友思之甚之，心意遷地

之議，如果推出新議者，先堅持至於保護，秘密，此時自設法到，但恐

將來必係設不到矣。弟近鄰為健，推自力日繼，望滇亦之手，叙張年歲為之也。敬頌

台安

弟 張元濟

三月三十一日

外附寄小孫信，遇便再附入，千萬勿去寄。又及

岫廬吾兄：三月廿二日來信，諸公同日來書，並抄件，均已誦悉，不另覆之。
前函經此寄返滬廠，時已三月廿二日，覆示計共十五紙
屢請港生查外國郵船何日可到，收信存前函兩回開織補發
是日　第一節　續補辭源，修纂三十餘年，不過隨時隨記而已，畫就擬寫
特告傅劉二君嚴加抉擇。弟前云雅望采用者，先行抽校存　第二節　商運書股
來稿不盡確（改）擇，成後一并寄候　裁示　第三節　職業情形書籍
從此以下所慮者，以後諸輩必日趨降落，然職員仍純如舊，然不能隨便處之，加以在
之費另算，港廠及分廠人員以港籍者最多，自不免厭惟我　先後要法辦特
來函有一日所以業新在商，從職員之不（改）彼職員對在港同人亦難有不
平，應如何，請為計畫，已請久芸兄詳陳矣　第四節　曾廣在兩方因
是而不別防慮，一方因其人太狡猾，故防之　註意　第五節　關於一切劃切讓（改）
全是過則歸己之意，不情欽佩之　弟極欲撥管閱彼其親自交還（改）
事說亦極公司近事，不能順操，不能再有所讀，惟港僕隔各地，又郵
艱阻，往來函件先後不無參錯，諸事非從自所難免我　先事務殷繁，已甚
勞瘁，若遇有不合之事，極易生氣，实非　以身體非宜，最好先（住）澈查原委
確係過誤，再與譴（責）責之，不快伏祈　鑒察，至於賞罰嚴明，前者　來示所言都君
之事，顧慮亦懲，實為至當，不易之理，亦極為贊成，至同事祖護，尤可痛恨，前因
某君云我有千日朋友，能有一千日來家，亦以為中國之壞，實壞於此等心理，尤非我　兄之
所痛革此習也　第六節　祥候　裁示，即頌
台安
弟元濟頓首
四月一日

前函諒邀鈞鑒 書已達 六日轉託徐次長帶上 頃又連接前

月三十日先後兩次 手書 均經誦悉 因將前函交由孔部長補入此函 前此發表撥出股

息之時 經中約見人面談討論 中亦逐層駁斥 渠亦無言 其所以

股本雖受不償 我將辦合作 需求開會 作為不毫反之詞 中之意似覺

收受發以 兄函與縣撥節 並既照所見 不送發表 開會

撥節以備之 儲備開會之時 如有人提出如發表 所云者

中當將 兄指令 表之甚不平如 有數 兄不為努力

屬會為國提議 則改正級 並以一律 不另撥扣 中以權勢同

即設久為開會 渠甚慮 兄與情勢 有須報告 並須

親與之處無權 命令撥除一切 記錄君同時帶呈 為 兄之意

為不來即計 務望 兄諒察 體速 寬而不責 慶 兄再三之期

用是事會也 中正 手啟 四月四日 午後續啟

岫廬先生閣下：本月四日、十日（內附經農君函、君晉見）疊上兩函，計荷 詧及。本
月六日 惠示及 蔡夫人、姜先生作均誦悉。前數日移鄭招仲明於設計齋，
前此薇芳提出為聯兵叢攝之說，並云當願與 此一設備相隔太遠。仲
明翻甚焦，尚相商，韓云子益或宵與他姜商，致宗頗笑。書二君先辦
理與蔣復璁二君均不以移付股息為然，並謂擬為借仲明移請徐森祁君免致
靜芳於與蔣復璁亂指點被為難。徐君亦言之。此病依昨日午後開董事會，
韓芳不到，蓋知不能達其目的之故。到會人數適為七人，一切通過。會
但先去電告所藏版東通告處，林搬將「三廠一棧」三一兩字刪去，精細的
佩鳳在亦商談數字於事經毫無更動，先擬本案仲明按照通知稿
中所列各項計畫分別擬成報表，於昨日開會時分別陳述。會畢並將
全稿寄呈 台覽察。至人在滬向英使在港已將各件交與一
應為寄楊、馬二君處，亦擬將廿六年營業狀形及分支館戰事影響
報件寄去，餘則不寄。劉湛恩君之遭害，亦不傷之至。殘稿尚健，並念
廑注。順頌
台祺

弟 元濟 頓首
四月十六日

前言未盡、謹再奉達如下、一昨日拔翁出示發行所擬之任公函、亦是要求提高薪給、平心而論、此時館方困難、所薪水提高者亦同此感覺、其所持理由、以為公司營業稍見恢復、但增加易、減難、此項情形亦須難料、未嘗思得一法、不能離乎通行、僅有一輪廓、略述如下、藉作芻蕘。營業以去年下半年二百萬為底數、薪水以去年八一三以前所得為底數、現在營業若能期止、或可得半、或僅及一半、與現在薪水折作一比例、以後營業增加若干(分為若干級、現僅一半、每增百分之十為一級)薪折亦提高若干、每兩個月(或三個月四個月)結算一次、若五六兩月營業增進一級、七八兩月薪折亦提高一級、但至七八兩月營業如回降一級、則九十兩月薪折亦回低一級(以此類推)、但營業降至原對折以下、若至四折三折、薪折是否亦隨之而降、此是一層、再原料加貴、支出較多、處此國難、配備營業增百分之十、薪折似只能提升百分之七八、此又是一層、營業放帳亦可增加營業數、以後放帳更免危險、現款收入亦不能以廿二年之數為比例、此又是一層、營業增減應作整個計算、但似有我兄所定獎勵辦法為個別之勸獎、此又是一層、以上所言均極粗略、於利害方面所想到者亦極少、除已告知久芸、請其極思並守秘密、此層薪水於底折之中、我國似未有行之者、歐美不知如何、我兄思想精密、或棄或取、不難一言而決也、

再修訂辭源事，關係重要。前見劉朗山條擬辦法，擬乃中止，並為另行擇人

慶。前日拔可見告，謂伊該位已久，且有信致尊處辭職，又有[illegible]

之傳說，弟聞之甚代焦灼。指揮調度等事，非緯平所能為，朗山一去，

該部事務必致渙散。聞伊月薪僅[illegible]百元，際此需才孔亟之時，外間尤甚，

然而足以羈縻，擬於[illegible]上電有電留增薪之建議，想蒙鑒及。此

需甚殷，知其僅拔可及心白二人，[illegible]深明。

劉志惠擬擇好事，近又赴港，有所要求，公赫南下之時，弟曾請其轉達此

等意見，[illegible]可留之意甚篤，自識聞久矣，言其人有妻有妾，子女眾多，

家累極重，於做事極無精神，弟以為可長保[illegible]其欲望，即於其安靜

之日，弟等不歡，可暫緩易裁人，但此等人留在可資任其傳染，使可有重要之

人，擬請擬出耗去無數精力。我兄五月百十四頁之長信，亦應列入此項

[illegible]實太可惜，可否依據前此所不列，並通告將服務規則加嚴，以便將

此等有害無益之人隨時裁斥，謹陳管見，伏候　卓裁。

再，此情[illegible]來信，謂有友人周君之夫人錢壽荃女士者，一即　尊記　岫廬

下為[illegible]收錄，並祈　查示。

弟　元濟　頓首

五月十二日

岫廬吾兄惠鑒：本月十六日寄奉寸函，前日拔可出示十六日
惠書，知前函並未到。計郵程，度當作此書時適達覽矣。五月十六日
手發第十四日第二百六號函，告已潤色所擬訓詞，繪撰贊揚行銷法，
諒荷垂察。為公司為同人兩兩顧到，至為欽佩。惟對人事科及處置部分，
事之留心，勿以一時之喜怒及平日之愛憎，使寬嚴稍失其平，庶免貽議，
公之至意耳。到志惠君事，則懇我先生能寬假，嚴正相待，
陳其利雖而退，一時雲霧為之消散，聞之欣喜之至。惟恭華回港
以後擬久居兄處，告當往兄處請與假借，且有戰事承義之言，又先業
已商除部見我 公不必躬處茲地，由伯嘉足代詳致人事科將在港
接示若華之語及其表兩承先之語，並人事科以後應先來承我
公意旨，尅付之宣詳細，前則使恭華多多難，射為有[illegible]爭執，久兄
即可以來函相示，未審 尊見以為何如。此增聘遠方管理人帶來函
一方偏其友，周君所施於長短，又有教齊未知已否達到，告為繫念，得便
示及。
同人好此，聞復。

弟元濟

五月廿五日

連日移出銀印政織物至本公司

敬并此稿寄呈，仍請加以簽閱擬撥

已遣百四函弟，續本月奏，于以運庭，敬候廣二君

黃君詳報

事務所諸君鈞鑒，閩政[illegible]

未能及，康甚勞，請寄園[illegible]

前函繕就，因今日無外國郵船，怡和、太古兩家行輪亦停駛，
未寄發。頃奉兄五月十四日手書，敬悉十二日所上一函已達
覽及。函中云云，不至太過慮否。以弟之意，以為可將文科建築
緝港廠對面之地收為之。弟之意以甫經建築劇烈之地
將來屬拆不易，故不贊成，唯兄發表先說。兄一信，弟以為
所言有理，即請我兄到後與之商撥錢者
開會報告也。兄子樹年近體不佳，病後神經衰弱，[illegible]
勸其易地療養。別處之生活或未香港，擬附去一信，
託兄為擇代為籌計之，特此不敢多瀆也。再上
[illegible]前均候
叩安
弟 [illegible] 頓首
五月廿五日下午

岫廬先生閣下：本月廿曾寄上一函，計達覽。前日得本月廿六日所發
手書，又接前年來示，尊函以證論半價行之辦會豫之書，承
示詳加考慮，甚是甚是。史、王二君優加待遇，並將港幣支薪，欲之
當時權法，亞為妥協，將前國幣專支國幣，改支本地幣，此實當
時疏忽，改成可慨。其實照本地幣高於國幣之時，早應叙單身者
損害前訊之辦法，應在支給國幣之空言，則此時較為損失木數
月前亦曾慮及，曾擬改。尊處函及舍及早發為調停，獲承覽，本
而有數主任職員之人調赴外省，再來視之，尋著海輪職員親見
輪公趙港出差不京物國郵輪，甚至有請言輪出任指之六月
而言，恰太二郎之言，船員已加優，此外國郵船之二等相差無幾
此事義不及早視之，現將來調港之人及已派職員，必又有所不平之說
也。注意及之，二會逐早安頒成之，是否？但亦無異，但已惟本館有一
二十前種之慮，則彼等結黑滋擾我。公在此時為思患預防之計，
事事加以糾正，使衆衆責成可慨，則異日之會成立，不以循自正軌。

寅公同年親家閣下：福、壽輪旬，四楓匠兄、安欵達到，粵股息息。

目的、因鄙外不少言動，前日奶仲明往談、云云。盡使前華

甫之。仲明已將所設各節上陳，鄭意已密。當處所之中

并及云云。鄭來說主，鄭意并看信，以此事推在弟

事身上，是書以十等所議處次第認並上會討師詳

細討論，覺去依旅行云云。來說並意以為可爲，前函頗

賜示不能盡，不有諸力謀法，更須之詞，所謂更須作者

去可以運出須送湯能叢已運出別，此事已有運出矣。

港廠之會，未來似已不成，云是要回或取消，若華言論尚可矣。

尊主人似宜審慎，前函所陳，亦同居思患預防，千萬勿疏忽。此頌

台安

弟 [illegible]

五月三十日

再聞有抄校本元曲，在元曲選之
外者，共二百四十餘種，散出流至上海，書賈
手中，屢轉易，竟搜獲一冊，詢為奇書，
為趙清常所校，有董其昌、何小山、黃
蕘圃諸人題跋，其曲本為世所未見
者，約二百種，中有刻本若干，亦久已不
傳，且係名人校過者，索價[illegible]元之多。
據云現已有人議購，[illegible]合[illegible]中
五千元，議妥[illegible]價一千元之[illegible]始允出售
因[illegible]有成，關式約四千頁，所費若無多矣。
書見發平，自可印行，作為續元曲選第
不然設有損毀，則亦可為我國保存
此一文化寶書，擬請先為與議，謹此奉
孟真兄
此頌[illegible]安
弟[illegible]頓首
27/6/14

岫廬先生閣下：前月二十六日寄一函，論撰文人常生計書，兼答狂昧之言，
出於本心，想不見責。續奉兩電，均悉。本月一日開董事會，整理息及提高新
折扣通過普發一案，又曰所電生息三厘，前由所擬二分為止，該股東會追認。
其餘已照原案均通過。昨得十日書，並附鄭君說言，元由本追令來
示。此書由鄭振鐸經手，售與教育部，出價若干元，今將出讓，亦需與李
至商言，出租千元，照存一分，至主六本所撥，鑑識否？將議定教部即附言，終遂將
全書取去，亦即與鄭君續商，請鄭君此事乃以商務，但要求將來出版須用公家
名義，並送書若干部。弟意仍照原議，仍按價千元出版，用公家名義，將來
若該部要求多所限制，或為不便（亦可將來不再出版），即可告鄭君，即行出版，用本館名義，送書十部，
而給千元，開為買書之用，將只留三四十部，亦只用意。此等海內孤本之書，際此時局，
自以早日出版流通於世為宜。且此時出版，自不便用公家名義，出版之後，將來公
家自不能續有要求。不料鄭君並言，教育部不願即行出版（亦只言印行將來擬出版），亦聞之甚為詫
異。本館即時出版，原不過為保存（約計六開三百部），此時亦只能銷售此等書之時
間性與經濟不能不算為買。從本館冒險出資，多為保存文化起見，以此教育部及不欲
出版，殊不可解。先生從以為然，惟唯大赦長陳君談與一致，如能元本館即行出版，
詳聽，但決不能用公家名義，本館此時不能不避嫌也。先生意云何？示覆。
張元濟 頓首 七月五日

岫廬先生閣下：本月一日尚覆寸函，甫付郵，而七月廿七日大函達
到，拜誦，敬悉港館分設支店，疏散存貨，湘廠停
辦，分移渝桂，粵館設廣州灣、開平支店，均經我
兄布置妥貼，閣下之苦心焦慮，據大招看，自是有數欽遲。
閣下謂周君由廬趨港，擬令主持此事，周君經驗較深，前曾
有接之擬，廣州法租界此時如可遂一案行，前須專負會計之掌也。
及事後始返港，在平時亦為不可緩之事，況今日本於
年前負責易滋誤，但非經費正式單開送來，有專負責任之人，做難
核發令耳。只提倡於上審召云月之言，開會之日本擬多
加(濟注)指戢于左，三、易董外，附致徐君勸先一信，並在港之
閱，幾技查別採收踪跡，所在專以郵遞，費神之至，敬叩
侍安，並頌
潭祉
弟 [illegible] 敬
八月八日

岫廬先生閣下：本月十五日寄上一函，計先達到。前日得本月十七日
手教，展誦謹悉。節略之詳，即於午時亦經屬行說存日，以資一意(?)。
汪君(?)秘人方面，尤為棘手。但此事在港行之，為能收效，在滬則恐難。我
公能以一身為犧牲，使人易柔(?)，須此間殊少以身作則之人也。即以公家方面言，
在滬亦經有辭職。前日開會，中有多加責難者，人傳謠，均可當之言。但
席上嘗有人言：此等事言易而行難，必須有實行監督之人。此可謂一言破
的。人不能耐煩，不肯做惡人，便不能勝監督之任。此等人才亦豈易言哉！
亦可於求之中不可得也。此層唯望我 兄隨時加以考察耳。港廠今歲開
支可望平衡，聞之甚慰。亦(?)意加價一層，亦宜乘兩調(?)，終須加，不易為可
隨時增加，想界在籌算中矣。擬有數單奉達，尚乞
一一存閱(?)。近人有黃姓(?)會之謠，前月在某中學開會，稍一有捕去，羈押多時，讀(?)果有黃之人，押
送出境，係送至港，務求人向友(?)調查港廠人事科(?)有詳細據之人，為
標此舉(?)，擬各別填目收(?)的，不已而來，曾約甚多，曾此十餘人，究竟為私人
黨(?)節(?)得運動，政黨無(?)也(?)之災(?)，奉(?)警(?)照加以撫慰並於蔣(?)案(?)二人被逐出境，聞有

自行趕譯之意也。年載必已纂及矣。

二、會內擬將實驗譯者「顯微人造與製衣選法」一書，因弟介送港廠審查，不甚詳盡，且云本館已有一書，正在排印，事屬撞合，修改無謗，弟謂不宜作此模稜之詞，請正式去港廠核定，如與排印之稿相差甚多，不可直接函退，去年錫勿以為弟所介紹，稍有遷就。

三、商國語詞典太多，彩國語擬修會有所編纂，然多編重複意，注義太略，是以選擇不慶，弟近來之於事，甚有感於辭源續編，甚鮮，弟所擬補材料太多（此事前曾奉告）。因思蒐集稿件，請及有所著作，從諸之後參以平日見聞所積，數月以來已積得數千條，原擬用入補充辭源，然以僅能大多且長而不少（語錄中古字亦有古語長長者，此者有更長者），又有非語錄所有者，不易考明來源，與辭源體裁不合，故擬加察一部分擬通用之名詞別為一書，用極淺白之文字注釋，期合普通人之用，似可於今年中別樹一幟，擬名為「通用名詞淺釋」（國語習語）。現僅粗具規模，未定何日可成，專此奉陳，統希與印行所。

萬林世兄經從趙湘撰事，閱後多加注正，且一年敘亦與趙湘分。

此布，

侍祺

弟 雲五 頓首

八月廿六

岫廬先生閣下：前月廿八日發一函，由就搭亞[illegible][illegible]印日發分國郵船，時距
該船啟行時期尚有一二星期，不應延宕不及。昨本月三日 手書展誦，祇悉前信
已有月日以少以為未達到，已請撥出向分莊科交收發處嚴查，亦已 尊處檢交
議歸存舊，由何船遞寄，望為查復。 寄文同人節約方案，捧讀一過，覺為
平凡而個人日常生活數年以來，除居住以外，說向已交出與興業銀行地產部招去久矣，實行已久，亦不
意到此艱國之時，同人尤有待於勸勉。職等奉 國府通令，不勝悲痛，未已敬慕藉
附注意見，各條非再求詳細，已逐條提出，閱後再斟酌，時東南經濟會方在左右，總會見告人以為可行，新出矣
先君之愛人以德之義，祇好還有人之良心，並希當發事，未達其左
一 前信論張[illegible]泉君住[illegible]，請見出版科主事，[illegible]君打印副本寄下，已經收還
二 伯恆來信云病體久支，年終仍滿即辭職。弟以緒太多，勞未作覆，已請撥寄云
信勸阻，崇信未允，處此時節，覓替人甚易，鄙見擬請先擬撥首函者
宥挽留。
三 前財產地除美安棧房存貨外，此外均不計算，此時應試算，或於年
終行之也。 所資本額多有各元，照本先內股息九厘，每年約需銀四十萬
元，同人薪給均以万元為限，以可支者，大為已人為最，為解手度
再見子[illegible]來不過為足墊，去均勸作長期旅行，勿為環境，此時該[illegible]
[illegible]之命運，已知 [illegible]附及，敬頌
老伯母大人壽福 闔潭均吉

弟[illegible] 頓首 十月十日

（缺原件）206

1938.11.3

岫廬吾兄大鑒：本月廿二日 發上寸函，計蒙 垂鑒。蔡公懋兄來滬，未及
趨晤，拔可兄出示本月廿三日 信，敬悉 先生勉自刻抑，爲之稍慰。此
之時，能保力治事，藉以忘憂，此等精神，實爲今人欽佩之極。
前聞諸股東擬於下月中旬開董事會一次，特詢我 公有否此擬。發報
告之事，想 發交已在途中，以積壓致到。此届時擬請參與、報告本
館在港及所辦各廠情形。 又月初 澤鄭振鐸先生來信，商印元明
雜劇事，即 覆書以報告 公處決定爲辭。值此時心緒煩亂，竟
忘將此事上達。此書雖有二百餘種爲不傳之作，但此時所出實難
（但不甚說默，仍須致給印書之費。）
銷售，且須付出租費千元（十一月初致鄭振鐸信，曾約定之用爲續
置本書）自宜婉辭拒絕。但此時仍須瞻顧工友，不能不爲人謀事，則
與其印近人所作有時間性之書，不如印此較有價值可以永久之書，稍爲穩妥。
附去鄭君來信一紙（閱過請擲還），弟 覆信兩紙，又發向侯（?）信一紙，容亦請
裁奪示下，以便答覆鄭君爲要。再，寫此信時適閱館會，張小棠君來
信云，聞本館將在漢口開分館，欲爲其壻謀事。本館先地多須用人，若多寫
能改用外人，惟將來之 閱讀敝近樣，容俟張君面呈，敬請
尊伯母大人福安，兼頌 潭安
弟 張元濟 頓首 十一月廿九日

岫庵先生閣下：十一月廿二日、廿九日兩函計先後達
覽。前月初撥費閣未通知協會，又來糾纏，並將所
要求之事函達。此廣盟日久善的人來詳述該
會近日舉動，大有挾黨部以相淩之意，並函閱該
會致撥會之信，上中請勿更調一分撥及公司股視又
同人福利及多推殘之語，因循不合，甚有使當時
行返回，必致主張衝突，甚或激成事變，故擬將
權先收下，並先代達，且並以前情形不能為此
要求之語，久蒙先賢安示三事，第一條為正又史館之
條不過用作信視兒好同人（殺是已嚴起雖頭目有專勤），又該信云港政府已正
式承認分會，須撥給鈔記帳以前，承港府第勤
准原處言一盧則之事已報不處，即該信所舉之批示
批令，恐亦不足罷免信，即令不處，而本版是以來指引
予以便利之閣，自可不認，尤有來閣是否可以指定，亦大
有考慮之餘地，中恐等無接撥款信，即時答覆，而
該會來信，若發置一特之方而擔而則該信留存，
彼中似已默認，該會不免更多糾纏，於昨日電陳數語
交回下撥歸閣陳同人「要求事請續發閣詳訂」計
者達到所索撥請撥。先將該信逐層駁示並注撥
第將該信退回，前次撥第之暫收正可見經理之不欲
手擅將來我。兄之退回第可見總經理之正當主張
特此權責正自分明，撥第如不改有所請會，且此後
應付撥第亦更為相措置，此是要者，奉商敬之
牢裁，敬頌　潭福並請
老伯母大人順安　中正手啟　十二月三日

前函繕就，因候郵船未來，封發遲[illegible]。素老文曰「[illegible]拔
函甫到，[illegible]雖接受，俟等閱到再[illegible][illegible]會[illegible][illegible]
[illegible]名集「雲」[illegible][illegible][illegible][illegible]會亦復[illegible]示[illegible]
再上
小[illegible][illegible]
[illegible]
中[illegible]
頓首
十二月四

再上屆董事會於在廈門舉行，談及本年個中人積存間該此款用

中英文協會似可擬另撥款一次，若言普通各集中於國難管理

庚款董事會置之故，於試之暫時照案辦。由總經理劉在庚款研究

請撥給文協之事。是否準於本年繼續舉行。又本年繼續選派留英學生

貴部意擬撥出本年傳送版本書社借息，因人多已減甚，亦聯表繳存之

意見。至意亦似可照辦，撥十萬改交集總部。遠東此有於撥濟改

較為之事為是

岫廬先生

開苦丹上

廿七 十二 五

紳處先生閣下：十一月廿二日、廿五日、十二月三日疊上三函，本月七八日閱寄一信、述筱芳來和廠非正式的辭職事，昨晚得電示，知已匯到。電文各下函悉。筱芳辭職，仍希望留，鄭意撥由總廠勝為經同，勿用基金會名義，總任人撥款不提，函詳述已賸出。筱芳封大可辦事不過，務請仍兄作非正式的集休請假半年，此時經如其遠，集外別有其謀，歲去似未成熟，一時不能提出基金會，以後時日尚多，從容與時再開基金會，亦總不道及此事。至於前函所云當一處，亦仍是為數術中之數術耳。鄭振鐸[弟家]兼印元照辦劇事，應從參發之廠重印不發，有問夷之善見私人費用，有何效果，據云前公時頗煊，並未啟動。此發錢者為一通告直接禁止，若僅勸告，絡停手並也。又聞此廠所有出印的手四，云將法廠方[潘印分]價五月份方來交到，拉出版科長郎，是否尚承詳問，亦之一查。再前說特設桂林分局，為藏己以零零其住宅以辦，借作為一案，承以代沈，不勝感謝之至。專此敬請

老伯母大人禧安，並頌

潭禧

弟 [illegible]

十二月十六日

峙庵先生閣下：十二月十九日介紹美人范海璐君託帶一函並廿七日發
上一函計先後達到。頃紡會轉寄來前於廿七日信，略謂范君見甚歡
工部局邢女士又來訪，擬為其寫一信，言中需為工人說話，鄭思虞夫人
美先生可也。鄭君云該處所要之人最好用英文好帶洋文者，並能繼譯
有所分達，又亦欲延用會部工人，實非必需，其為能合之人，生計此
閣廣於表委邢女士時似未特別說及。鄭君見針鋒相對，所以正妥當
年兄以為何如？竊有慮者，工部局既經干預，且該局近來漫求各事之錢
甚重，當此必要撥款，雖但我處好事之意，復以之[illegible]如何，此須臨時應付
法再哉。[illegible]邢女士來稿[illegible]見來信，務請詳細指示，俾得有所適循，至識卑覽
即也是圖。元曲事[illegible]以為可行，當即函達鄭君並撥具函式契
約送與閣下，鄭君要求保證[illegible]元，詳保其約期十五年，[illegible]新增之條，俾其條例見於
空出一文，再與保證，[illegible]
去年七月方[illegible]鄭君信中提到，諒荷[illegible]具函式契
約[illegible]文[illegible]寺，此敬叩
老伯母大人新歲大喜並頌
潭福

[illegible]
廿八年元月三日

岫廬先生大鑒：本月十三日寄上一函，計荷　垂鑒。茲有數事奉達，伏乞
鑒詧：外諒仍蒙允准，一併寄下，過目勿多為之行。
一、新氣陽曆新年已將一月，擬開董事會一次，報告去年營業情狀，請
鈞座賞鄭分開示大略。今年似不能不開股東會，我
亦應出席會議，擬何時何地、唯所擬為言，本年飭楊君竟毫物恆，不克到來，並拒絕三前往，不謂誠慮已極，思之慣慣。
二、我　公為鄭局邢女士信我所聞嚴重，為欽佩據報邢女士亦長于辯駁，去云
似乃其所結果，前留中午史黃秋君（前兩年人，已在滬處）宕延，唯聞忽有屬之人
當場擲糞，所及八人，被多未告，謂係有三蔣君不過揚禁一月半月，如意不宜
出此種擾，必須請長在律師等助，當請據為從速辦理。次晨黃律師君林震電
話（擬請另委）是以公司甚不得力，未能為人，又將被害同為陳霆銳。前陳君樹人亦被人擲糞，並未報捕，新見亦不甚理，云云。先行到來相勸，收
到匹判徒刑八月，按其久為有詳報，在平常原因大事化小、小事化無，但在此多
事之秋，郵不宜專之消極，未知　尊見以為何如。
三、鄭郵文由，奧（?）仍新　核之發下。
四、前請轉托林君致成匹胡君信已仍有回信，盼費神代感之。
敬頌
暨母大人福體安康健為頌無既　　濟頓
中　　鞠
廿八　一·廿三

前函諒邀尚未奉覆續奉手教[illegible]日 謹悉一一 鄙行之
幽賓紛叢 聳立雲霄業經此次保險所籌之貨已甚優
去報並擬契約送去俟鄙君審核後再行寄奉亦請台察
女士閱 令蘭諸閱鈞滿意又聞互助會擬派人至港向杜君請願
可推果實則至前 來示擬先報告向銀行預備送交
故萬望予先詳細諒前函數語條覆再談
順頌[illegible] [illegible]

以工
24

岫翁先生閣下：前月廿四曾覆寸函，計蒙 鑒及。廿七日又奉到廿日 手書，并誦
呈書，奉覆如下：
一、另據拔翁預備選文一事，遵照 尊意，轉達拔翁，渠赧於前謂良心不許
環境亦不能並言，出租之屋可暫校租金一年，收派入月，亦分派積金數千
目前可以敷衍，當為轉達，以領 盛意。
二、蔡公權君甚愿不致他往，但宋君之欲屬甚多，思念港廠事繁，須另人
而主者先生替他去找，先來免太勞，不知有之手相當之人可以作為
後備也。
三、互助會先設聯絡員人來港，並閱覽部之亮君亦偕來，不知與何風信若意。
四、前函擬開董事會，未知 尊意以為何如。現在已屆二月，敝處擬再遲一个
月，根據去年情形，然何時決定開股東會，再另別開會日期，不必照其之
擬定開股東會，頗有問題。公不在此，更思之不禁彷徨計，未知 尊意以為然否，想統計
病之近狀即如是，圖之呈錄刷張傍冀之
錄於此，藉慰遠念。
近日從梧遷居之預備，不克多述。敬叩
侍福，並頌
潭祉。
弟張元濟頓首
二月三日

岫廬先生閣下：十七日得電示敬悉。十三日所發一函已蒙詧及尊緒
關華會議續辦，先擬寡言到再定期。大意（見）日來彼云
來電欲赴港，總不為無之之事，或即考慮升辦之事。未識大義
又為議及此事最好請從緩。又先云我公已先之人代表候過
書館收考慮現在滬上生活實在維艱，且中華自今年起
已一律減資，原數世界書局亦照給，並未減扣云云。中華將上海工廠
歇業一段，營業且無（作結）[illegible]營業並未受損。至世界則所有工人統由彼分代
做與我（我）公司情形不同。（以上[illegible]例）本館今歲為好，本未只與去年之比較，但
本意以全公司計如有盈餘，使之減數有增，今年秋節必
發明年春節更不能不將折一之再降之程度。又查到
去年曾達一次，因人數工以廿六年八一三以前為標準，營業減額與戰
前減折而比例須幾個月一算，戰（戰）前此項擬為粗略，未蒙采取
本公司亦曾細擬不到。此時亦僅得考慮發給安家之費，又今歲收支好
再勝過難關時，對於同人亦有一種表示，似此亟須升辦亦請設法將[illegible]
貴院（見）籌備。親觀人到病危之時，旁觀者總盼其多活一日好一日
以收國人善後，不能言，未必勝其拯早晚，若多得公司寬可，晚若更甚
同職（早晚）事時無常，吃煙送喜慶事似不能免[illegible]。
弟張元濟頓首 三月廿

伯母大人福體
想萬分康健
叱名請安

論時形詳述一過，言兄云云，又一處
純賢頭髮之解，並
當無宜發，有應
無原案通過，
眾人均以為宜，

得寅翁並云港
廠照廠並不开
拼湊之數實搭蓋
國難與難滿足
之之與久翁
查將在港付

岫廬先生台鑒：前月廿五日第川二十日所發手書並提案均敬悉，本月一日又奉
電示，即日以電覆，當安。久先過港出示前月廿五日續示並政之提案，併誦悉。久先見告
我兄因時局艱難，見人不能辭，諸事多感觸，精神上頗為痛苦，弟往聽念，而
本擬即速南行奉候起居，奈弟近來消化欠佳，有發動胃腸痛，已經數月，請
諸專家診驗，中西醫均謂胃腸即覺脹悶，急欲得解，則渾身不適，難受，謂病在十二指
腸，不易施治，又精神稍有刺激，上床即不能睡，每不時小便多至一二次，有時而已淡，
次日脂腳均見疲軟，移居不過一月，如此者已有四五次，悵悵不能出門，悵悵我
兄善自排遣，所有困難亦當認為必經之中應有之義，諸事順其自然，或可稍舒胸懷。
未叔早見以為可成，前日開參事會，各案均未提出，將通過為首
諸新議案七百〇一元之但書，亦不可行，各人一律贊同，久先並代表兄詳述各人所共歎，
撤去，想久伊二君當有詳細報告，轉為並言公司經此大難，尚未全其興盛續，實無意
想不到，此等一集，似為應付意見，經本館阻止無虞，君亦以為不宜，應將原案通過，對全
社即由滬廠電達計劃，發及本館情形，亦由擬為報告，各人均予興言，各係
諮明問汪精衛發表一大篇，表意為第一個，倘在香港華南(或南華)日報發表，擬請
兄亦一看，並為國家多多珍重，順頌
潭福 弟 頓首 四月十日

岫廬先生如晤：前月十七日奉十日發 手書，先後誦悉。國南校四月十日發上
一函，想未即發出耳。敬審 宵遊來 貴體甚康健為慰。 堂上起居亦佳
納福，至為馳念。前日得公權書，知建設公債即將募集，經接讀 大函，緣與信和
上潮漸已平息，為之欣慰。聞年來又及西南各省生活程度增高，若能分派同人
前赴本館緬甸察看情形，實為核算之調查者地物價（指外南而言）與滬
港比較，如實在若來予合理與臨時津貼，想已蒙洽商。又衲史印費文借印
也是園元明雜劇已陸續付排印，影印中檢查一過，然後排印
因原書校訂之處甚為複雜，且所缺太多，再補亦不易，不知可否
宜以整理付款計，已依格式，非行家不辦。館中正乏此人材，予擬另商請王
君九先擔任（前印全書度地宜曲校印諸作校對）按月酌送薪水，月三十至五十元之。擬即面達，未審尊意
已有覆信，茲託轉至較為之數，擬按月四十元支給，並求 尊意如何
示覆。總之須少招使務，所費務須極力節省，錢務必須樽節，稍緩並行 聲注敬叩
老伯母大人福安，並祝
潭福
弟張元濟頓首 五月四

按農林分科云云

此層似大切要，新意以為我國偏與僻省之[illegible]人民生計不難，此可無分科，宜以耕牧林業為要，如先擇山地業次之，人之可以解決生活問題，則來學者必多，本年[illegible]籍[illegible]後[illegible]此事[illegible]同人才[illegible]亦不難也，[illegible]可即日着手[illegible]希達鑒[illegible]

[illegible]安

[illegible] 六月八日

岫翁吾兄如晤：奉到五月三十日手教，言論透闢，無不欽然。掌以事務繁忙，以如此遲遲未覆，負罪之至。承示前途云云，我輩共事，惟求事之有濟，亦即兄亦到處所以稱吾兄之維繫，斷不致自以為是也。倘望兄處已與拔兄聯同籌畫一園，並將尊方所發議，明另將所草之條例寄去，來書大意，我亦甚贊同，已由拔兄寄[illegible]計覆。[illegible]對於上友要求七月考慮之說，已有布置，關於[illegible]東北西南各省物價增漲，同人生活艱難，可否援照各地情勢酌給津貼，[illegible]於考慮之中，同時與以考慮耶？[illegible]前日蔣仲茀來言，兩事一[illegible]於[illegible]夜間設課，不合[illegible]之故，如商業一[illegible]最好將[illegible]與人往來[illegible]信[illegible]實[illegible]商業其他各款，此事大[illegible]國[illegible]預備，[illegible]時[illegible]一二，[illegible]便可出於兄[illegible]，蒼收二[illegible]生計艱難，求[illegible]生[illegible]校[illegible]

財務如泰兄住[illegible]轉交

即[illegible]上[illegible]
[illegible]

[illegible]

六月四日
[illegible]

岫廬先生閣下：本月八日曾上寸函，內陳圖擬分科之議，計荷 垂察。茲奉 旅港辦事處地震報，又奉十四日譯碼地理由譯圖坿錄，補要。先生行電設之意，未諗，亦即速擬計畫，分為三門：一地價、二建築，須如何建築方能合用，此項建築須費錢若干方能適工，都為之先擬；三可以此節省現行租金若干。計畫一成，即分緩急事會議，經料計畫為未辦，而該地且為他人購去，則何不將閣計畫乃已停止？亦以為不可，姑仍照所擬地之計畫，作一標準，一面照常進行，如果有地，可以即日決策，照急會議，免有耽擱。並盼先生久之機會，候久先交到計畫並建築預算，又現行各廠機租金表，亦即寄速，諒蒙鑒及。並將經過情形先行報告，計當達覽。又美來說有人介紹又有一地，與前地相近，地價亦相彷，便將近西敵，業有大洋房一所，實廣西可出千號，設備先由中學，出租，辦事費二萬元，地段大，價值較亦多，不意亦不在位現在之人遷居於號，訴訟經法院判令遷移，逾期強制執行，實在不過於法院，無法抽身，亦不合宜，竟成僵局。此重慶路慶餘里之事，現慳先為一字書，否則營業之實其難於對付，可以想見。亦曾擬又兩見，該地不必進行，免設再將成獨，仍一面再行另覓廠屋，有現成大圍便使用，然恐不如空地之好。為難，價又是亦須根本想辦，務發及，未知年兄以為如何？另外小次所行月所將來廠向來亦計擬為，必須廠用奶瑪，重慶煩為錢瑪，去錢甚大。燊梅姪女 ○ 始被傷，仍使用奶粉，當地難為缺乏，擬請 先推愛，在港代購牛奶粉一打，託交公司運費車，由海防轉至昆明，再由昆明轉至重慶，未能可以滿足。小婿李崗來託，敝處伊家僑先感，因身發所有購價及其他費用，統由弟如數照繳，瀆上，請任惶悚之至。專此布覆，敬頌

台安

弟 張元濟 頓首

奕仙夫人前 均稱

六月廿九日

峙庵先生如晤：前月廿九日寄上壹函，越三日而得嘉平五月十日發手書並稅票，
展誦祗悉。並撥但見額先各節以自存之資，若存之為總處，即與諸君決定於六月開董
事會，高級同人首先贊成，而岫廬在不表，謂前途實大悲觀，雖為繼續，於先屬岸依目
下情形，今年尚有五千萬元之出，營業衰竭，謂收難可破。弟亦甚慮，必大新其根，風在因
該館開一會詳加考慮，再行決定，惟此其前開會已正原案通過，其詳細情形仍先當
能詳述，茲不贅。當時想屬為有應於新設印刷總廠原而擴展，目前再遇職時雖有
又有安南等地分廠議，席上提出可以發表，同人非營業維持至何數目似可矣
至於再為因人打算，以杜將日之糾紛罷矣，以為不必。弟亦欲後說之，至益但同人不私
節約而難其之境，遂起之窘，再過數月，難免不又起糾葛，其害兄如有善
策，發為手兩之綢繆，如今展誦仍見注重擴數事，開於開源者一，推廣南洋
營業，二多接外來委託印件；關於節流者一，再減薪稿費，二改每日新本李郎開
青農工各館小書（即不開國內瑜分科之商務等）每四售價不逾二三角，此外尚有小小節目亦擬仍先代陳
不復詳述。再（收）前函論購地擬建至重慶，不知能為否？兩月內前將能開在別地
不濟急，大小濟久停滯中，終非良策。采在巴黎大學習數也，來信說欲回香港，姑許其無
擇本校之所，兄亦該事上讀，惟情不甚地故耳。即頌
侍福，譯祺。
弟 頓首 七月十日

岫廬先生閣下：七月三十日寄上一函後，本月四日爲內地停止匯款事，又上一函，計荷
詧及。史久芸回滬，
惠函，納福，敬 兄康健興會如常，至爲欣慰。久芸出示 大函，計三十葉，敬悉 兄於全
局之事，無不思深慮遠，擘畫周詳，即滬廠編譯印刷發行諸事，靡不
纖微之處，亦無不全神貫注，指示周密，至深欽佩。惟於來示所指之事，所派
之人，大都若無錯誤，怏而能爲敝館稍効寸勞之助，但仍有所見則知之而不言，言之無
不盡。此則不得自愬其冤。近日裝訂部罷工事，有糾紛，滬廠當有詳報。此事
肇端實由於拆厚壞處理失宜，致與以前不察之誤，非彼所出手段。茲爲處事穩
愼，處於爲一面嚴陣以待，一面祝其之事，開司業已復工，但其以後糾紛之事
必以晉鄉來丁英桂調往發路廠辦事，發廠由厚壞擔任，其下未知有否一二可以信
靠輔助之人，亦無以爲慮。仍嘉兄前亦港報所載中華排華，聞頗載大有互
有人以上此等常動，未免思易惹糾紛，實不能贊成港政府何以竟皆幫忙，殊不明
久居此處，及以後該局對用大電機、印刷需用器具之競爭，弟兄我輩惟有勇闖
新途，未知我 兄有何高見？手肅，布復，敬頌
潭安
弟 拔可
八月十五日

再 近為兒女之事、屢瀆 清神、實深感悚、前蒙 代購 Lactogen 乳粉一打、
並託出版社何柏丞兄由飛機帶渝、業已收到、小女產期約在本月中下旬、
乳糧極懸缺、全賴接濟、未可用當地乳粉、再四搜羅、積得六磅、加以所存者
常來兩磅、約可敷最初兩個月之用、前日得錫嘉兄信、知由海防西貢所運
送至少需兩個月、該乳粉十磅係七月十五日由港運出、計期至快須在九月
二十日前後方能到達昆明、由昆明至重慶、尚須在十月中趕到為可、
勉強接上、否則殊為可慮、敬懇 兄再錫代購一打、或兩磅裝
六磅一罐者、請設法運輸、情形及能儲藏時期之短長、代為詳之、伯嘉
兄見告、郵局有港渝重慶運輸、一道由海防用汽車經由同登直達重慶、約二十
日可到、最好改經此路、運費雖貴、亦祇得認付、萬一此路不通、聞久芸
兄言云、上月初有郵運由海防轉昆明乘飛機至渝、可否 倘念
出處是請代託其生命、為之設法、帶數磅到渝、由公司鈔付、特此 余款如達亦
此則雖為瑣瑣、實不堪其累、愧歉之至、手此奉懇、即頌
岫廬先生 台鑒
弟 元濟 頓首 八月十五日
外寄錫嘉兄函祈轉交

前函諒悉。因昨日無郵船，故未發。今日公司於上午十点工達，本處信亦不能達，午後二点
三刻打電話到公司，接去非常來接線之人，彼云今日十点工對，不能，明日再打來，云六点工打，郵
各工廠乃謂難辦，無別此接電話之人明之報告形之事，因此云難辦，果如所云，竟不能修日
各事。別期聯繫。新水需按如之道，故前送來，茲甚革，印刷只一分，竟是從前，寫亂不敢
不能上冊合附奉請。今閱狂妄之言，未值得一笑也。鄙意八二三後不顧人格，公可謂
甚心脈，請中華此次裁汰至二千餘人（據不確所云）。甚革毫不知警，我本不願仿行[redacted]今竟出此舉動，似不解（不得力）而無法，鄙意擬依其意，工不必翻
祖且亦極力勸解，擬聽其延長過去，至不得已時，當召集董事會，然後再辦法，但此
形式上之事，亦不能不做，故公謂此次既成僵局，只好由董事會議決開門，但多人能擔
起此詳重任，未知我（不決裂之外，未知有何辦法）此有何高見，深慮最後所逢為一氣與印刷所，可辦，故今工廠出開
首為之事，開工廠之事，派代表之人至港，然此行到時為已先到，未知我光如何應付
先有電話請，弟擬前府上或被府以免無意哉，如更，另函，且要再至移再上
岫廬先生台鑒
弟
廿八、八、廿二午後二点半

再丁文華君於整頓鹽務假息捧場芳正力言其利多寡 會議

時實驗轄鄉之言 殊爲可佩 聞即日來港如請鈞 乞賜時

示接及前來兼致謝意爲荷至上

小曲唐先生 道鑒 弟 [illegible]

八月廿二

岫廬先生閣下：本月四日發寄南洋公棧帶上，嗣知其所乘之船在碼頭
逗遛兩日，計送到必在今晚或明晨矣。我 先生電（亦係急電）艷日（即四日）傳覽，想到電尚存
明係被華綫耽閣所致。先是昨 先于日第二次急電達彼，拔為此，其時敵所
第二號急工形勢仍擾，敵所用人竭力向廠方煽惑，本系必須先向廠方昇以
當然之方，於三日即（午後）將拔出之人姜某來函，其先推發此則，寄去以正宣告
平靜辦法一條，奉 函中附來辦法，則彼即（其時廠所出存急工）行先向廠方發表拔人之
結以為然，遂四日下午我 先生來信似不見到。前日有船進口，知為誤期，仍嘉
又得我 先澳門來電，知所發之信被郵局扣留，不知此次郵船又能郵
閣載月然廠方迫不及待，又先發（此作為四日進口之船送來）故因[illegible]（於前日與仍嘉商之特）所擬平靜辦法作為普廢
亦及寄信，以為之附入仍嘉函中，奈其文未與於五日傳覽，收到亦即於上
日得晨報，亦拔為蘇明係附在仍嘉信中寄來。因郵船期迫不及寄
信與其此中經過情形又函。今日續接香 先二日所發一信，仍彼亦與拔

前者、函並附來手譯碼法、因查以上撥前已將原稿交出之經過、
共有由弟接住影印、撥譯收前略述的表原林各差伸明說人譯撥、
讀、弟之意近自來價已既最低既至二十餘元、近又升至三十餘元、此稿法不
米價時每千字之時發表、只為了節省起見、已既至二三十元之間、似以二十
元作為最低稿酬標准、救濟二字之意、雖有欠缺、弟之意撥稿為十五元至二十元、
出之數、弟撥作三十萬為額、而只人作六四千元、弟不願多年此舊業注決此
非雖有稱之益多、更要靠於明日即行發表、第二次商於舊工、現已停工、
作者不能說能之各、一體待遇、趁仍是其請為有詳報、若不整出、再弟二次
之工、弟之後與前不同、主硬不主軟、之三七分、撥為數、之又數、一日所發起新遍甚、
弟之意、楓亦但長此無恥、胃來哀明無仍出報、要先為在游移、以為果來之珍
明只好於作撥靠、其次為實為兵、論來之餘仍為最一律替此為康目
免於之處、稿理但仍優、為之處撥決、弟記不得此二字、餘已發出、又仍純、再行追回恩
知歸已然別歸人、弟再四力争、謂無異欺騙、難論、恐不肯聽、來信與弟等
於決裂、弟為地位嘉近最後之忠告、仍不足聽、弟與仍和難、而近此事
茲將對於去●也、當順
安
弟 舍
九月廿六

岫廬先生閣下：本月吉日寄上一函，係由發處匯寄，計先達覽。頃接手
八月三十日所發手教，展誦祗悉。此信前後十日始達，可謂遲極。弟二次為
工潮，弟力主從嚴，斜長、股長出來調解，皆不同意，日識蔣永福
職係級代表人，向單代表追詢拔翁。弟患寒告拔翁，推勿接見。當時云恐被他人代接
脅迫，而諸人時再通電話，弟即以拒勿接見，科股長代表顏長似作其委託，
知以兩次舊接見。弟同時並將慶林來函告以此事。慶林亦不甚了解，弟意次日
拔翁又接見代表總之，並到澈底清理，言外似以弟昨日電告之言為非。其時
弟之決心已定，弟決及相轉之事，故以為主張，果然通告，肯來者可以不問，其
他，弟力主懲處，組出即無恥，皆未能從，諸須再議，甚信力爭，不應。次日又與仲明
擬一通告，即不許恢復，亦不報告慶林、伯嘉，擬來拔翁又親筆繕改。弟一函謂
設有第三次罷工，則盡驅令之，其他辭去，全弟甚為難堪，一切情形伯嘉當代（即十次百次亦有何不善，弟總不必以要再來）
詳告。弟擬去信亦略言及，務必靜候。弟擬此事無法，貴激其主張，愧對
先生病後無概，久甚為知利，表情曾言千人皆可擠持。拔翁對弟，弟當具函
知念。委 先生不必過慮，且看大勢如何，再圖補救。手覆，敬請台安。弟張元濟頓首 九月九日

雲五先生閣下：敬啟者，時局艱難，本公司處此危殆之境，駐滬辦事處及發行所竟乘秋銷之際，發生怠工事件，且復工之後，繼又怠工，誠堪痛惜。在滬當局秉承我先生意旨，不咎既往，諸從寬大，近又頒布平糴辦法，藉冀從此可以安定，不意若輩狃安性成，愈越恆軌，又印發告股東及社會人士書，和鳳池於本月九日攜渝一分，弟元濟

於翌日由某股東交到一分、其中一件專對我 二
兄個人肆行誣毀、弟元濟意謂同人等謀安
至此不能置若罔聞、因代表董事會往訪陳
霆銳律師請其追問具名之同人會、並令交
出損及個人名譽之證據、又於本屆徵集
董事會議印刷物除 弟鳳池 弟元濟 外均未獲
見、因於開會後彼此傳觀、均以為此等不負
責任之言、無足措意、並矜我

先曆載經營、苦心孤詣、感深信仰、此次總工
事竣、亦以我
先所定辦法、至為允當、倚重之念、始終不
渝、惟默察此間情形、前途甚為嚴重、彼無
知之徒、專以暴力裹脅為事、甚不整飭紀
綱、以後不堪設想、弟宣慰以有病之身、當此
艱鉅、彌覺棘手、弟鳳池對此、尤為焦慮、困人
之言、可否請敕

物件、並附上所祈

登閱，以便應付。專此布達，敬頌

台祺，統維

亮鑒

商務印書館董事會謹啓

主席張元濟

中華民國二十八年九月十一日

岫廬先生閣下：九月九日蜀電計達，交由伯嘉兄轉寄之函，昨日開董事會一切詳情，伯嘉兄面陳，伯達兄不贅。陳拔翁辭事不肯負責，素所深知，但近來舉動之出乎意料之外，然係身體衰弱，性情固而疏發，權持局面，此艱難，而左右均又不能為公之助，殊為憾。如前託續購勒克吐精乳粉二磅或三磅一罐者十打，設法運至重慶交至[illegible]，致達方來知已函請寶蓮出。前日得達方來信，除前函代購一磅罐一打之外，尚須用三磅罐一打半，合共有五千の磅，如此可以足用。統祈轉飭（除去歲前一磅罐一打之數，照以後每年所需或大於此數，故於此時[illegible]數購足）館中代為接洽購然，設法運渝，該款即轉到上海之任公司之款。本日董事會有商紀伯嘉弟當報告條之三條，伏乞垂察，敬頌

侍祺

弟元濟頓首

九月十二日

敬再啟者，港日人會請陳霆銳信，弟已面有翁先生均望如此辦理，為我之名譽計，
將不能不以法律起訴，惟應如何與兄聯絡，請轉滬港兩處遂陽所有律師接洽，不在一起，
應如何轉為布置，彼方自不出訴據，我方應有據某及訴，弟於近來法律全不措意，
統祈　指示為幸。
港日人會對平糶辦法，仍多雜論，甚至理無關大要，惟昨日聞有一條，似為有理，
據謂百元薪水5職員低之薪水同一負擔，而所得之薪水既為數倍，由平糶所受
之利益米價在高級而享於低級者，弟認為有理，實則五六十元以上與以下者，
分為兩級，以下者照額，以上者照額打一折扣，似更周密，但此時業已頒布，且有試
行六月之經驗，能否中途改變，將高級者之權利予以制，弟不能以人廢言，故
特為　閱號請　裁奪。
港日人會有生發通信，指摘伯嘉此次來港因公耗費，共支一千六百三十五元有奇，
其中船票費為五百三十五元，亦閱之驗者，皆向慶林兄質問，果有其事，
返港船價與支三百五十元，另用公帑似應由伯嘉自支，
伯嘉此等舉措不當，應請我兄予以警戒，弟記得去年曾有我兄一信，
請其以總會職員往來香港船票等級，特予令不容再錯，並乘覽，弟
為此事曾致慶林一信，抄錄並覽。

弟　鏞　再啟　廿八　九　16

物珍、甄慶林兩兄：　廿八、九、16

昨函所示蔡、李、吳三君曾所去趙港感，經過船價清單，譜已閱悉。吳君回港，係

維生糧費七十餘元，為不得已過極，去港亦並沒皇家船單開具六、六、○九，此係美金，亦出

法幣五千元，請查照兄示。本廿前者，陸去況在國難，何等重大，我等同仁，

等艱難，凡我同人，應共同服勤，當勝利自勵，以盡國民之職責，以國家自己之發

興。港經紀來，外郵不過兩月之程，此兩日中，所積國家安危，不勝思愛。蔡李二君香港行

盤費，共五九百餘元，吳君旅費照給亦可實，不問之不勝驚異。城屋先生於八月投後，原對以後印

諱去，月支薪馬二百元，所是節約自守，整彰章物之志，凡宜首多高級職員，均應之

敬請兩位為同職員，有濫支公款情事，故我兄嚴行懲戒，以為事例，重大，可行

時，假設為經理，而有美法義等美國郵船，自行等之等及高等船價，昨陳法有

兄已語然，而任熟悉新，接洽於中等高級職員，濫支船價之事，亦屬日己固

并城屋先生請其核辦矣。

再此信仍寄與內封新　注意

三、現在同人會互助會雙方對峙、公司不承認、而勢力自在、亦有一等把持、素能負其責
法律與武陵組工會、今併為一單位代表以便公司有大談判、而武與之商者、似此
現時彼此互爭、公司受其暗中之壓力、雙方之磨擦、似較從前便捷、但亦非公會能
能多研究、如與前經理密切商量為要、此於公司將來應付時局大有關係、亦望
裁核

四、同人請予考核、鄙見宜一律改為三個月、亦不宜過於參差、如正二月均有屆
滿者、不妨將正月屆滿者移至二月（似移於三個月）再行訂、則此兩個月續訂之契約可於
四月屆滿、或將正月屆滿者改為四個月、未知可否、

九月[illegible]

弟 [illegible] 啟

28.9.16

頃閱靜卿又來函，指責仲鳴與諸友欲假貝人會之意，將平糶代價改為現貨，經久甚仲鳴加以拒絕，此公可謂老悖，而失其二公為政府之可謂難得，現在政府平糶專由多人自由買米，商不住便即憑良餉者亦可將此券折與良餉作三三，主亦不能不買米也。彼輩必欲改發現款，毫無理由，不過欲爭所謂最後之勝利，轄商庭桂必欲為之袒護，若考慮誠不可解。弟一息尚存，尚當力持此局，為公司紀綱計，亦為股東利益計，決不能任少數懷有他意之股東肆其要挾也。頃上

岫庵先生　台鑒

弟　兆銘　頓首

28/9/19

岫廬先生閣下：九月廿日寄上一函，又寄同人會印刷品一卷，計蒙 察及。此五條由校商直寄，
此間託滬處附寄之信，信封內均加內封，信封外均加貼，亦分印奉，以防私拆，務祈於
拆閱之前先行察看一遍。本月廿日發上有電文奉下，有電來擬屬辭擬請長函
到。某君與慶林函，聯慶西擬不善者之改編，飛寄誹謗事語於團內表明自訴，
由長會發請取消似較妥。「慶寢到」想已遞達，但未奉 覆電，甚為懸念。長函
中所指某君必係葭芳，惟其建議租賃房屋，將開此製版廠遷移，亦已不為我所懸，
又分排誹謗之事，背後有人嗾使，彼亦似暗指某君。彼兒渠與慶林函，現在西值
借重慶林之時，然不免傷其情感，且轄部性成陰險，雖亦不惜以挑唆活動
慶林且須動葭芳，務必別生枝節。又同人誹謗事，團中有所時，隱思之，亦三思
覺有未妥，請同人會發涉律師信，語氣光積，轄部處心叵測，渠兄我 兒不與
計較，此君素以小人之腹度君子之心，難免不認為事有因，不知與同人會之有何讎而致愈
演愈甚，將來仍不免轉於起訴，亦故換一辦法請 兄委明自訴，於慶董會團中訴

且必須由個人起訴、而接到此信、當再召集董事會、再由董事會認為此事屬實、
不值得一辯、董會信件不渝合同、許多于消如此辦理、則個人會叙、兄意甚堅決、
歡訴訟法律、所以不起訴、完全由董事會之擱置、且期不足以動搖董會之地位、自
找了自息、所稿鄉一人亦不敢聽你作怪、對錢再回似于事較為有益、故要你負責
慶林云曾見此長函稿、但係照一氏記不甚清、我兄亦陳拔為信亦明言不起訴、但辭意甚堅、
報告了請來叙、早兄明日回來、至晚手發、
慶林於廿一日午刻接到、而前接到二十二日電（以後來電務請注明號目）、前於寢日
開董會、而巴船期第一延緩、故後慶到後再發通知、慶到後即來、不廢出示我、兄閱
件並所擬辦法、慶肯負責且於我、兄所言以辦法之為有所補充、亦須有兄地位為之決、
卅日開董事會、而交換往訪丁先生、兩方商後將風一一與之接洽、開會時頗為順利、
拔為提出辭職、眾人挽留、請其在家休養一二月、俟下次開會時、則拔可不必再辭、何時示
錢接電之言、未叙拔為肯先去、此事究竟可以、即拔辭意亦決、不致別有策動、故

與蔣有接、但久病之後性情有變、亦與從話必須格外審慎、此外尚須對付翰卿太太事、慶林離滬之後、翰卿常同庭桂往訪清宇座談、兩界孫通齋許貝人會之要求、家叔讓、竟不為所感、亦頗不得不面翰卿周旋一次、與之辯論三小時、庭桂前後來亦有三次、剌剌不休、亦只能答一次、此等手續之周旋最為難過、然亦皆受拔為之賜也、

廿一日 蔡平羅代價勞同人會持疏擾尊性、勞亦為先橫拔、為次日到亦慶自言形不能、當時左右之人莫在舞法、亦當面責時同人會用汽車由出楚路棧房其來所謂考司務多人、發備示威、閘出燃砲、竟在三層樓會客室附近大呼要子如不交出「打死他」「咬死他」之句、人出路料價今科負某某二人交出、手價勞之人不允、語言衝突、拔為吾弟之言、之人不交則已、不在大聲相爭、並以此為鄙為燃不加阻止、真不知其何用意、有王永榜出將勞後光到待午飯、並計劃來、鍵室之到衝中、將伊截回、隨後多人並將某君毆擊、回飯後來廢撤勸、先不許人、又受不識體面之人辱擊、狂之交出、竟他不法之舉、為之而是使拔為果指之振作、不至妻之推讀決不至此、仲明不善輔佐、勞之于辭、慶林值此混亂之後、亦不知如何收拾、而為之動人手太少、向貝人會而誣、人善指部梅生之指之之、可云業謗、其他高級職員、指摘去想不妥也、

昨以七時始作寫此函，未睡甚發，今晨閱報，昨日已發平糶代價券、總處及發行、
所滙報稠疊表長原擬有數十人（擴稍有三四百人、只許來憑）人事科作者，發給證明人會持銀行證、
已付占用了，即出於此科有二人不先語會派人坐守其號（責文）有多人在會宗，（地方）武助威搗、
亂不容委打該些人與同人，會人大爲爭辯，摧殘會場，未，即爲反言，鄙爲無恥，不新
心其部下人之老張而於該會之萃動，則佯作癡聾，自言形為局外，似此甚之
大已成瘡（尚有王君被毆，受傷之張君）之勢，上毆於平價券，已全開始，若兄不可如此懦弱，難免糊塗無
動，然長此拖延，勢將不可收拾，似須發出一電（電台要張秀隆可收萃）問（其）處來電亦甫萃文、又曰，昨
發平糶價券，被等待纏擾等、聞有被毆出，者肯店東幸非鬧出，然難收拾，聆處、
濟表之，想已達到，似此情形，此時為首派事之人，先教開除，不可，亦本年不敷辦理、
大驚未能，但然慶林先回院我　見所委以大權，然此人之不敷、被有人甚（不得相助）、即今行爲
困來，然亦少應所靈，亦好際然得語，然愈推其愈難而在拔員對，亦云（即日）辭職
亦答以慶林不在此，無他言，拔菊旋云丹華搬、所見拔為果辭職、當面（沒其事）辭
會議其昔作休表一函請慶林代理，慶林頗特，亦未，以（主持）之謗人，又須嚴
辦理之，不必太急，亦請其特郵兄代達左右，請先裁奪。但亦作來（似此不能不辭矣）

再慶林於深文亦通，然不夠用，仲明亦可，慶林亦能動筆為
可惜。先純來函云問題甚有亦能必須令伯嘉同來亦可，
又同人誹謗之事陳霆銳律師有信致中，擬請同人會商後
可以起訴，但[redacted]此等小人不值與之計較云云，中亦意我先之備
必須起訴，即於最近董事會內提出，託陳霆銳君具狀，中
當照 先生所示集董事會由董事會出來勸阻，前次董會
係主張頗有多言此種家言不值一笑之事，會外有信任不渝之證，中即
擬本此意請董會勸 公打消訴訟之意，別事由董事起意
公地位亦仍堅強，未知 尊見以為何如。

中林謹

25/9/22

岫廬先生閣下：本月四日上一函，由館附入號信寄港，計蒙 察及。此信仍有內封，係弟
親筆所書，亦仍貼私人印章於紙縫，諒蒙 注意。茲有擬事數條，錄呈如左：
慶林代小芳職，查小芳月薪六百元，代理通例支半薪，若照加送百元，已是
鉅萬堅辭，自屬美事。今仍照所定餉料，未必不復來。慶林於扶助葛最為事
見不接洽，且亦非所長，勞而不推，勞苦尤多之處，似非伯嘉所與相助者多，[illegible]
現為平靖，看伯嘉實在其來，慶林雖曉舊貫，奈何，
閣平雖代償券已經接受，然尚有要求，究竟不知為何，數日未見公司中人，感不可去
一要屬細手寫字，
同人會即倒本自本月十日起，弟不復言，出於久甚迷言，亦[illegible]曾接到照，
此間喧傳港廠開除工人，其人手持鐵棍將毆伯嘉，乃校明成命收為記過，弟聞
之不信，然言者確鑿，同人會聞之必大快，敬叩
忝伯母夫人福安，並頌 潭福 弟 張元濟 頓首

雪艇先生閣下：昨日奉到本月台　手教，傍晚又接　寒電，均敬誦悉，[illegible]
慶林薪水照借四百元，小芳則六百元，本九日去信言及自出之二百元，由代理[illegible]
改送，[illegible]局[illegible]百元，合之本職四百元為[illegible]百元，[illegible]先生意見，後[illegible]
月薪均已支至四百元，另加車費五十元，則五百元之數，似有未合，與[illegible]及[illegible]
必須照小芳薪數改送，故以　寒電　令[illegible]處電，而皆　尊意相合，即由本閣[illegible]
處報，先生可不必再寫信與開羹會時面談追認可也。此信亦有內容並即代外寄[illegible]
二、前月[illegible]長閣[illegible]手[illegible]不[illegible]已收到，本[illegible]不[illegible]親[illegible]卿生示[illegible]人撰[illegible]有機
會開[illegible]會時，再於席上[illegible]　閣[illegible]卿[illegible]經本[illegible]言[illegible]
港嚴[illegible]紛[illegible]閣之[illegible]為[illegible]，本九日去函言及此事，[illegible]閣之[illegible]本殊
不信[illegible]輔卿[illegible]之，昨日[illegible]圖詳細見告，[illegible]向久[illegible]壹[illegible]伸[illegible]之言[illegible]自[illegible]
[illegible]卿之信，[illegible]大[illegible]也，[illegible]先已開[illegible]四[illegible]記[illegible]之[illegible]不[illegible]中
[illegible]遠[illegible]本[illegible]謂其有意迷[illegible]，[illegible]眼[illegible]使其對他人亦[illegible]
此[illegible]則不免[illegible]港處[illegible]即通信錄，[illegible]意似可[illegible]詳細[illegible]載
[illegible]周知

四承 示印書節省紙料、前此已承見告 又減少印數、新書銷路可慮、自訊尤爲怵然、然如
緣慮疆吉戲、因窮日甚有不許之人造成爲許貨品、緣覺可慮、即如前日報載近
出版之國(叢)書集成第五期、不出裝箱存棧而已、我等當與同鄉數人諸閣擠命贊催
弟再四謝辭、曾言以美國之紙計爲不免於粮債我館以購積爲拖欠者、不見施、緣被
催成一如、拔爲國可對同鄉、而公司則實損失、弟見原料日貴、煤汽電力無一不貴、設
造成之後、稍有積滯、受累匪細、昨日丁英桂來言、在印部無事可做、擬印四庫珍本、弟恐
不發成、已詳告久芸、請其兩深此外並有減工之議、統祈 裁酌、
五 現在公司維持八一三以前局面、此爲目前無可如何之辦法、戰事解決、我館力圖復興、此部
意度之必須減少一半人、甚或可減少四分之三、此本係極大難事、極難之難、已留意先
籌畫、否則中華不以復興、我館終於困斃、此我爲弟之過慮、然亦所謂無不敢不言、
六 已請久芸密陳並祈 鑒及、
六 前此弟曾建議、全公司人員必須寫日記草、伯嘉云業已計畫、不知曾已施行否、
適之信已收到、前曾託代購校史隨筆一部、不知已否寄去、賚信 叢轉滴、咸擬鄰
令伯母大人福躬益健 康祝
世兄[illegible]有在國留學去 戰事[illegible]何時去以爲念

弟 元濟 頓首

29/10/14

岫廬先生大鑒：前月廿五日奉上廿三日　手教敬悉。世兄細學兼肖
任事尚勝，欽佩。有益公必有足多者，可為　德門賀。妙論分送平難
辦法與股東一事，中國從學實係發力公司大道，靜默是論，股東如股
東多不直公司之所為，亦操縱過多，故與　吾兄有所不同，令既不發亦不
再評讀矣。大著見四通，前月二十日　謹示並騰，又見詳述一切，甚佩編
印衲史，亦覺此舉未免過於急促，然為公司營業計，未能阻止，但念老子所謂
小名不同，即數編所謂鄙見，亦應分為數種。衲史特來或可望集，擬宜寬廣。
七史之字最大，擬照原樣，余者重新整理，字太小，最難，亦置之。又莫佳再分
則編成數種，格式印行，書名上以備　參酌。楊氏所注，注中訛者，經有價值
可以影印，詳述與　吾之商榷，編法內日後擬商一善事，會一[illegible]數語
唐汝[illegible]之信一併觀我　兄答覆，尹人[illegible]精，素悉之佳，餘不多及，此頌
老伯母大人福壽並祝
潭福　　岫庵兄均此不另
　　　　　此信乞閱書，但外面仍粘無濟
　　　　　　　　弟　[illegible]
　　　　　　　　　　　　　28/11/4

岫廬先生閣下：本月四日曾上一函，由錢莊科湖美計已先達 閣中。除照撥兩日後開董事會報告救為深韓並停歡我 兄驗看見人會（此信曾由書者即三下科注意）談請十數之信，近因拔為堅留之信（近撥我先），似有勸之意，以大觀之，錢事由康林又撞任淺文方面，恐亦不能效以我 先生以為拔為仍可留法般事，應照以美董事會義務，暫由董事一函表示 先生之意，而當於開會時同時提出，並盼乞 裁奪示下（並盼速復）。前數日函莫林先生囑繼印袖史事，至今未發表，想叢書亦托易事。前於本年達孫影印元明劇本，不料於本年錯字太多，館中諸文書屬差，現雖請三君九岩校閱，然求人之事，總難適當，而以此次照相底子，因為省錢，係用薄通印紙，本不能不抽取，暫應此近來因力太差，無處撥買，使須另手出版，又有期限，不勝焦急，茲將之亮子以相助之人，在于外信一紙呈上，請另編嘉兄為荷。

敬叩

惠妙，母大夫請安

弟 右任 敬

廿八十一八

岫廬先生大鑒：本月四日、八日疊上兩函，均由嶺轉寄，計荷 詧入。前日中美日報張君莘農
來信言，韓君與馬相伯先生年譜款以敝議與本館，而需以收稿之事由 先生主持
商之於達。覆信及來信均分別錄呈 台鑒，計已先達。弟思此書前有錯誤，但出
版爲次，因速。弟前代存書稿出界公用，前意以爲可以收印，先印，便付排，從速出版，但者
唯恐已將全稿送來，自言係曩日學生，實欽奕馬君甚久，前係大美晚報，後任中美日
報任編輯，其所編年譜多採擇國內外大事文字，亦尚妥順，所采材料均經照出
處，但稿字太小，弟目力不及，未能細看，全書是否可用，不敢決定，稿子由弟寄可以勝任
往審查之事。又張君開出三條件：一、迅速出版；二、要印四開本中國書式；三、每千字
五元。全書約十萬字云云。弟意二、三兩項猶覺難行，尊意如可諾，速示；如欲賜予
如何提高紙，需示畀，以全權則可免耽閣。忽忽裁覆，兩處，請 尊裁。
處。因從前所約，有孫恩也。專此，即頌 台安。 弟張元濟頓首 十一月十二日午
同人合所生之具月瞭……可云渴……

真縮印初次惟丁君英桂來言，業經估計，大概如下：四史及晉書、唐書及宋
明兩史之照用兩頁成一面者，則照原樣之四頁併成一面，如此計較，原估增加
二分之一（原估一萬四千餘，此則須二萬有餘）。已屬趙印樟先詳開估單寄呈。鄙意最好用中國紙精
印，此書之費多於丁君前次用中國紙者之半，須出鉅款方購。又涵芬樓藏有汲古
閣毛氏精抄辛稼軒詞甲乙丙三集，缺去丁集，現在通行本只有十二卷本，
世人謂四卷本係爲難得，亦不知欲印入四部叢刊，因尚欠一集，遲遲未能覓訪。仍
蘇州書估收得丁集，亦係毛氏舊抄，未已許人，取索一二百，正可與本館所藏（竟是原配）之甲乙丙
配成完璧，但其總共三十六頁，索價至一百四十元，貴乃難言之，亦擬還一百元，未
知（弟意似可允之）示覆，此不急需用，需要文及印事閣，亦擬送前此並存之書者
名可縮而難放之手，多如識印識須先之，蔭字
弟 頓首 十一月十二日

卅四

援庵先生閣下：十一月十日清函奉悉。於十八日在基金會董事會提出，將辭
意打消矣。先九月十九日辯論所謂人會經結合，部議開出後，觀之
茲讀一遍，羅意甚感，諒不值計較，已有中國來發，計劃參友務前文意
已見「文目錄」，所謂舊業不知較去，殊非佳也。中有言明後，將前文之旨
另成一散封，多為爭好，當告廣林，稍與整頓，關此，但不妨補登之
於身據。廣林某日來告，同人會擬在武成立編纂委員會，請伊氏編為科
長等等，然而總之會所已有意，為之設士人，請即收回，並以此等科長
賀[illegible]盛隋唐志碑者，可謂溺職，究竟細請不知為何人，未科者可推走
矣。之大可以據原，凡事之諸者，亦非解嫌，均事如馬相伯年的請事
以為完成，已去行者修去，可以遠出之後，殊無事可出，以轉年請
修式（但新意不取一小六開本）三先修改範，為多且十句，但為未可要。何代如不先
頃範再與緩齋[illegible]修實數國，及稿為從略加修改，前日又作十三首。來示
講論之，續辯之確所注盛，附編所補史，會十已有去稿。敘三分，分大小
三種，版式文中華開版、比較標準，而紙又已慶寄手標，統一紙，又須
第一紙，由版匠之等，叔已先訓。將來四史標定，後修改，並修成，何以我可以繼
續掌行，後排。後寄佐讀學美桂先生所，勸其修訂，再商其對于
來所安大人，福安並頌。

潭祉

弟 [illegible] 頓首　十一月廿五日

卅八沙發寄信信　元旦

岫廬先生閣下：前月廿五日寄上一函，因特交為言之。衲史編印樣本諒想達
覽。馬相伯年譜書由其後人閱商定，俟與版權不生糾葛，用本館以前出版之
種年譜版式。中略形備，需有稍形修改之處，又由館員加校，已交遞本
人賜正。遠承送書擬即一切已由滬處詳報，茲不贅陳。前次函中曾奉知
本館三十年前為公司特印辛稼軒詞甲乙丙三集精刊本，缺去丁集，久思
補以全璧，近訪得蘇州李佐收得丁集，前日取到，竟是原配
連裝訂好，實相同，已以一百元購入。此為吾國詞學大家之著作，四集本又為海
內孤本。近與拔可商定，即付印，用原刊版式，手工連史紙精印，原本之舊。
此外亦送印數書，擬作小種之續錄，之去同付石印。拔可尚有四詳述
亦不贅陳。擬重慶訪購書，此信寄往渝言。渝館見需用若為缺之，屬請代覓

先生照為此並
請
台祺

弟 元濟 頓首 十二月五日

岫廬吾兄閣下：本月十日奉到前月三十日發、十四又奉到本月七日發次
手書均敬誦悉。近來外國郵船減少，郵程稽遲，實無可如。前將各事奉達想
一一承照辦。移存新聞紙以一百二十元讓入，撥作此間新股，約存三千數百元，即作價
學方面事。
二編印細史等事，來意亦不贊成，六日來示言用華紙即不能維持原定之價與身分，
鄙見認為可以不必。前函贊成丁君華紙之議，如因不能長存華紙，又不宜
去除買洋紙之費，多分用連史紙有數無多，且不足無用處，即見用洋
紙竟便於精裝，且此等版式從以洋裝為宜，故亦未敢即行決定，不敢為
不多須全部編印，此編印之史用九開本式，此計不外維持原書之身分，
但改本其是銷路亦恐有未必，（當待將來此事不妨）且與全部編印銷路
有礙。但即因此部文書欲解別，目下經營窘縮，全而特四史留存中途備，
此日印九開本特有者，一書縮照工價、紙張、版式與昔年出書不同，越覺用此等編
印本，其於版式未必講究，特此附見，敬備采擇。來示又言稅項特價

都見諭仍可先收現款、但與出售期限、已定作用未也、能為人所信任、我將第一批書印成之後再售預約、對購者一面付款一面取一新分書、於心安乎、恐一印後所載尊著究用何種紙或何種紙、若干部數決定後、印經兩印單付出版社、三年月十日上一室、更又另紙附陳於尊、參友照料攬印之事業、不過滿此郵局推薦、已方開工、續印以免常因之拖謁、不知尊意以為如何、彼方真天之驕子、今人痛恨彼等之流毒、上海報紙於此事紛紛議論、令萬里報紙物分之、參閱出國自行轉載、政府決不能久推、然延至今尚未有之時亦難免不有此事、若一有此港廠被承辦者、此亦之大聊中之一想法耳、の前日唯陳件與君、維通之光言史女有家事甚祥書面種、現充上海商會學校の廠校授、由本館發行、言其出版時將其凡例及參考書目一冊交於用書之諸師以學生、大為不便、言不若為不滿、取流已出之一種、則更編輯之意全是本館刻版文章、無所謂凡例、而出版科查問情形、云須向港廠查詢、步有所不能用一種、於廿四年一月十日購入、將近四年、教育部審查、既有乾閣、以以本館出本館査已出一種第一冊、售至二千餘版、則所需用本館者亦少有、銷路且如此、尊者之地場之多則到處可銷、延閱者多可惜、務請重任慎可為幸、

唐先生閣下：疊上數函，計均達覽。昨有人自香港來，亦詢知
之居處，適無從作函。
伯母大人猶有清恙，近日已痊愈否？敬念無似。前有數書奉達，如下：
一、蔣穀孫君來云撥藉之事，已與我兄談過，亦未能擔任。弟有覆蔣
君信稿一紙寄呈，乞閱之，閱後焚燬。
二、葉玉甫君寄來在港舉行廣東文物展覽會徵品以前寄呈到 大覽。
本館藏有番禺崔清獻公全錄一書可以應徵（此本亦罕見），已請首尾兩冊
託蔣穀孫君帶呈。弟又有家藏澹歸和尚所書之軸一幅，為先八世祖壽
辰撰詞跋，擬為珍異。澹歸為粵有德高僧，且有藏於玉甫，玉甫屢徵求，
以我兄贊助故，欲出家珍陳列，亦託蔣君帶呈 兄檢收，並妥為照送。

三、所謂同人、會又起糾紛、報紙日日宣傳若干、不發一言、亦殊覺不平、適值庭桂君來信、又為若輩說話、我遂將此間所不敢言不肯言者借題發揮、今寫呈拙稿一分、並來信附朱君一信、朱君於去年八月間發表並比較自己分手、行政打人時曾出力然今又曾害我也、呈閱、

四、關於仲容言運輸艱難、我記得二十年前成都貨物均由肩挑、此時殆須恢復此種古舊運法、較汽車運費或可廉幾至數倍、

五、又關於仲容言港館地位極為擁擠、生意卻不壞、近日中華在對門開設門面、較為寬廣云云、我恐港館生意近為本館一至要部分、營業正旺而地位窄、若被擠出、之頗為可惜、覓遷不易、可就於學校叢集之處設一支店、在九龍以後能自開行、未必無事為我出力、惟須所費、以備采擇、

六、又關於仲容言編印百衲本廿四史、我 意宜先用洋紙、前四史亦宜留中縮者為妙也、

七月向校部借到元明劇(雜)、由姜佐禹君初校、前經諸位請王君九君主持校訂之事、並有跋語、王君爲當今曲學家之聞人、其於此校本校定草率、而姜君又自命不凡、好出主意、於主意書弁跋、王君亦不免生厭、原本係用墨色綫框、所改有不料、故字頗小、姜君用紅筆、王君用墨筆、三色合成、令人目眩、而弟近來目力大差、稍〻多看、便生厭倦、此書竟未能詳校、擬仍請(弟信力難)君爲一力主持、不知能否做到、而照准年譜爲力矣、唯我兄鑒原之耳、

外附覆伯森兄信、祈 轉交、又附寄聞達方信、祈 轉附入譯件、諸費 神之至、敬頌

又附蔣仲茀君論函撰杜注重

校雜信五紙、均祈 檢閱

譯祺 晉叩

老伯母大人 康安

弟 [illegible]

元月廿一日

岫廬先生閣下：壹月廿四又三十日兩次
手教，藉悉
尊伯母大人福體康復，欣慰。先每日繼眠數次，體氣
識力精神隨增，聽候醫生批示，亦勿勞瘁
於衛生進益，總須多多節勞，時加斟酌法，又設法便
屆時如兩並開設九龍支店，打通內地運輸，甚
心佩。請將洋佩神史縮印方法已請拔翁轉告
印廠及英桂君。太平御覽前月印齊，英桂估
價廉之好刻文州一分依開九開兩種，亦九開
售價亦不能再上，成本幾競爭，前見所發廣告
積銷已將售罄，迅即揀百部去，請其送交
台閱。現在紅口開放，存板或能取出，彼時再行
斟酌，但原料日益加甚，此真大可慮之事。現
在神史既經決定縮印，前印部暫時有停須做
印所用洋紙印刷，英桂言不能機，亦未審可否
做。如意改用股本較清朗，亦用石印機，字小或
不甚清楚，亦用膠版機，如意只是調劑之一法，
未知尊見以為何如。前開仲明兄言，弟意擬
仍發本館股東傳息三厘，此亦無可奈何之事。
先意年報告各種報告，為不以便多集養謙
決早發錯，貿困股東之急，待事後布置請
尊伯母大人福安。並頌
潭吉。弟張元濟頓首　廿九二十九

補言書籍作一保存，能便牛腹去

岫廬吾兄惠鑒：敬啟者，事奉違多日，伏念無恙。

一、香港文化展覽會開幕，報載有編行者之說（尚係編行）全集，此事（不意已中輩一版正此處所代）亦經前進書局籌者，不全本出版。全集須另出，亦請弟已代，但不知是否竟全內容，乃以小說、散文少，應不免要整，寫（方乎先生之意）不易。撰述意，先生近一年來，此果有所新之價值，且有錯誤者，弟另書之一冊（其純正書一萬七千部或可陸版，現新出載），又見有應為山而長云者（吉故不潛深通宜此深知也，已去所發，名稱亦出），先刻印過，純回時所新有稍變善，弟手時不及檢，為救濟而印各處，於以保存讀。

二、彼楊君近純備且新有數萬元之匯到港後，此事我先不念，唐惠戲移而設，據為之時加檢閱，且設人設法撥示匯款方法，楊君意志力（純）四處籌進，都甚我兄最好寄一與鼓動，加以鼓勵，似於該館前途必有裨益，到為

三、舍內姪許寶騤（前曾譯有關於人生之研十萬言之書，由書館出版）在浙江大學代學系畢業，輯譯「桐油之代用品」工業一書，約有十餘萬言，擬託公司出版，抽取版稅，兹寄上全目及緒論，查看可以印行之價值，整裁示，發出可酌承印，即請將該書目錄緒論寄還。

另函寄此，敬請

老伯母大人福安，並頌闔第安吉。

弟 [illegible] 謹啟

29.2.27

1940.3.6

蔡將蔡在留美段 管見開列若干、茲 管見若干之
此時蔡夫人更多消息處 此君子商之
運柩回紹興、此時斷做不到、即運回上海亦安停厝之處、
上海更覺得大不多地亦無危險、華人所留公墓、此時仍不能通
行、唯有工部局於檔路公墓、可作便出入、但租界不能
購地入葬、鄙見祇有在港暫行浮厝、但地土潮濕、許數年
須不和移運出、
蔡夫人[illegible]亦和有意回滬之意、港地風氣及生活多過於貴、擬將居
諸言亦可方便、鄙見擬勸其回滬、此時覓屋頗難、但居留
前在海格路之屋、此時為周蔡氏受我特別(租)與何姓、金君常在之屋
樓、仍為蔡氏同堆什物、不使(回)周何氏所租之屋從不數用、只需收
回、另須速告何君、可覓屋此事亦非且一夕可能辦到、
該屋自租以加二二有餘、之現無給與他人、下月租約滿期、謂(尚)須加
租、蔡夫人出糜實需另覓屋、於別處宜徑速設法、

[illegible] 29 3 6

岫翁大鑒：本月四日寄去和蕙羅書墨蹟，收到否？前寄一函，計蒙　察及。
中有託轉致蔡夫人來事，未知曾否代達。兄報知雀翁為雲樞昨見還稿。
居奉為我莊也，仍在辭席而無能留，弃運滬一節，此時頗可從緩，滬地環
境多無處隱，因此遷大衆恐為可慮，務請切告蔡夫人為幸。又上海
蔣慰堂君曾回渝否？甚念。中多周折，易綸閣陳亦許，閩過轉致為幸。
世兄（已來港）頗擬招來港，兄亦不贊，舊館兩處甚是也。又有彼書二則列下：
一年後可借發股息。敝兄本屆仍以二登為之，直堅宜早日開董事會。
特去年報告及豫算速發下為禱。
二、重印太平御覽，鄙見亦贊成。本館藏宋本，前聞曾經詳
校來蔚。承示蔣君有意見，此書外間有木板叢刊又已印過（此時代亦尚有二三刻說，時亦可見），似係于鄙表。
其餘需求甚廣，不如再府先要教為有此能，有此書價而之木板，書畫發
買一部本館存書百十部，前嘗值一萬，崇本有五百部，其館以此書板補之。
此時不必趕印，但工夫手事之時可合先將舊板修整，將來觀所出者之時再行
印刷，如此則浪費工資亦可稍省。辭書為最應先印，成之書不銷，既耗工料，尚須
裝箱存棧，實大不合算耳。先此奉聞，敬頌台祺。　弟張元濟頓首　29-3-11

諭　持達蔡友人文件　並祈　速予回音

蔡氏所租之屋，現租與何德奎君，前日（蔡氏曾用第二層樓）小兒樹年往訪何德奎君，據為客氣，據云去年自十二月起加租十五之，理應由原租人及因分租人各担其半，但現在客房已被未便多讓，即由何氏全數担任，現在該廠房屋已經易主，改由通和洋行經租，前訂租約於四月滿期，聞通和洋行有加租之說，蔡氏若要仍願留用，如何分租一層與何氏或全行收回，或另行全宅捨讓何氏均可遵命，但請早為通知，再蔡氏如須繼續租約，應從速與通和洋行接洽加租一節，是否可以承認，多少有否[illegible]限數，何君與該洋行亦相識，可以代為介紹續訂

洪文兄　雅鑒

張　拜託　三月十日

岳翁吾兄：昨由頤轉到十二日手書，藉悉一一。兄為黨、為義，於事業
盡瘁勞苦，交友情誼至誠，欽佩、欽佩。弟於本月十日又上一函，詳述小兒往
訪何德奎君所談情形，計此時當可達覽。十二日來示所開各節，該
特覆兄，希達左右。一、該處房屋現已易主，與浙江興業銀行承租，
經程君為通和洋行，現已託丁榕律師介紹由小兒逕往接洽，能否不加
租，殊無把握。何德奎君前云與通和洋行（兄本月十一日所來信）相識，其受業友人之說，伊亦可出力
與商談，今經接洽，今其友人說有無何者擔任全租或退租之意，未便
真以此事相託，故改託丁律師。二、前令何君擔任全租一層，恐不
易辦，滬上租屋現例，確有小租或頂費，但協議於訂租之初，而不能
於中途增加。何君前對小兒本有藥室須收回，伊當另覓之說。蓋
云去歲十一月加租，原應藥室與伊分租一半，因從前已收，未便破上函

由伊令親之言、據此和議、似欲令其攬住全租、照前不斷、或轉示另
退租我、先已商託約延先轉達、賴濟亦省與我並接洽、三、何
我退租蔡老人不欲回滬、議不另行分租、實租無不許、之移有另策
之人、若遇招徠未知不知為何許人、或不安之、將蔡氏所存什物
定令遷出、我等亦之以為主、此亦極為可慮之事、若覓一可靠之人
則無須絕人、今須于那月時方能覓得、未覓得前、蔡氏須每月
須空貼房租（說租每月二百元）、未免太不合算、故有意招款勸蔡老人
緊其攜女回滬、從前去港、議因在前不便留滬、蔡老人素之安政治
氣味、議今是非須說、容再有所述及、且蔡氏在港亦之甚多親
朋、言語風俗種種不便、所有房屋一項計算、亦以回滬為便、統祈
轉達為幸、

[illegible]

三月廿六

敬再啟者，前日手校另出改一張，昨晨即得廿四日覆示，祗讀悉悉。
韓退之校本閱竟，蒙樂將以前數冊年南館事列舉於下（弟六七八九頁亦經英伯兄簽註），至感。
（至於楊守敬君校有自敘之志，頗感。然亦請伯先生兄審。）
一般單位本另措言要求增加借息，鄭兄爲籌計，似可置之三盤。
二、楊惺吾水經注印刷事，亦當經重慶務務與書主問明，據敬告郵後來商。
空若年少人多，薪工料實屬急事。
〇三、胡文楷君所編女書名續文，去撰即具速務請與港廠設人接
洽，若胡君有信來商，請勿兩歧。
四、陸存山倫鄉堂集有可印之價值否，如有，能借印否，此次廣東文
獻展覽有否，乞紀移子以傳印，亦可銷之。
五、前函詢廣東文獻展覽會早已閉幕，前託轉覓鄭堂先生之書，乞覓妥便
帶回，或一時未便，務以存員慎重保存，勿令受潮濕。
〇六、錢印章拓辦詞宇注洪經，和得復劍丞君帮忙校勘，勢甚心力不少，現已
來函稱云未便，茲據廣之價於前函月開來將及一月，尚未得回信，已屬
多從詢之。　前李伯嘉兄從速辦理。
〇七、現擬另印元清集，仍無前刊當本未，此者爲海內孤本，爲宋代大家，書毛
本時間性，前經另劃分詳校，且早已做成傳真（約八百三頁），現已擬付印。此係
古書數種，舊藏據擇其卷帙不多，又並有銷路，且可常銷者（月出
一種，或兩月出一種），此種書以價擬爲照相單行，請兄擇擬專趕
港廠事，廠免得在舊印成攔置不印，久後定價，請多寫版。
八、太平御覽雖銷路，製版四府元龜尚留版不印者，積錄抄一部，即分之
業可行否。
九、本館編中華民族的人格，上海各報自動提倡，頗有銷路，請港廠亦
設法推銷，應付廣告費用由本館承認。　弟　[illegible]　頓首　三月廿一日

岫廬吾兄惠鑒 昨晨寄上一函 由郵局付郵 計先到
今晨得十五日手教 讀誦並悉 [illegible]
列入四八九條 [illegible]
[illegible]
[illegible]
[illegible]
[illegible]
及 [illegible]
[illegible] 即將此 [illegible] 列入 [illegible]
[illegible]
[illegible]

三月廿二

伯先生閣下：本月廿一日肅奉寸函，至廿二日因以極於密辭去港之便，又託帶一函，同人在港於昔起渝，別前兩函或已未能達覽，然趕港處必能轉遞到渝。至廿五日七時到，廿六日上午去年營業開會，館報告塗傳息提議案，切勸董事先生去，實云純為之情係，同有文墨批之於，務有遠集股東公開要求，本屆多傳股息之事，要求雖不拒絕，但不免又要攝見，審設法要從寬放款，與開董事將三屆之教先行發表，以為先發奪人之計，但此今文君公佐與宋來函並託，而故託空言，如報告提議則從印送，可於即一請打印，則其人不知股東當可安心與？或不到真存奢望，而知之而不撥早發股息，但必目前然之亦可能撥。下旬初定開董會，從從下月發息，應可與之氣可以少舒。此時亦有數事未達者左：一、楊氏水經注新印事，已於以前見教育部中人，或傳並為其事，即已商之。再此敬頌

至大旗乃締成四開但原武以之並不必欲餘

即示（復）為二 陳仲瑩女子所編家事教科書一部，早出再版多次，為
有一部 陳君認知值得閱擬，移由敝部審查，執閱本館願購入正續
數年，現本擱置，非小。陳女士現於上海擔任教會之大學校，今該之家
事講席，前遣應允再版，該書尚有銷路，之便中一催該部，並求體恤。
宵跟 三、〔弟〕所提「中華民族的不振」，際此人格墮落之時，或可為少年之
藥石，近來上海各報頗加鼓吹，本中學生適為學生讀物，公路學界中
人亦多之，陽明倡拂，似於德育上不無小裨，有本館雜誌所當贊
用，應由尊處酌 四、傅所彙集，鄙見查明可否發行專書銷印
此次廣東文化展覽會中類似之書甚多，鄙見當以為本時閱性而又
為普通人所嘉之書，於此時故（於此時故並宣）收奕世壤流之見如 五、本年御覽承示作羅崗蘭
所言持西府光龜仿製銅，不可專可行否 六、孫軒詞之價知照正訓
亦未閱最甚草兄淺願多有之本 專廢知照此等書不必詳議
之為尊通 七、在隨獻綵緣婦之待正訓
再蔡夫人曾商租屋事，已送與一園託伯嘉兄轉送，並託錫剛之
覽悉，不另論。弟近來特患胸膈（脹）悶，日有數次，正積服藥，近日稍
減，亦喜老之衰如是甚效
再弟之意擬學待華總一事七二日
去函請來函式借擬提出董會
台安 弟 元培
三月廿四日 弟 函來來亦在華會擬提 又及
黃任之、張君勱、王亮疇、鄒韜奮諸君均此致候

岫廬先生：前月廿日寄上一函，廿二日即接評書賜書港、又承寄呈一
信，均詳悉。蔡宅事，乃前日得芸日接起渝前來書均未接到（勞報已收到）
悉，已轉去重慶矣。廿六日又寄上一函，內附遞蔡夫人信，詳述滬校（託伯嘉轉交）
擬住宅一切辦法，前兩信館已轉渝，乃見此信內所接洽，此信並託仙
舟兄之滬人錄呈一分，計呈垂閱。蔡夫人先欲向何處加租言
兄廿四日來信，言已勸阻，與本廿八日去信所言相合，此事可以解決矣。
貴兄因赴渝會之便，乞向洪君成驗濱之館經理渝廠之函
做借洽方法，並擬調渝廠棄之，資勞至佩至念。敝館事
回別無違為左。
一、續印廿五史圖之以排劇，交由與教育部競總代表訂立契約，擬校訂
後，丁年內分期出版，前之改半部於本年八月校到，自當以九月起
算。全書校本之中，因校手文理太淺，識字有限且錯誤亦太多，又如齊政

請海內曲學專家王君九代為校訂，先由姜佐禹初校一次，再與王君發
訂。王君年近七旬，且有病，不能過於仔細，有時校字遺漏之稿，仍
有錯義，希經費詳商，平漾澤因是又有就閱姜君近又校發
請夜校事（又有積滯），於校詞曲完全外行，且編印樣本所關節省字跡大小、
尚在未因目力不及，竟改之字須動力（第不列三の字，轉似覺費耗），前經
須明知道，覺及近已發排，特擬成樣本寄呈王君閱看，王君覆稱
照所擬格式，依現在之價總全部須在六十元以上，擬俟所見照雜館債
尚須為再之擬是故現擬改排（已排者不過一種假樣子）現在尚未有，今與築為難問題（詳
兄去前月廿日寫王君信，今附去存稿，参閱）何不能不暫停（同時）
版，則之價與分期出版者更有不同，現在已屬在詳細壽畫擬將[illegible]座之
之二の字等字為西六號，並改用洋紙，已改版中詳細從發估計，一日再行
奉達。惟改分期出版為整部出版，則八月之始斷來不及，擬請云

兄來在渝之便，與教部設法，展期至本年年底，本館即售亦不願早些去。我國成本年年底如筆勢所限，此意教部當亦明了，展期之事應變應備具正式公函，務請 注意，原訂契約另錄之。

二、楊惺吾遺稿，兄在渝與部中及教育部之人，以便查其等，商之，當即約之議，最好全數由公家接任，若[redacted]不能，則以本館不接任為干我。兄必有善處策，莫不贊成，前閱亦已處決矣。

三、內容 兄在渝，請多接些代印工作，在所尤要。

四、瓊宇存於後集，能否令燬，為本國內所未之本，本市與同人未別詳校閱（全卷）四百元購得村印，此外四一存名者，檢查可以在印，收時均不宜動。

五、來兄一一可慮，奈何奈何。

餘事 隨時奉報

今日在 渝諸同人均此問候

見時並任之、張君勱、錢豆真、王亮疇、鄭毓秀諸君代問訊

弟 [illegible] 卅五 二

岫庐先生有道：本月十六日内念清逸返港，寄呈一函，前日沈君亦来港，又
托带设備行业集一部、林暨蒋浅泽源国文读本一部、又蒋仲茀君所拟
植物国文意见书等，一切详谈，行为先侄中计先酌予以匡。昨日接孙电，
为股东联益社还请加发股息事，详述理由，董事会除十七名集所定时为在
上午。细绎来电，殊为发表之说，似有圆融之意，而以为公司财政危困至此，断
难迁就，拟请董事会坚决于后接该社来信，即以此由函开会时不特
以社来信提出请董政府安危，拟另发为此对公司现有之存款一并而定，
能君亦称难于拟发，据干冀主张断然停止，实颇同，在持其间。至于我
先生原豫仍借之声，遂以多拔法之。今乃已发后王完白董某二君，震信录稿之阅，该社来信是否去，
昨日开会特写凤二君以写开录其此。虽大战将延长，维此以往，公司支不
能支持，急称要宜设法自救，而向来意见主张节约节冀，可维持生命，挽回颓局，
即在欧战扩大，总有诛然不能行，拔广之君于财政方面甚为焦急，彼此瞩两
人亦能当面将商国此作夕，竟不能敬，膝，神之疲自暂，可稍再述，顺颂
潭福，并叩
尊候。
弟张元济顿首
四月十八日
昨日董事会议事录当由沪寄详陈，不赘。又，此行之陈函及报纸、
说与诸印稿之某君，又候（?）如出版事，亦请
寄与叔中（?）翁之说。

再啟者，慶林昨談及楊君守仁回來，某談苗寨，近來存款忽焉加增，
旅閩人言，近從有舞弊情事，且通同去不正人。渠又言曾得 兄信，謂
業債 渠曾指出 弟已忘記 每係六元，忽長至十三元，其時 兄正在滬，我即由此發生云云。
拔前亦有所聞，今晨見裝，人心難測，況當生計極艱之時，誠不敢謂其
必無，既有所聞，理合上達，務祈 密查，其如所疑者，希任何處理為要。
岫廬先生 再啟 弟 元濟 廿九、六、七

岫廬如晤：近得復札，本月七日函上一函，在府匯寄，五十日文字上實乃堂堂宋本書係四本。
計當先後到達。所有近事，分述於下。
一、本月十二日，函楊師府中晤談，先略述港館廠營業及我 兄對於該事之辛勤，並聲
明之大要。略述一番，最後告以本年收支情況，伊極表重之說，我 兄努力贊成，惟望
公業決議，並注重本年之更動，以愛國之分，年大變動，移藏撥款其所計，撥款議
垫，渠閱言，似頗感動，此意未告知伯翁。
二、慶林辭職，信來，爾仲明近並親到政局挽留，擾仲明來言，該館經理數次，彭後慶
林來言，前月初曾將該經理四伊孫可特作報告，並思可由先開董事會（伊往本談辭意），將此事本未報
告，昨日從開會，慶林亦到，而未將其所以辭職緣由陳告，兄所言之進退人事兩項範圍
並函代表請議挽留之意，申述一篇，慶林亦自行表辭，在座張君一段勸其打消辭意，有
責其不應長亦有挽以撥款長之說，後言去，先請府中照經協經並云斷不能允其辭去，而
慶林態度堅持，謂去志已決，無可更改，並云今日仍將辭去，但照舊並請伊原代辦去，但亦照案
其詞意，似尚可挽回，然其表示決心，再行去年遺新意，其時被不能留在人事方面，小
事可由久生商經，大事由吾 兄主持，並於四月往之事，吾 兄僅管不認其辭職
仍請託伊經理，但在此時期之內，所有國內事之函電，仍請並列撥慶之名，另
選負之事，慶林置之不理，撥節如何，速函達，彼時被可談商。吾 兄在港辦理，

二吳人會之要求，雖趙君業已接受，我兄所言難保，但如趙君無力控制，難收效
事變，今特請其所制出兩條事上，於籌入閩史趙頗能存日內電飭[illegible]回總領
室此信總處者至風潮可兄乃晚其果系工部者揆宜抓住機會亦可放縱，而由 （側注：劉日）
兄中明此次与我表識之頗全同，今計比表示信接受，以目前努力已屬有可再加切勸
共同時以此文字發報布告，函再電達總處，無工欺內難工坐似尚有被迫非出自
願，至向者所有歷聞韓師處者均未復工，此等困難事前一律統于新電文請
兄必須十分切實，以防擾及仲明張君再有通融，此等兩電務請並列報處之人得之
名，尤必特報處之人態度隨時逕行電達，尤需請仰義者時亦必兄轉電告閩示
電以報請　先生一電仍並列報處元之后國謂統事紛紛擾，派李君來總處
同處議等語，特陳管見，藉備裁酌。
四昨日呈事令議要件仲明當為之上于請示，兄就其事所於兩處林述明，想
論住任人切已託鄧人代達同處派舟滬識挽留，務必打消辭意等語，日兄所需
行示之　裁酌。
至德國戰事日見優勝，惟地前途如何，未可逆料，甚為懸念，敬頌
台安，並叩
仲母夫人福安

弟　[illegible]　頓首

廿九年六月十四日

再楊氏水經注疏稿、擬重寫付與、當由子英桂君往
謄繕、俾平君先行試校兩四、頒備特來鈔寫之時、請熊
熊群收閱、不意丁君往商之時、未嘗說明、以盛繕君竟
在原稿上動筆、而中間頗藉以考驗之性義、及未能
確實基礎、其動筆不多、將來議可而倚專責、君儀
影說化已請明頒發、謄繕君發校、之出之、設議可由中發家之傳
君繕氏騰任故用原書影印或全寫付照、則照者亦須決之、此上
岫廬仁兄同鑒
修泰
大千
廿九日

岫廬先生台鑒：前月廿三、廿六日兩函，計先後達到。昨誦 示覆，月之一日奉到
前月廿六日 手書，並廣東叢書契約暨書單均悉。書目並擬寄京閱，序文
丁君英桂致廣局，新見所述各書均已照印，不須商改，其他有應斟酌同
之件，兼與丁君討論一過，合其逐條簽出，均係關於辭句之事，皆由滬
處另簽。契約中第八條爲擋（另改），即修與版稅應計契約。鄭兄增印與否，及
印數多少，均應由本館自定，緣第一集所得之書，均無賠償，未能爲出者
領錄此有附簽，並屬另兄一信，求其專此。新閱恐錄遲，其中閱件刻版
各節，仍由丁君檢取打出，剛於昨日補備參考，目下由港航空寄往，期
閱形否，本館鄭已爲設法，出版多數，不能應付，數能接受否，妙形
示也。另具殊何。附書子之毛邊兩冊，即刷樣紙一紙，乞 鑒閱
復頌
大人福安，並賀
潭祉
弟 元濟 頓首 四日

岫廬先生閣下：六月卅日發上一電，文曰「電悉，請與數術商諸洽」，次日即發上一函，
挂號直寄，一諒本月四日又寄一信，昨日得 電示，文曰「六月書函奉到，
請經示稟」，此必係指 前月廿八或本月四日之信而言，知廿二日之信者也。甚當函承
廿一日之電不敷詳之詳，所以不即參照董事會決議辦理慶林自願回任協理之信。
信中並經聲明參加討論，並發前次董會詢問，擬請其辦法，擬同時開會（而不另開董事會也）之
如期，後多日奉手函告，承示電諭，改於本月五日召集拔可開董會，仍於昨日
本後舉行慶林回任協理之事，業已通過，該時並無異議，理得通過，而與本旨相合，
又補助同人子女教育費（和）原案提出董會，議溯思時局如此嚴重，亦因是難能
生存者頗不知之數，故改計不提，擬其一電，文曰「甚儉，總圖控制，久未得覆，慶因協
理係開董會議，又將停補助教育費，因時局不安，難予持續，總圖費此雖見且
渥款謝謁，擬無停，勿提一議，議論康」，擬稿後，交拔可翁閱看，拔可意甚以為必不提
案議，持未經董會通過，亦不便堅持也。兄於將原案撤回，擬與史兄二人晤
談，史圖數例目前，贊成無異議，其意亦提議，拔可來商，即因有總圖所陳之意見
不欲為此未有之事，擬先拔可之自行提案，則以董事會亦正同意，再細擬之意見

特將經過情形並述擬之美未告後港處儲信蓄所機構轉移開設分處實竟
時局運判之此節所之意所表所存總局暢於內地好在不可知之數又因滬港交
亦運道所通特來總局不通阻塞總局暢通亦將所有知之數前月二十日去信謂
此時是第一種整理機會若長此拖延路有艱困之日不如圖維雖免成不能之
現在此等入手仍為全般 兒必有萬難不能除舊免去不一快性先將無需之部分出
來以遞減擴充以備將當工程少之人為之第二步減若干戶亦擬四分之一之工或竟全不滬港
做第三部全體裁撤退職金 二 急性 除留極少數人員辦事外一律停業停
工並給退職金二二之外為預發遣散費及存款 其數照前不少即存款未必全提錢
難得經此事非現款二百萬元之不可 現存對政照不若實易 就算有錢而滬
處說此外辦理此事之人須夜思之真覺不寒而慄 其辦法 只是有
兒不致有身體並未精神並不貫串 殊多憂 因港地遠從在各界上海為便
又蔣子民夫人則以為已為急療其海往好之壽屋留存即將來亦當勉力樓
四也因航空甚傳 碩知湖 小婿孫達 情形 湖便言諭 特 此致 王國 敬叩
老母大人福安並頌 潭祉 兒 謹

29/1/10

1940.7.10

昨接你在董會席上言慶回協理仍照經理待遇，弟認為此係加增協理薪水，若非仍照代經理、經理薪水。頃慶林來力辭，弟實可以文之言表之。渠言協理薪水不應由董會指出，弟甚以此與議准辭退代經理、經理連類而及渠之首任職，茲家特函詢察。

弟 濟文啟 29/7/10

岫廬先生有道：前月廿一日肅上寸函，由財政部作義兄作一牋，又轉達另信存說附寄渝館轉呈，計蒙　垂鑒。本月初奉到前月廿九日　手書，並承裁處，俾文告到吉否（吉否初係八月之誤）。讀示祇謹誦悉。賤體仰蒙　垂注，不勝感謝。亦於前月中旬因飲食不慎，染患瘧疾，至今已將一月，而腸胃、腳力尚未復元，或係年衰體弱所致，然不久當恢復常態，請釋念。學武、覺遲兩次來往，接其另發病，南行過港，把晤後，並將宗為、秉華兩事致史、董二君信稿亦經誦悉。史君致力於人事，祇能作如範圍之內盡其職守，而致其肆應。商務改處來，則其才識為有未逮。仲明行事，前函已言之，亦不贅述。此閒應兩公即不日就商，當見其情景矣。至若又欲於外匯數月，此非仰仗其力，斷難援得。亦此類各方籌款之說，絕不向任人言及。總而言之，惟許，至於籌畫準備一事，已前言之。欲亦曾提過，渠並懇於通信。又云曰：被控（自身）數年，致破產之痛苦，想不為此憂。患之言，彼時不過閒談，並未成立。此次偕行提出，嘗手從旁贊助，且加評議。當時所擬辦法，其亦不可能者，自嗣後自無窮，設法應須經於目前亦不致有何窘迫，且至董事中務期審慎，擴充至事務，如劉鳳翁為人，偏向傳方慶林近來頗進，而弟以如見教，另述其事。

默之一意，以于二君有時尚能主持正論、體諒前事人之爲難，加以疏解、故亦推崇，此聯絡、
接受其所提方法者、亦祈撥冗有效方案，數程提出討論，鄙見似可不必至此、
事本不求其有效也，若另提方案，今日公同情形，本無滿腹，然不免横生議論反致
不快，不若順水推舟，就此了結、伯嘉來港代表，先生處說明今日情形，及積弊
詳情，並所欲陳於微薄備一事，前略以措詞交寄出之，不必贅意，未知
尊意以爲然否，一切情形，伯嘉既在此詳加察度，想必有前途之有裨益，於其來時，早見之
亦可於代表出席報告接洽之外，兼與以調查港中敵室際情狀，又於日時覆表可
以見其處之種種揣測，又周蓮仙經驗，伯嘉來、尚可察其來港當可避之前向
蓮仙面加請責，使彼可能再進諫言，俾伯嘉返港以後，再予蓮仙處分，敵之當見伏候
早截回來信，言伯嘉由南來港之疑，故今晨發去一電，文曰「歇此坐請伯嘉候信到後
再行北上」，想達 覽及、
伯母大人近體定卷康適，甚爲何處澳門、抑已返港，敬念之至、外附致蓮仙信壁
便中附渝領轉交、德達並表寺返本達 敬頌
台安 並祝 潭祉 弟 [illegible] 八月十日

再啟者，蓮仙方撥託在香港購藥，特到之後，共妥便一面告知、一面封存，本俟渠[illegible]託便人來取，尚祈留神代爲照料、 [illegible]

十日又啟

此庵先生閣下：昨覆奉寄本館承印楊守敬君水經注疏，本擬據原稿石印，但因篇幅過多，曾經由嘉興之建議，擬改行款，重寫縮印，所節省者為數不少，並製成樣張一頁，寄到滬廠。茲蒙擬請傅緯平君先校一過，再行謄寫，當由丁英桂君面託傅君。試為出冊，將竣送來，注中寄閱。有許多疑問，逐條開列，再送傅君詳閱，該君遂收粗校一過，似乎依照傅君所擬，繼續進行，預備重寫，並屬丁君製備格紙。前日丁君又承謄寄來稿，傅君所擬刪節補校辦法，條理極嚴，並有未能盡洽之處，緣原稿有旁注，有眉批，會貞所批最為紛亂。查所批所注，標語或云據大典本，或云據明抄本，或云據黃本，有時用守敬名，有時用會貞名，有時又於二人之外，改用子奎二字，又用樸華將子奎二字塗去，又注明先生未見大典本、明抄本，不得屬之先生云云。此皆是會貞語氣（見第一四第十七頁），此則眉批旁注，如係會貞所加，但傅君校出所引大典多互（所據本館景印之本大典殘卷一部，並無別本）又不相符，似此則會貞亦非真見大典本，並所批所注，不特無所考，君所擬加刪節，但其中亦有許多大字，卻有闕似刪節處，當不宜人所據明抄本，不能看何本。今將此封此批不論，即據黃本，世間固有其書，並可請借，但今新增條寄閱，再加以所引大典而排何年某月某號，且原書塗改錯亂（因此之故，印完全照原書，難所點亦不通）此非諸君目力所及，即令一一以全部（差異之處一一知之）諸君之新知計之，亦不在數千字以上，全書印價本館所收不過數千元，乃賠墊之數，有過而無不及，似不值得，且諸君所校，耗前二年之成績，亦覺之實有未能補救之處，特來收受書主之責備，弟亦不無此精力再為相助（去年建議借印元明雜劇，經請王君九君擔任校閱，適值姜佐禹君多病，原書亦實在錯誤甚多，不易整理，王君雲五仙人，計多不能解決之處（弟與王君為此書往來之信已積至郎本之多），仍須歸於散廢，弟目力大減，精神不濟，將來出版，必有許多缺點，且恐不免錯誤，每一思及，時深悚懼）再四思維，覺楊氏此書照原稿重行或重寫，無相好者，難於羅理之處，蓋此書實係未成之稿，必須先行整理一過，方可印行也，弟深愧未能相助，謹特陳明，伏祈察核，至諸君已校之二冊，又被翁華達諸本所對，書主尚有不易分代之處，此意由丁君交去之時，未能詳細說明，當可周知，此節尚希（並候）自行陳明，照此不備述，專此布達，敬頌

台安

弟 張元濟 頓首

廿年 八月廿四

再元明雜劇已發排，本意經十月排完，修年內出版，前經丁英桂君印仿全書頁數略計成本，聽候已經一一呈左右，並未確定發售預約抑或出版之後，發售特價，俟新核示，又本月十日（廿日）來示已收到，謹悉一切。

仲嘉先生 均此

慰堂仁兄閣下：前奉前書，計邀台鑒。承知續印孤本元明雜劇排印事，均荷費神督促，並承商務趕速出版之期，可謂承示句容預約出版後再續特價，甚善甚善。承遠方饋贈西藥，屢承清神，不勝感悚。舊賬港幣七十餘元，已照繳。一併敬謝，敬頌

台祺，並頌潭安。

弟張元濟頓首

廿九年九月廿日

見示件已交據滄(?)奉上，未悉已否收到(?)

畊庵先生閣下：本月廿一日奉一函，由航郵寄上，計先達到。廿三日開董事會，
當將　尊處換出報表及一般報告全部宣讀，並將今年春行觀察、各處
切望有所辦理考查，並為設法。本會依照本月廿日去函所陳，仍為在港召集討
論，結果：戰事未結束前，資產變賣雖調查情形，申述一點，亦深為扼腕，稍為
並有人道談，認為此點雖特別，公司以在戰前及繼減少債負之百萬之
實為不易（於一般報告中減少用錢一項，亦甚為費詳）等語，至其遠因素
如能兼籌並顧，請　尊處在限額內，照常減少三十餘萬元，所有錄款撥付
於本地之者平，但為準備提出之後，亦經通過，惟同人亦在提出再
求公司同時兼顧，並能兼顧，安議認公司以此為擴寨之用，及其枝節，
希與　慶松二君商議，斟酌情形，暫緩實施，並封董會去函，今保

李達、五一切詳情，當由仲明報告。又，山猜孫遠方為友治病，需用神經

系梅毒西藥，港滬商值鉅之須，已在港購到現有，會託吳哲明夫人

乘輪赴福船來港之便，託其帶至連五 尊處，俟 遠方託便人來港

領取，則禱之。錫夔為章貴神之五，大姪體日衰，兩腳又有癱瘓

不寧，然為年歲所使，家務紀世亦只可聽之而已。李世熊欲

台安

中正 手啟

九月廿二日

再，公共租界電車罷工，業已旬日，昨日公共汽車繼之，今日法界兩項（電車及公共汽車）亦全

起響應，聞繼起者尚有多處，近來米價每石貴至七八十元，燃料蕭條，

薪水不增，長此以往，下月將為元旦，亦實有不能維持之慮，其可長矣。

不堪設救，其勢岌岌，遙瞻北前途，不寒而慄。

岫廬先生大鑒：前月廿四日曾上一函，諒荷垂察。茲[illegible]奉[illegible]印協
成出版補及招告廿三日開幕會議事情形，計荷
鑒及。昨晚得電，審知將俟設在[illegible][illegible]開會，
會議之事，即請與援慶二君商討，自當合集
緣近日此間大雨，又值高潮，全市江湖泛漲，大水
不便，此為[illegible]中深水漲，往往延期，但不知是
日[illegible]原定[illegible]亦未延期，否須展期耳。擬請先生示
知並請[illegible]先生[illegible]
與頌[illegible]另列援慶二君履歷以備參閱。前此專書提出
調查一般實業事項，我先生曾有詳細報告並錄存議事
錄，所屬委員會擬為三年[illegible]失[illegible]未報告一次，[illegible]
日云此亦因[illegible]事過多，又不得人相助，不認為不妥，極[illegible]專達。
外附委員名單一張，祈轉交。敬頌
大安
弟[illegible]頓首 十月三日

再仲仁兼任文協分會主席，常之出席開會，該會名存好感、
常有人攙雜其中，請其搜閱並予注意，使在伊羅事業
處此大不便之事，弟勿與撥兩處，勸其辭去，切伊意不能，因由（廣林告我亦嘗勸之）
於負公好義，出來與於會已甚久，近來所了艱難在所謂
處之事甚多，而有待於聲望者亦非易易。弟每思公司見
其出頭維持其數事件，又有若干人向伊聯繫緝（不能）用業
公事，恐已不見得談，又為難為未雨之綢繆，弟意應再
勸其辭去文協分會主席，不必再為人作嫁，並請一二得力助
手，至別時事雖免不至有所隕越，亦所以愛仲仁也。急切上
陳，統祈鑒察。弟康和 芳年 十月三日

如虞先生閣下：前月二日肅上寸函，又日一函，董事會決議以爲通過後（近來內地運輸另有情形……承董事人見示，大概……）
禮賞撥分派股息處上一電，計先後達覽。昨日後奉到 手示，
旨 一一 董事會紀錄仲明昔已抄呈，想不贅述。第二次股時
加以新發表，自然皆時安靜，當時租界中形勢卻甚嚴重，此間
之士一旨矣，責有攸擔當之人，亦歉……之事，發表長期……
數及限制活存，以下意認爲可以疑則想已遲達滬處，亦已將……
達知，按前之合說，張彥小棠……爲其孫女孫女……工之缺，並蒙慨允，感感。
小婿孫遠方在港，請爲費清神，近由滬地購得之藥，託其帶
夫人帶去，此在港求之而易知，已送到，並蒙代存，至切感盛
頤澂惶悚。賤體蒙注，極感，近亦已靈藥，惟不知結果若何耳。後請
裘少侯夫人福其並頌
潭福
張元濟頓首
廿九年十月十二

佃廬先生閣下：本月六日肅覆寸函，計荷 垂鑒。瀛眷當經到達
中途若據錄一紙，至爲念念。兼聞至今未到，想係中途有所阻滯，甚矣
行路之難也。前因敝孫女欲在內地謀生，曾函懇 提挈，計已達到。孫在粵
粵大學畢業，專習經濟會計，兼及各物通曉，不敢我 兄能爲汲引，欲渠
將由內地前來，或到所此信之前亦未可知，到後必來晉謁，務乞 予以教
誨指示一切，並爲之介紹於戴生、吉希張君二君，於中央機關相關處也再渠所
攜旅費無多，並祈 代爲接濟，將來由弟撥還。種種瀆擾，無任感戴。
至戰禍日就衰颯，此間交游可述者殊歡
潭安

弟張元濟頓首

三十一年六月廿七日

岫廬吾兄：前以四月十六日手書奉寄，當[illegible]六月[illegible]由香港寄出函，並廿七日又去信，[illegible]

達[illegible]計當達到。前以撰論五月中旬續寄和議，[illegible]已安抵後，敬悉為

修改。茲[illegible]周先生由[illegible]到港，於中途[illegible]，前月又[illegible]十日，當未[illegible]機

奉職[illegible]人之[illegible]，以[illegible]適二十八日陸續收接，友人家[illegible]

少五六月[illegible]食[illegible]用完，[illegible]有[illegible]方[illegible]到，不知何日[illegible]則

此後[illegible]來[illegible]，此間[illegible]，會見人[illegible]，[illegible]急速歸還，承

兄關懷，至為[illegible]。此間[illegible]設法，但[illegible]人[illegible]天年[illegible]氏

夫人[illegible]甚可安，仍在港中[illegible]，[illegible]甚[illegible]，[illegible]先[illegible]

諸君函信何時，[illegible]設法[illegible]，[illegible]成[illegible]

秋[illegible]，[illegible]勿念[illegible]

[illegible]福　[illegible]　弟[illegible]　七月八日

岫廬清鑒：久未通問，伏想

興居安善為頌。內地物價日益高昂，生計艱

難，我

兄任總處務，備極劬勞。弟等公同商酌，應請

特送每月加支戰時津貼壹千元，以今年九

月為始，聊表微意，伏祈

勿卻為幸。專此，順頌

潭安

弟　李宣龔
張元濟　同啟

時在紅十字醫院

三十一年十一月十八日

293

1943.3.23

岫翁賜鑒 此間收支窮無法維持久負人欵千萬必須發還 否則不堪設想乞速設法救濟本月十一日去信想達 菊 三月廿三日

（缺原件） 294

1945.9.16

吾內國民大會應即改表舉行重選代表，如果有女
事則特區由必須平等相視，此亦大多數所欣言如矣。
收人心之意也。先生能體念人之意如其亡
此由廣大之言也。請覺　兒　經國　叩

34.10.8

(不宜發表)296

1945.10.27

297

1945.10.27

山叔：前函奉悉。自日寇開釁以來，本生計大受窘迫，小兒在新
嘉坡，每月入甚微，亦以賣文鬻字藉作補助，前付款恩
擬為加地副以應光郭之請，殊迂遠，如作罷為妥。
障礙已深，頗又窘乏，已此事無[illegible]，我曾在渝鬻
字而價，字則數種，各參差，李某我渝都人士云
集，亦料不賣書畫年，多面數恩補之，擬藉維生
活，但在渝市價，法之，亦在滬所取，有天淵之別，茲
將擬定潤例（隨函附上）兩種分為甲乙，請所如下：
甲、係全國通用，在自由區則加郵費，照潤例再收
一倍，而少情遠者，則以為於之重慶、成都太廉，擬入
都且有故意擴等買去之嫌，請府為之詳細下文。
乙種則而甲種則專用於收復區，
乙則用之於重慶、成都、貴陽、昆明、西安、蘭州等，可以
推行則亦用之。

以上兩種究以何者為宜，乞示。　先將度者地理形勢為
之陳，之次即記論所以用何作形式，又分為A B兩種，
A 以甲種形式描述人物收新面及歷史背景論列
其形之結構及其特徵諸樣，
B 後用乙種用分述人物，語氣略述。弟自戰事起以整從
論述中派類固，專以實為多，凡為其廣日並及其籍貫群事
事變，至方法論人，並須借重　袁氏、劉先生等諸君，某種
暉、張君勱、張伯苓、沈衡山、俞大維、馬寅初、梅光迪、羅
志希、胡適之諸君等，但同時不能偏重，擬予撤去，亦不必
全選，少則四人，多至六人，每篇約五千字，亦能否　先生之
酌為擇定。
至收集材料，論述方法理論，另列辦法呈之請鑒。以上
所陳之意見，可之　論新書甚多，須列一切詳書於後
奉上。材料不敷未整，請神也附參千冒無任
悚之至。專此　祇頌
大祺
弟　光　敬
十月廿七日　第二次

299（不宜發表）

1945.12.13

雪艇先生有道：本月廿日兩上寸函，附令坦王君一函，事有所請，諒
詧及。舊歲承蒙寄月本月六日惠函，作前者所云，未悉收覆，不悃敢
特補寄一份，並頌新禧。

一、前函所言，承允為設法，仰蒙采納，為之歡舞。

二、前云凌君於餘暑奉派事，發函業經閣下批准，此君仍蒙照准，
　大洋錢事，亦盼照准為感。

三、前說沈君擬常去之信由湖上小女一函，為之甚需，言所不得甚求關係諸，懇
的前特請當去年指函內地蒙允函，當集友人代討論兩洋錢有前函
　所舉諸人有他處之在滬者，自應撤除。
真狀義中共之事，真相再有其言，遷安要區於北家之陰匯入李君之一事加以核准

澤福

弟　傅斯年

十二月廿三日

301（不宜發表）

1946.1.17

岫廬吾兄左右：本月十八日肅覆寸函，託季芸代呈，計蒙　垂察。近日閱報知
公爲協商事甚忙，此時不敢以瑣事相擾，惟有祝　康彊逢吉，堪爲國家大福耳。
前月在滬晤見先，俞鏡清已調總館，以其舊屬周某繼任杭館經理，鏡清來
自陳在杭館當滬戰且亂時，曾爲力保留資產，不利於己，以後受撤職處分，求勸
以靜候後命。詢諸李伯嘉，則云確曾舒到佳去，故存舊檔，科長償款數目未之
不言。尚有一節甚多疑竇，甚未能爲聯合出版公司之教科書云云。弟意　公正無私，
務與同人所以調用之由，無一語涉及，僅謂其來杭館業經派丘某擢任經理，
館務並非以他代用，若貴且撥者來滬遷移，家具出售，原不與在於一月後，十年之
難於但爲全計，所以遷移也已難，弟尚請勸舉言哉。不能於用人之前有所誤傳，
弟聞張椒飛君言，杭地黨部錄用，已在延攬相待，殺優。弟思鏡清在公司甚久，未
謹且能於亂時爲公司保留大批舊書，雖僅不無微勞，又留史員之操守，與隨波逐流者不同。
似宜仰邀　存恤，寬其既往，責其後效，事極繁劇，而能付以事之人，其才雖未長，膽
斯爲定論，俾其效力，鏡清如此倘他日另有任務，我　公特予慰留，甚畀以較高名義，兼
使其生活安定，弟敢斷言必爲勤勉之公司效力也。我　國事實勞苦，不能以此等瑣
事相瀆，惟知我　公正義俊與用人寬厚，冒昧上言，務祈　鑒宥。
賤體如常，然病不能久坐，亦以爲苦，希昨天曉收到之知，念溯陳歎。
潭福　弟　張元濟　一月廿三日

303（不宜發表）

1946.2.1

岫廬先生閣下本月四日有寸函託友人寄附重慶
奉覆以後各節想達 默許欲求身退讓抑或參政
會又在開會我 兄周旋其間勞苦可想不審
何如至為馳念 本館同見老 吾鶴相來月中向可行
在滬同人已為之照料三百四十為羅華事會已於本月起
以手筆我 之援謙堅裁去年股息每股百元已發
若另道過一切嘗由伯嘉詳陳想共鑒及 三廿八 元濟

如不得已其時思趨美國遊學可代請　黨務之設法護
持承任之　覺同政府近來派劉欣嚴不知伊之人能否接受
請領護照查用何種方法文同遊學嫐同之經費需者的確之
保證不知伊所組織者之數不得發公益統計　黨樣玉渡
為荷　賤體不適來美暇多為保養之行　廣涯者亦致請
台安　弟　孫文　三月廿八

岫廬先生閣下：三月廿八日函上十九日擬同謝次楚先生假息
惠訊敬悉。　舊友蘇有濟先生李教授青年遠至一二年返國
在前途閣病，進步甚快，彩紛不便知悉其詳之處，託詢公部
轉來詳之，因守秘密，抄寄下斗。論及因該女家所異
國，而其婚又不得自由，婚姻分合之消息甚多，見聞之家
之講倘也。近日會議不知去向，勞頻繁，又陈于本月
中旬抵京，未能時日愈與暢叙，意切切，言未盡意，猶請多多寬
代陳許季茀先生，諸希鑒諒。　緣未得不能生辰，見忘不怪
又長者轉也拜蒙　以報
弟洪寔敬啟　四月三日

307（缺原件）

1946.5.3

岫廬先生大鑒：前辱　枉顧，暢談兩次，弟之意見有未盡
其述非可以言語形容也，別後即電久芸，言已出門，上館後
與伯嘉、仲明同來弊寓，言與拔可同往仲明處相見，晤商辦法。
拔翁之意似以為須另聘人，謂所擬新律師須續章，業經分請大部
弟於其開首發表時，動擬為和易近人，因人交往，甚諉拔翁平
不以為然，必致之之法，應付伊等，亦之之，但贊助伯久和君均謂情
無叶間已遠一日，我　公是以極快，而拔可之此見氣，弟早已
勢已成，其可挽回，固非弟之碎後之中男然一大法以制我
公之意，所冀一，莫若以和睦一廉新道處之，開大大而于若一廉
尤能為根本之害，固擬將底事壓住而不使所致有辦法須分
諸擬以相請命，詰夫進為可行，而大對于此大攘候在拔可處詳
與同人大道來徹，而我　公所致處甚念有稿謀作底拔可為來

弟以此告之亦無異議萬國已有行之道在京矣偶久病爲君想

亦必有行詳論務擇然須此議哉至於撥換補方法抑亦甚遠

第前途危險發大願力擔過強者不知誰有此等人事以待天命

耳前人修省未能身體精神並遺此信甚盼今日收得實

請速返近要務幸祈珍攝

台安

弟 張元濟 頓首 六月四日

附上會議摘海信新

鑒及

岫廬吾兄有道：去月曾上一函，由南京分館轉呈，計荷
垂鑒。前函述懇為鄭難扶持，寄年病軀，散離久羅，識予指
揮總經理之職，以與商務開倡其為何所屬望者，無可辭勝任愉快。再
回憶楊端六君於十年前蒞館改革會計制度，成績甚著，為眾所周知，
且於學界上亦甚有地位，信崇孰。前文鑒屬中國惠血整高其蒞
任與李頁之君商，亦頗積成云，可先試任勸聘，亦已查函商邀
務新職，允擬先為作數月，借重，並望我兄鑒照以為如何。
尊處如能駕臨上海，望勿遽合，先此拜啟，
台安

弟 元濟

六月八日

岫廬先生有道：敬啟者，頃小芳樹年歸，侍述
尊諭，視為子姪，殷殷
垂誨，樂亦深為感動。弟再四思維，若仍違
命，實大負我
兄友愛之至意。惟有求多方
訓誨，俾資遵守，並令其加意勤慎，勉竭駑駘，藉答
知遇。至樂在郵局十有餘年，志華兄相待極厚，一旦離
去，不無依戀之思，是則別苦難為懷。餘由樹年面陳，不盡欲述。專此敬請
大安

弟 張元濟 頓首

六月十六日

峙庚先生閣下：敬啟者，上海時疫醫院每歲開診，全恃捐款以維持之。去年募捐，幸蒙 台端出向諸達尊募得五百萬元。今歲業經開院，送到捐冊，需款更鉅，倘勸募益難， 台端能力在其後，送此冊去，定蒙允諾。借重鼎言以下，敬懇 台端概允鼓勸，議長一面議會主席事冒即感[illegible]……此又另附送去，至希惠允，俾得作籌，不勝感禱者。專此祇頌
台安

弟 杜鏞 拜
七月三日

313

1946.7.19

岫廬先生有道：於海南東諸島我 先國事賢勞，起居何如，甚念念。前日得
貴會秘書室函，通知上海時報，蹟覽諸精緻，業經組函東總經理物擁至
盛意，須函閱覽，派員持撥滿領取，並將不足全經手君一一檢擇之事。尊
蒙次函訊，鮑灣平大使，擬詢男之代護送。又接得一信，之為有所請，其弟直生以其父
於前之七歸國，請與之本紀事，專信何擬續臨，除電本再函何大使，請其詳勘王氏之子
速通專信擬即日之，經歸家以遵持原信來，閱之，茲之君需擬赴歐之使，請其
擇之物一一仍未收精致，我之家其物之內後整理，維看其女孫仍見其樣和之尚當
之早錄存精也。務信閱過，仍希前遠年信，合請於核，貴部特準，利我償，此我
國時刊宣之策，並我國藝壇不修，照難就法契，郡之照得手收，合人意見。
之能 專此，以頌 撰安 弟朱家驊再拜 卅五、七、十九

兵前之日港政府工三年份人來敵游擊竟將久著戰打部隊輕傷戰士未前雖將游事之捕釋記諸久著翻失不必追究矣善亦已發之指為西告昨讀吳國楨令徐一套數術話報為告為膽法風人善亦並圖可法耕去不過將錢來臨氣題之長事已一談弟之何此次若再謹於後前途不堪設想我兄去前將返魯耳之再上

岷庵先生台鑒

中正

七月十九

岫廬吾兄有道：盛暑向餘未晤，伏維
興居安吉為頌。近因國際關係，我國將與美作恢復貿
易，美先進派工商界鉅子前往考察，藉資聯絡。友人楊
君樹勳，曩在美國留學十有餘年，於化學極有心得，曾
入紐約洛克斐羅研究院，力求深造，歸國後先後任北平
協和醫學院教授暨中央研究院研究員。抗戰軍興，
在上海創設揚子化學治療研究所，精力所營，製成藥品
二十餘種，頗見稱於醫界。肯與弟談及，謂吾國工業與
其取資歐美，不如師法東瀛，聞道已經，不為無見。

近聞中央政府特有遴派對日貿易考察團之舉頗
思厠身其間藉免寄驗聞此事由財政部主持且楊
君有在貴國學術實業界中寄為所悉多學之人君
先佐從中樞傳為推轂必能不負使命且可為國家
增一有用之才謹附呈楊君履歷一紙伏候
裁察再政府如不能編給公費楊君並可自備資斧
亦併代陳又前蒙 政於中央研究院為上海付設
圖院募款之將 尊函於前月十日轉去迄今未得覆
音祇升 并力另請 手任合務之至李此順頌
台祉 弟張元濟頓首 八月廿日

[illegible]

岫廬先生：牯嶺之行，想已遄返，唯途中
起居如安為念。現[illegible]本月[illegible]開[illegible]
會，[illegible]開股東會日期
[illegible]
[illegible]
[illegible] 賜教，翹切翹切，順頌
[illegible]
弟 張元濟 [illegible] 十九日

岫廬先生大鑒：閱報知 兄已由牯嶺返京，伏想
起居安吉為頌。承 假弟會章年開國民大會稿遂
延某稿想已達 覽。近擬定本月廿六（禮拜一）、廿七（禮拜二）
開董事會，決定開股東會日期。 兄於是日
以在總館到會為盼，速示以便通告各董事。
若不克蒞滬，亦乞來書，明示對為題[illegible]作文。逢培
[illegible]函，俾[illegible]持函遞絡。
賜覆 盼覆。
弟 [illegible] 八月二十

岫廬先生大鑒：前月曾造　府奉謁，未獲晤談，[illegible]
一信面交[illegible]世兄代為[illegible]　接[illegible]
[illegible]前次董事會以[illegible]
安事[illegible]
[illegible]
[illegible]
君[illegible]
[illegible]
[illegible]
暑安
弟 [illegible]

岫廬先生有道：頃有慶來深爲一信，敬祈 常委轉

送 主席之股東會報告全稿，托家楨之另一本核

閱。並請某日 將來宴籌備撥出以便 先遂付印。又

本月廿五日開股東會，不知能否按時舉行，抑

改期？ 令先從前來滬之前，務於將術中內情

及擬興革之事，切實知照，俾吾兄有所籌備。

候示也。

台安

弟 張元濟

九月九日

岫廬先生大鑒：頃奉本月十二日　手教，祇誦悉。[illegible]
移一紙，敬悉。茲將[illegible]對於經農兄已來十四日[illegible]
可作為之密函　前日與重要職員一談，但未說事[illegible]
為交部先生的經覽。先請[illegible]行[illegible]，前日正式宣布並
通知參加股東開會，會議決開董事會，須[illegible]
於本月廿一或廿二日舉行。未知　我　公[illegible]
示以便通知。[illegible]已[illegible]去[illegible]
推定繼任之人，自[illegible]行[illegible]當[illegible]人經[illegible]
於本未提及也。公先徵其同意，廿二日董事會
經為[illegible]未[illegible]則[illegible]提出[illegible]
又[illegible]此　[illegible]經[illegible]西坡[illegible]
務　此時[illegible]人[illegible]以[illegible]
繼[illegible]我[illegible]
[illegible]
[illegible]
[illegible]
好在[illegible]人[illegible]敬[illegible]

台安

弟 朱經農 敬啟

九月十五日

岫廬吾兄閣下：敬啟者，前日奉寄手書暨函過
各事。一、擬留辭職請退，並以柏
森先生繼任；二、擬請館務會議推請作家探閣
計議，及請君設法修訂一修訂，閱過後送呈
台覽。代爲查明之文，閱此後版權經紀收藏產
業，前經商務爲送本公司，洽送東一冊，俾另能分寄
但從前之意，所據來源，收歸海軍部，又據全部接收檔案
全部，欲求置之不顧，殊非可取。茲特送上□件，請發□□，全賴
尊處人員設法，務祈協力從速辦理，俾其早日解決，是所
至盼。特此奉陳，敬頌
起居

弟 [illegible] 上
九月廿四日

岫廬先生閣下：敬啟者，前有舊同人陶惺存先生物故多年，其子以衡，人甚篤實，於商業上亦有根據。近日來滬過訪，稱擬就美使館商務參贊，現為未派定之人，聞該職係由
貴部遴派，屬為說項。謹將交到履歷附
呈，敬祈
鑒核。如資格尚可，可否參列入選擇之列，尤為
[illegible]
台安

弟張元濟頓首
十月十六日

岫廬先生大鑒 敬啟者 前日曾上寸函 為閣公鄉 想已有所
陳請 由商務館轉呈 計蒙
垂鑒 昨承何敬之先生告知
邀遊方少濟 我
公特於賤辰 宴以酒食 此間時在何所
此約能得先生據及 盛用已請何公轉致 寓府作罷
並望代我
公婉回敬辭 本
貴心領
盛意 但此外所
以 兄既視為賤席 堅遂陳明在先 務祈
鑒宥 幸甚 敬頌
台安 不一 張爰頓首 十月十八日

細庵先生閣下：昨晨趨談，[illegible]捧歸展誦
手蹟畫[illegible]
錫以錦屏，懽[illegible]
[illegible]
[illegible]
[illegible]

[illegible]

十月廿八日

岫廬先生閣下：本月十六日肅上寸函，託伯嘉轉交，諒達
尊府。頃拔可來滬，伯嘉作晚在南京與經面告，又聯事因
中華兩社大有破壞，仍仰(作)集議，去卷行前方曾函本處
言語議深，刷時尚有壽之事，請之代轉請吾
兄為之援護，若為代達，望經農財部，到來必能通商安甚方
法也。頃閱大公報載，有丁我國海運史人所作經濟調查工作之一
文，作此為鄭伯(?)撰，述頗詳，據稱約有百二十種，統計本年(?)
兄或未見，容當一詢(?)
共二百人，其記有冊數者已有八十二冊，且多已編印發行，弟意擬尋
國家(?)為
貴部接收，實比日本所賀更為寶貴，若未經取
到，務乞從速追查，勿令散失，其已經印行者可否代取一份，寄
弟處？內國書館不勝企禱之至，專此敬請
台安　弟 濟 頓首　十一月十九日

岫廬先生大鑒：前日
惠臨，暢談爲快。國文教科書，前允宣
布，後已函約前日之朱友南陔羅常培震先一位敬祈
閱之，韓陵益寓　新方協助，經先後分條已十七條此本
酬，本年有應此教本經到新　覽　代發舟　合乾謝薄年
此處勇女士無趣稱慶頌允　鴻文以增光寵，傳之當代
請賜爲乘筆撰述，亦遂幸也，敬頌
台安
弟　[illegible]　頓首
十一月廿七日

岫廬先生道鑒：敬啓者，前日季洪兄來，詳談及內地有經解院不易
未斷絕之人，又未紳縉云有三百餘人之多，中華書局尚有白壽之
事，係於民國卅五年，每人歲給三十萬元，或給與廿七萬元，或給與卅
三萬元之年俸，延請援例。未商辦法，亦於前月逐來財政未得去服於
不惜年及此年之人，紛紛為是否確有經由個中，然此亦不明瞭，故
未能遍行斷絕，因請其趨向未一行，如何與經由農民商務，茲將
但想其德高而重念，不宜據以領事務，乃請當事。又曰以指示經
有遠循，但仍按此事者，須移延緩付，出的丙子等，又云現在未經
蓋可辦之者，不穩付予之，日日亦同之，不禁毛髮悚然，亦虛之潮
會本不宜，荒野使艱，但此前則以已誅殿士錯，此時自惠那利，
八呼有衡其楷知皆深，賢則但圖目前之清靜，善與將後醜亦間

也幸知 弟兄以前兩日兩函、再上次饒毅經生糾葛、不再三念 令王君收之

不及過閱、不意言不見韓遂致韓之函後誨吳經道、亦已諒解，但我以吃

切切再三托先為鳴 苦我 兄再為諒告、再商財政當道，雖本局添

薛流芝言前流收回後之收藏收存，此文交先將四千萬、因耽收迎娶

路線用時所又查給價四千萬、仍有云一二再議，當本已知其緣付、整頓

府不能因此時也、至於開源，賴有速行研討，有賞、分別查復，亦非日久

於武之經、機要審核[redacted]之局經，真不算少、為有機密付、必須建陳 物萬清說

請報告、方錢和[redacted]備付[redacted]頒發在手，不能出借、去年 五相人手不數如

要實情、亦前途，辦多招募改組，貨再生以實應付，若能以可 辦草

[redacted]日來因也、理清存貨，設法售出，實為要[redacted]擬急之唯一方法，但能

日以前情形，敘之以其遠之矣、刪節、又經曲尼見被此，由其頂告試

實至少此有一百件月之儲留，亦急擬請 兄勸其辭去，亦未便與之言，格敢

幸讀頃之上達，惶悚之似此時請 安安 弟 朱家驊 敬 五月十日

嗣康先生賜鑒：前承面示，擬託于[illegible]之識者某某（從權）設法，[illegible]為外孫[illegible]君回國，仍入大學[illegible]教道院[illegible]，[illegible]擇[illegible]洋文學[illegible]，精通院研究所已任教，又其長兄[illegible]文，以[illegible]赴[illegible]於[illegible]通信。其人在巴黎有職業，尚須回國，需用之處，[illegible]（之[illegible]對待其人之言不致也，其子[illegible]川）洋文[illegible]及[illegible]我[illegible]之[illegible]，[illegible]援且與回國為需用者，[illegible]氏家屬[illegible]接待[illegible]入住[illegible]目光者[illegible]，茲[illegible]為代告一併設法[illegible]人能令其[illegible]，[illegible]要[illegible]勿也。手此布達，順頌

台祺

弟 [illegible] 敬啟

元月十六日

岫廬先生大鑒：前日上一函，計蒙先達。電話以為
台從因事去上海，並已啟程，敘
賢勞亮老先生紀老先生似 鄭有濬者比鄰 章君前日來訪
國其子（名潛光）擬託為介紹，名受聘趙矣，錢某並交來其國惠利有限保險
公司多信，兩（作）託為年詢此等事件應向 貴部中請，另秘能否令
例（初）留改程，手續合符，議善文，作函作字直接乞 鑒核，可否
陶君久鄉為前務，因事 陶保存故人之子，且為廉吏之裔（故與齋陶樸之）
也（孤）適以家貧，知業為代求 提挈，再以枝棲，□擇其所[illegible]
不知能予以位置否為荷，[illegible]所著為此，[illegible]謹即
新[illegible]，[illegible]分別，獨家無行，[illegible]
台安 弟 張元濟 三月卅日

沙彥楷先生大鑒：國府改組，倍仰賢勞，伏維起居
安善。茲為說明，大學教員待遇自政府按指數計算
後，按級有增加，而低級者較優，物價漲勢飛騰，
一次計算，此後依照法令所有所減（前次一百早八分除）都無效，
依物價大漲，本年一月開會，先按照特代
分別特支津貼（院長美洪款），從月五千萬元後，繼同十萬人員倍加給，
三十五年院區滿四月情形又不相同，概應增加，都無
（但不能特支之）自五月份起改增一倍（改為此外另有法定之辦法），未知以前為證，
撥辦速示，再交張代理教育部經一職，已提到和
相商政策，就先將教育開業事人通過並表
意，蒙開支回室，提高中央要務負責收入實行，
從寬，惟有謂力開源，不至遽然損失，所期者各人
能各加奮勉，與竹之通財之鼓勵至切，
盼與學者之通宵親，各位府不能盡保，改時當除，
順頌
台安
弟 朱家驊 敬啟
五月三日

岫廬吾兄有道：昨奉到　本月十二日快函，並承示謹調查當
即送交陶雲鶴、黃榮年仍來商，祥極感　盛意。已蒙俯允
訴說在南京徵人借用一節之地，但成要緊與研究，請勿
發聘書，先以電報商定，所示值此戰亂僅有一種應急已足
言的須前來面談，聘書等語，謹代陳奉，終參
其結數解決，工人方大方處款項，而產方如係受櫃匯明春
伯嘉兄來言，本公司新股，須所領增加百分之八十，全寫
他家亦可有兩份新
月須恭喜新股千之信，云云，如有所出息者，明歲一月左右請籍
擬將過去年數目以上折抵計算，但當以蔵事時廣方
善後處支持工人，亦可照保護也。手此奉談，敬頌
台安　弟[illegible]頓首　五月十四

岫廬吾兄閣下 久未奉
教 比聞兼
任國大代表會議主席 想見
賢勞 不審
起居何如為念 茲有陳君 族弟曾沁在戰前
與朱友數人在上海閘北經營興業瓷磚股分有
限公司 嘗負時譽 八一三之役遭敵摧毀 國土重
光 力謀修葺 曾向善後救濟總署申請救

濟黃運核准 配售紙代式每以少付鎢製磚千萬
塊之全副機器現備置與打括簽訂合約依
期付款據來函謂不意聯絡因有他籍恐國產
將該項全副設備兩次削減以致運華機件
殘缺不全甚難運用經呈由部陳院核准向
中央銀行 請撥美匯十萬元之譜俾供配齊
全副設備之需但美國承製廠商忽稱漲
價計須追經核准請撥之美匯十五萬元之外

吾鈥十六年元旦前而遂費闢稿尋從吾不
在內此項所需美匯無多在香港該項畫匯
竟可真有進步之象後竟無置不問則
已集之贈之全付東流該商尋時力有限瞻
望前途不堪設想此等未竟之事何為甚改率
業希負舍名錄該前營籌有月港陸經過因
難情形懇請維護報知為我
只有勞解為真進一言深慮前上書文憲續不

易逕達

左右益受到副本今分屬各代表處其中另有與

聯絡署長覺先明君信又美國承覲殿商

覆信各一通為前上簽呈中所未見特再附陳

藉備

參核　亦查閱該務建議該項其一項所

擬方法作為應用為有用　一轉移間其可使廢

於未塗之事業並底於成識見之學術

三

之事哉

公壽以怡齋之為志用敢上請行

俯賜鑒察

勞力扶持不勝感念之至且國大會務結束

台從意可離滬稍得休息為幸有暇乞駕臨

一談也惟毅名狀不能盡言順候

道履綏綏

舞琴之　弟張元濟上

三十七年四月廿七日

岫廬先生大鑒：奉本月六日
手教，謹誦悉。我
公既以為懷，全身於世，藉言改革
不成，負責引退之言，此豈常人所能識
及。欽佩無既，尤不能不於我
公有不能盡釋者，而仍於大改革
民國擬之非痛下刀圭不足以起此痼
疾。此兩年來政府之統制，無可謂竭
盡能力矣，而其成就乃大見其人以為國
以總統制乃無甚據之法律政治及其人
民之程度，豈我國所能彷彿。鄙見凡
與民爭利之事，宜先擇一二最大者先
行改革，以示與民更新，即可普遍一
事。頭痛醫頭，腳痛醫腳，實是毒
益處同時局勢，廣西政府共將各十四日
之於國貨嚴令限制，一現於國貨消
本市上市政府竟且禁止民龍出議，其不
可笑也。其餘一切勝民自為，我想其私心亦
之事，必乃大減，而后國家始得取得

移往香港之事亦不中止而以此事宗
未研究此不過然其最困難之點即懼先
生令別擬辦法乃更錯無論如何
之維繫全之先結制唯欲其乃能有賴
于某人一身此行必無可為之事兆先
生可為力我
公又不國不能之之賓路 [illegible]日本可疑不可不益
林學南先生遠國審 [illegible]于平因 [illegible]狀者
于乃能何事僅轉移其他得之接待之
女也笑我
公情狀如此嘗求上我
公又再又一稿不能[illegible]其經度不
5 [illegible]為偽應受[illegible]代之為[illegible]
之[illegible]因而許我為[illegible]新[illegible]拒卻
[illegible]之[illegible]能[illegible]此再自
公後生者不必款收來託于[illegible]之
者[illegible]後明一切謝絕亦[illegible]以之
仙家
衛先不[illegible]衛[illegible]此後
起居 弟 張元濟 頓首 六月廿四

艱苦奮鬥的歲月(1936-1948)
－張元濟致王雲五的信札

編　者◆王學哲
發行人◆王學哲
總編輯◆方鵬程

出版發行：臺灣商務印書館股份有限公司
台北市重慶南路一段三十七號
電話：(02)2371-3712
讀者服務專線：0800056196
郵撥：0000165-1
網路書店：www.cptw.com.tw
E-mail：ecptw@cptw.com.tw

局版北市業字第 993 號
初版一刷：2009 年 8 月
定價：新台幣 450 元

ISBN 978-957-05-2395-9

艱苦奮鬥的歲月（一九三六年至一九四八年）：
張元濟致王雲五的信札 / 王學哲編. --初版. --
臺北市：臺灣商務, 2009.08
面； 公分

ISBN 978-957-05-2395-9（平裝）

856.286 98010910